Um dia *em outra* vida

Diretor editorial **PEDRO ALMEIDA**
Coordenação editorial **CARLA SACRATO**
Assistente editorial **LETÍCIA CANEVER**
Tradução **ALDA LIMA**
Preparação **ARIADNE MARTINS**
Revisão **ANA PAULA SANTOS e RAQUEL SILVEIRA**
Imagens de capa e miolo **© FREEPIK**
Capa e diagramação **VANESSA S. MARINE**

Dados Internacionais de Catalogação na Publicação (CIP)
Jéssica de Oliveira Molinari CRB-8/9852

Rixon, Charlotte
Um dia em outra vida / Charlotte Rixon ; tradução de Alda Lima. -- São Paulo : Faro Editorial, 2024.
288 p.

ISBN 978-65-5957-443-8
Título original: The one that got away

1. Ficção inglêsa I. Título II. Lima, Alda

23-4911 CDD 823

Índices para catálogo sistemático:
1. Ficção inglesa

1ª edição brasileira: 2024
Direitos de edição em língua portuguesa, para o Brasil, adquiridos por FARO EDITORIAL
Avenida Andrômeda, 885 - Sala 310
Alphaville — Barueri — SP — Brasil
CEP: 06473-000
www.faroeditorial.com.br

CHARLOTTE RIXON

TRADUÇÃO: ALDA LIMA

Um dia *em outra* vida

Para todos que já olharam para trás e pensaram: "e se?".

"Fico feliz por não acontecer duas vezes a febre do primeiro amor. Porque é uma febre, mas também um fardo, não importa o que digam os poetas. Não são dias corajosos aqueles em que temos vinte e um anos. São dias cheios de pequenas covardias, de pequenos medos sem fundamento, e se é tão facilmente machucado, tão rapidamente ferido, que se corta com a primeira palavra afiada."

Daphne du Maurier | *Rebecca*

Abril de 2022

16h57

O DIA ESTÁ MAIS QUENTE DO QUE SE PODERIA PREVER PARA ABRIL, E ELE está suando, embora não apenas pelo calor.

A mochila, tão cuidadosamente arrumada há poucas horas, gruda em suas costas. Ele toma cuidado com os esbarrões da multidão enquanto caminha em direção ao estádio. Ele já esteve ali tantas vezes que conhece o lugar tão intimamente quanto a sua própria casa.

Hoje, ele alegou estar doente e, pela primeira vez em anos, perdeu o jogo.

Eles estão saindo agora, um enxame de formigas de coletes listrados em vermelho e branco, entusiasmados pela vitória inesperada — 3 a 2 em casa para um adversário de peso. A euforia coletiva deixa a atmosfera elétrica.

É uma doença. Uma epidemia. E logo eles serão curados dela.

Seu rosto está quente e vermelho pelo esforço, pelo peso da mochila, pela contagem regressiva em sua mente.

Falta pouco. Segundos, literalmente segundos antes de tudo acabar.

Seu coração está martelando; ele percebe que está prendendo a respiração. Ele põe a mão na testa como se para se estabilizar, e o mar de pessoas — a maioria homens e já com três *pints* entornados — vindo em sua direção, aquelas abelhas-operárias vermelhas e brancas, começa a borrar e se misturar. Pessoas homogêneas, quase indistinguíveis umas das outras: 52 mil delas. É impossível vê-las como outra coisa além de uma massa, uma entidade em movimento. Não há absolutamente nada particular nelas.

Danos colaterais.

Então, uma se destaca: uma menina, de não mais do que seis anos, sentada nos ombros do pai, agitando um lenço. De maria-chiquinha. Sorrindo de orelha a orelha.

É quase demais. Ele respira fundo e prende, se afasta, de cabeça baixa, continua andando. Passos mais largos, aumentando a distância entre ele e a menina.

Ele não pode pensar neles como indivíduos.

O estádio está a poucos metros de distância agora. Há segurança nas portas, garantindo que todos saiam em segurança. Este é o lado para onde os VIPS se dirigem depois do jogo. Ele sabe que ele estará lá, comemorando.

Ele planejou tudo com muito cuidado.

Ele se atrapalha ao procurar o detonador. Faz uma breve oração a ninguém em especial para ter feito tudo certo.

E depois: uma pausa de um segundo.

Ele olha para a mão que está livre, vira-a para cima e se maravilha com a própria pele. As linhas na palma. O azul-esverdeado das veias.

Alguém esbarra em seu ombro ao passar. Ele está na entrada agora. O mais perto possível.

Está na hora.

No final, não é mais difícil do que soltar a corda de um balão.

Ele aperta o botão, e então ele se foi.

primeira parte

Abril de 2022

17h02

CLARA

A mulher ao lado dela no banheiro feminino está olhando para as pias enfileiradas, confusa.

— É um sensor — explica Clara, sorrindo. — É só mexer as mãos por baixo, viu?

Ela move a própria mão de um lado para o outro sob a torneira até a água começar a jorrar. Por algum motivo, está quente demais — sempre esteve —, mas não há como regular a temperatura.

— Obrigada — agradece a mulher. — E o sabão?

Clara gesticula para a parte de baixo da parede espelhada diante das duas.

— Ali embaixo. Também é automático. E as toalhas de papel estão ao lado. *Não* é automático.

A mulher sorri para ela novamente. Ela parece familiar, mas Clara não consegue identificar por quê.

— Primeiro dia? — pergunta Clara.

Ela já está longe de sua mesa há mais de quinze minutos, mas que se dane. É uma tarde de sábado, um dia fraco de notícias.

— Sou freelancer — revela a mulher, estendendo a mão. — Cobrindo férias. Substituta. Prazer, Natasha.

— Clara. Eu sou…

Por um breve segundo ela se lembra de que não é mais a editora de mídias sociais. Não desde que desistiu para trabalhar meio período e poder se concentrar em seu romance, após ter assinado contrato com um agente literário.

— Trabalho na equipe de Audiência.

— Nossa — diz Natasha. — Deve ser interessante.

Deus, não. Está mais para incrivelmente entediante, pensa Clara, mas ela apenas estreita os olhos para examinar essa Natasha de olhos de um castanho profundo e corpo esbelto. Onde será que a viu antes? Clara se pergunta quantos anos Natasha tem. Impossível adivinhar.

— Amei sua aliança — diz Natasha, fazendo Clara perceber que deixou o silêncio se arrastar por tempo demais.

— Ah — ela diz, levantando ligeiramente a mão em direção ao peito.

A grande safira roxa brilha sob a iluminação branda do banheiro.

— Obrigada. Sempre achei um pouco grande demais, na verdade. Meu marido é joalheiro.

— É incrível — afirma Natasha, se aproximando um passo e olhando para baixo. — A fixação é tão incomum.

Clara estende a mão obedientemente, movendo-a de um lado para o outro, de modo que Natasha possa ver todos os diversos ângulos. Ela já se tornou bastante experiente naquilo. O anel é lindo, mas a pedra é enorme e pesada demais para seus dedos magros e desajeitados, e todas as manhãs, quando o coloca, não consegue deixar de pensar que não é ela usando a aliança, e sim a aliança que a está usando.

— Quantos quilates?

Clara arregala os olhos. Um pouco audacioso da sua parte. Ela olha para as mãos de Natasha, mas não há nada em nenhum dos dedos anelares, apenas um anel de ouro no polegar.

— Quatro — responde Clara, envergonhada.

No entanto, safiras são mais pesadas que diamantes, de modo que não é tão impressionante quanto parece.

— É magnífico. Seu marido deve te amar muito.

— Fazemos dez anos de casados daqui a um mês — diz Clara, desnecessariamente.

Dez anos daquele anel pesado no dedo. Nenhum dos dois planejou nada. Hoje em dia, é como se levassem vidas totalmente separadas.

— Minha nossa. Bem, espero que você ganhe uma aliança nova para usar ao lado dessa, então.

— Talvez.

— Eu me divorciei ano passado.

Ela olha para a própria mão esquerda, nua.

— Às vezes acho que sinto mais falta da aliança do que do meu ex.

A risada que se segue soa forçada. Quase um soluço.

Clara não quer dizer a verdade; que ela considera anéis de noivado relíquias patriarcais, e que se não fosse pelo trabalho de Thom, ela nem usaria um.

— Você pode comprar um anel para si mesma — sugere, em vez disso.

— Não um assim. Não com o salário de uma editora substituta.

Clara concorda com a cabeça e abre um sorriso de comiseração. Elas saem do banheiro juntas, seus passos sincronizados.

Clara trabalha para o jornal há quase vinte anos e ainda não se acostumou com o prédio envidraçado que agora o abriga.

Depois que o jornal foi adquirido no ano anterior por uma das maiores organizações de mídia do Reino Unido, eles se mudaram para o sétimo andar da alta coluna de vidro. É como trabalhar em um aeroporto cheio de eco — com direito a seguranças na entrada, que revistam as bolsas em busca de bombas, e um restaurante no décimo andar com um jardim no terraço maior do que sua casa e com vista para toda a cidade.

— A mesa da equipe substituta fica lá — observa Clara, sorrindo para Natasha, que parou ao lado das mesas onde Clara se senta, como se tivesse esquecido onde deveria estar.

No canto mais distante da sala, há uma comoção. Vários repórteres estão reunidos em torno de uma tela.

— Jesus Cristo! — exclama um deles.

Clara franze a testa.

— Ah, sim. Eu sei — diz Natasha. — Obrigada. Foi bom te conhecer. Desculpe se for estranho, mas se quiser almoçar um dia desses... Estarei aqui por um mês. Não conheço ninguém. É a primeira vez que trabalho para um jornal.

— Sério?

— Sim. Sempre trabalhei em revistas. Semanais, é claro, mas ainda assim. Essa coisa toda de redação...

Natasha olha para o grupo amontoado no outro extremo do escritório.

— É bem intimidante.

Todos esses homens, pensa Clara. É isso que ela quer dizer.

— Toma — diz Clara, rabiscando seu nome e ramal em um Post-it. — Só trabalho meio período, mas estou aqui às terças, quintas, sextas e sábados. Pode me ligar um dia desses.

Natasha segura o papel.

— Farei isso. Obrigada.

Clara se senta à sua mesa e aperta a barra de espaço do teclado. A tela se acende e ela obedientemente digita a senha.

Ela franze a testa para a planilha à sua frente: as matérias sobre estilo de vida da semana que precisam de agendamento em todas as suas plataformas. É mundano esse trabalho. Não à altura dela.

Mas tudo bem. Ou, pelo menos, estaria, se ela estivesse realmente trabalhando em seu romance nos dias de folga, como deveria.

Ela olha para a planilha, as URLs embaçando diante de seus olhos.

Em seguida, ela entra no Twitter. Clara usa a plataforma do jornal para as contas de trabalho; mas, para sua conta pessoal, ela prefere o navegador padrão.

Como sempre, seus olhos pousam na barra dos *trending topics* à direita.

As palavras são como fogos de artifício.

Bomba

Explosão

Vintage Park

Ela clica na última hashtag, olhando fixamente para a tela enquanto a atualiza. As lembranças inundam sua mente.

Tantas lembranças.

Um vídeo borrado é o primeiro a carregar. Pessoas gritando, correndo em direção à pessoa com a câmera.

— Meu Deus, meu Deus! — grita a pessoa por trás da câmera.

Ela fecha o vídeo, clica de novo na hashtag, passando o olho nos tweets.

Meu Deus, algo simplesmente explodiu na saída do Vintage Park. Eu juro.

Fiquem longe do Vintage Park, galera. Tem alguma merda séria rolando.

Acho que uma bomba acabou de explodir a algumas ruas de distância. Não tô brincando. O prédio inteiro tremeu. Medonho.

Alguém acabou de explodir o estádio de futebol! Cacete!

Clara olha para os repórteres. Eles já estão em seus telefones, um deles pega o casaco e sai.

Ela clica em outro vídeo, mas ele demora a carregar, o pequeno círculo branco gira diante de seus olhos.

Vintage Park. Sábado à tarde.

Talvez tenha sido uma partida com times de fora. Talvez o estádio estivesse vazio.

Suas mãos tremem enquanto ela procura no Google a lista de partidas. E lá está, impossível de perder: Newcastle City contra Norwich. Um jogo em casa. Ele a ensinou aquilo tantos anos atrás. O time mencionado primeiro é o que joga em casa.

O que significa que ele estava lá.

Claro que ele estava lá. De agosto a maio, todos os sábados à tarde, ao longo de todo o relacionamento. Sem falta.

Ele estava lá quando a bomba explodiu, mas onde ele está agora?

Março de 2000

BENJAMIN

Foi Tina quem o convenceu a sair esta noite. Ele não estava muito a fim, mas ela não tinha mais ninguém com quem ir e ele gosta de fazer coisas pelas pessoas. Ele gosta de deixá-las felizes.

Dito isso, amanhã ele trabalha na loja de departamentos, e está cansado. Parado ali, ele se pergunta se a vida universitária é tudo o que esperava que fosse, ou se tudo aquilo é simplesmente demais para ele.

Desde que sua mãe ficou doente, a vida muitas vezes pareceu demais. Mas Tina está aqui, e a vida não é suficiente para ela.

Ele gosta de como ela acha tudo divertido, e quando ela lhe entrega uma cerveja — a quarta da noite —, ele sorri agradecido e toma um grande gole.

— Este lugar abriu tem poucos meses — ela diz, cutucando-o nas costelas, quase gritando por causa das batidas ininterruptas da música. — É por isso que o carpete ainda não está pegajoso.

Ele olha para o piso de carpete. É vermelho e branco, uma padronagem turbulenta, como ele imagina que seja uma galáxia distante, atravessando o céu escuro. O desenho faz seus olhos doerem.

Ele toma outro gole de cerveja. Ele não dança. Nem em boates, nem em casamentos, nem mesmo sozinho em casa. Ele não foi feito para isso. Ele leu um artigo a respeito disso uma vez. Pessoas altas não sabem dançar — leva muito tempo para os comandos viajarem do cérebro para suas pernas, ou algo assim. Os bons dançarinos são sempre baixos, como jóqueis.

Tina está balançando levemente ao lado dele, os olhos sobre a borda de seu copo de Jack Daniel's com Coca-Cola, observando a pista de dança. Em um minuto, ela estará lá no meio, basta ver alguém que a interesse. Ela é uma predadora sempre à espreita.

E isso o deixará plantado ali, ao lado do bar, sozinho. Mas tudo bem. Ele saiu de casa, está socializando, ele está se anestesiando com cerveja após cerveja após cerveja. Está vivendo a experiência universitária. Enquanto estiver aqui, nesta boate, bebendo Stella, estará fazendo o que deveria estar fazendo, e uma hora tudo começará a fazer sentido. Sem dúvida.

— Ah, meu deus — diz Tina, dando-lhe um tapa no braço. — É o Marcus Forbes ali?

Ele olha para onde Tina está apontando.

Marcus Forbes é a mais nova contratação do Newcastle City. Um atacante de dezenove anos que não provou valer um centavo da quantia obscena gasta com ele.

Que vida Marcus deve levar. Uma vida que Benjamin poderia ter tido, se sua vida tivesse sido diferente.

— Não. Alto demais.

— É, você deve ter razão. Que pena. Sempre quis namorar um jogador de futebol. Você gostou de alguém? — pergunta Tina, com os olhos brilhando enquanto o observa.

Ele gosta da companhia de Tina. Ele gosta de como ela o vê de maneira descomplicada. Eles se conheceram na loja de departamentos. Ela é loira, bonita, o retrato do "tipo" dele, e ainda assim...

Eles saíram depois do trabalho algumas vezes — só os dois —, e ele não conseguiu entender se foram "encontros" ou não.

Ela o tratou como um amigo, mas, ao final de uma daquelas noites, após muitos drinques no Hand and Spear, ela o puxou e enfiou a língua na sua garganta já na porta de casa, antes de tropeçar para dentro e timidamente dar adeus, demorando-se um pouco demais.

Ele nada fez a respeito, e os dois nunca mais mencionaram o episódio. Ele a achava atraente e divertida, mas algo lhe dizia que não eram certos um para o outro.

Ele queria ser divertido, mas sabia que aquela qualidade lhe escapava.

— Terra para Benjamin! — ela exclamou, puxando o braço dele. — Você gostou de alguém?

Ela está inclinada para ele, que pode sentir o cheiro de seu perfume — floral e doce. Fácil de esquecer e difícil de identificar.

— Curti demais o look dele.

Ela aponta para um cara em pé com um grupo de loiros vestidos da mesma forma. Cabelos divididos perfeitamente ao meio, camisas folgadas sobre o jeans. Ela está apontando para o mais alto e com os maiores ombros, é claro. Benjamin aprendeu isso sobre ela. Ela gosta dos maiores.

Talvez seja por isso que ela não ficou desapontada por ele não ter levado o relacionamento de ambos adiante. Ele é alto, mas é magro.

— Vá falar com ele então — ele sugere, balançando a cerveja.

Ele não está no clima esta noite. Todo o propósito dessas noites — uma espécie de estranha expedição de caça — deixa-o indiferente. Ele não quer conhecer garotas em uma pista de dança escura. Parece muito forçado, muito artificial. Como conhecer uma pessoa direito sem mal poder ouvi-la ou vê-la?

Ainda assim, ele não consegue tirar da cabeça a garota da semana anterior. Foi em outra boate, quando ele saiu com seus colegas de apartamento — uma equipe heterogênea, no mínimo —, e os olhares dos dois se cruzaram na pista de dança. No início, ele pensou ter tido a impressão errada e desviou o olhar, mas toda vez que olhava na direção da moça, ela olhava diretamente para ele, e foi quando percebeu que ela estava tentando lhe dizer algo. Sinalizar seu interesse.

Mas quando ele tomou coragem para abordá-la, apareceu outro rapaz ao seu lado, colocando o braço em volta de sua cintura, os lábios junto de seu ouvido.

Mais tarde, naquela mesma noite, deitado na desconfortável cama de solteiro do pequeno quarto no alojamento estudantil, ele se deixou pensar nela. Ele especulou, depois, que talvez ela fosse a garota mais atraente que ele já tinha visto.

Mas poderia ter sido a iluminação, ou a cerveja.

Naquele exato momento, como se pegando aquela deixa, o DJ muda de faixa. Uma gritaria enche o espaço e é logo abafada pelo som de uma batida trance penetrante, seguida por lasers. O grupo de meninos que Tina estava observando se transforma em silhuetas pretas enquanto os lasers percorrem seus corpos no ritmo da música.

É desorientador. É barulhento.

É a razão pela qual as pessoas vêm a este lugar.

Ele olha ao redor enquanto um laser ilumina o espaço ao seu lado, e Tina havia desaparecido na escuridão da pista de dança. Ele toma mais um gole da cerveja. Tenta apreciá-la.

A música parece durar uma eternidade, mas quando termina e os lasers param, Tina está no meio da pista com os braços nos ombros largos do rapaz, a cabeça para cima olhando para ele, seus rostos se misturando na escuridão.

É isso, então. Lá se foi sua companhia da noite. Ele termina a cerveja e a deixa no bar. Uma voz soa em seu ouvido: seu pai, no intervalo da partida da semana anterior.

Não é para você passar a faculdade inteira bebendo e transando, ouviu bem? Você conseguiu esta oportunidade. Aproveite-a ao máximo.

Bem, ele não está bêbado — pelo menos não esta noite.

E ele não está transando. Às vezes o incomoda ter dezenove anos e ser praticamente virgem — aquele tempo com Kat, de uma série à frente, não terminou bem — quando, comprovadamente, *ninguém* ao seu redor é.

Eles transam o tempo todo. Muito. Tina provavelmente irá para casa com esse homem, e o cara não vai demorar demais na porta da casa dela na esperança de evitá-la.

Ele está na cidade há quase seis meses e Tina é a única garota que ele beijou. Ele se sente pressionado, e, quando é pressionado, dá o pior de si.

Ele vai ao banheiro e depois diz a Tina que está indo embora. Ele não gosta de deixar garotas sozinhas em boates com estranhos, mas da última vez que demonstrou alguma preocupação com isso, Tina alegou que aquilo era sexista, que ela sabia cuidar de si e, por fim, mandou ele se foder.

Ela estava bêbada quando disse aquelas coisas, então ele não tem certeza se foi para valer.

Ele chega ao outro lado da pista antes que o DJ coloque outro trance e mergulhe o lugar na escuridão novamente.

Ele respira fundo no corredor. É mais claro, com uma iluminação piscando no teto. Os banheiros ficam em lados opostos, mas quando ele se dirige para o masculino, percebe algo pelo canto do olho.

Há uma menina sentada no chão, debruçada sobre os próprios joelhos. O lugar está cheio de pessoas bêbadas e inconscientes, conversando ou saindo dos banheiros. Um casal está se agarrando agressivamente na porta da chapelaria.

Uma corrente de garotas dá as mãos enquanto se espremem rumo ao show de laser, com as bocas abertas, rindo.

A menina no chão não está se mexendo.

Ele passa por alguns rapazes que beberam demais e eles gesticulam na cara dele, mas ele os ignora e se agacha até a garota. Os cabelos dela são de um amarelo-claro, derramando-se pelos ombros. Seus braços magros estão nus, apoiados na calça jeans.

Ele hesita por um segundo, mas depois a toca levemente no braço e se aproxima da orelha dela.

— Você está bem? Quer um pouco de água?

Ela levanta a cabeça com os olhos arregalados e manchados de lágrimas, e ele vê, antes que ela olhe diretamente para ele, que é ela.

A menina do outro dia.

Ela sorri para ele. E naquele momento ele sente uma mudança, a estranha e violenta percepção de que sua vida universitária fará sentido, afinal.

Março de 2000

CLARA

ELA NEM ACREDITA QUE É ELE. QUE ELA O VIU DE NOVO.

— Você está bem? — ele pergunta.

Mas ela só consegue olhar para seu belo rosto. Seu nariz agradável. Sua testa perfeita, os cachos a emoldurando cuidadosamente.

— Quer alguma coisa? — insiste ele.

Ela percebe que ele parece preocupado, como se já sentisse algum senso de responsabilidade por ela — por seu bem-estar.

— Eu... — começa, secando os olhos, percebendo como devia estar um caco. — Sinto muito, me perdi dos meus amigos...

Ele a ajuda a se levantar e ela desamassa o minúsculo top preto, tira a poeira da calça jeans e joga a alça da bolsa de volta no ombro.

— Posso ajudar a procurá-los? — ele pergunta, e ela repara pela primeira vez no sotaque.

Norte, mas não Manchester ou Leeds. Parece mais local. Ela fica surpresa.

— Não, está tudo bem — recusa, sorrindo para a oferta.

Ele ainda está segurando seu braço, com delicadeza, e ela espera que ele nunca solte.

— Eu estava só... Está tudo bem.

Ele faz uma pausa, esperando que ela continue, mas ela não diz mais nada. Ela apenas o olha.

— Ouça. Pode parecer loucura, mas por acaso você estava no Sound Barrier na última terça? Eu pensei...

— SIM! — ela exclama com sua voz saindo mais alto do que o pretendido.

Então ele a viu antes, ele a notou. Ela não estava imaginando.

— Por que você respondeu assim? — ele pergunta, soltando o braço dela.

— Porque... eu fiquei esperando — ela confessa, olhando para baixo e engolindo em seco. — Fiquei esperando você se aproximar, mas você não veio.

— Eu achei que você estava com alguém. Tinha um cara com você...

— Não. Eu... Ele não era ninguém. Eu estava esperando... você.

Assim que as palavras saem, ela reza para que se misturem aos gritos ao fundo vindos de um grupo de meninas na entrada do banheiro feminino. Mas quando ele sorri, ela se inclina e põe os braços em volta do pescoço dele.

A última onda de vodca atravessa sua corrente sanguínea.

— Antes tarde do que nunca — ela diz, e antes de ter a chance de amarelar, ela levanta o rosto, fecha os olhos e o beija.

Março de 2000

BENJAMIN

ELE FICA TÃO SURPRESO COM O BEIJO QUE A PRINCÍPIO NÃO CONSEGUE correspondê-lo. Então seu corpo vence o cérebro, e ele se vê perdido na sensação dos lábios dela nos seus.

Ele sente que poderia beijá-la para sempre, mas depois de um período indeterminável, eles se separam e ela o olha.

— Vamos? Você está acompanhado?

Ele está momentaneamente aturdido.

Ele pensa em Tina, no fato de que estava indo para o banheiro, no fato de que nem sabe o nome dessa menina ainda, e em como nada daquilo parece importar.

— Eu... Eu já estava indo embora.

— Ótimo — ela diz, pegando a mão dele para puxá-lo levemente em direção à saída.

Antes que ele assimile completamente o que aconteceu, os dois estão na calçada do lado de fora da boate.

— Com quem você estava? — ela pergunta. — Aqueles caras da semana passada?

Ele engole em seco, pensa em Tina.

A menina começa a se afastar do clube, rumo à rua principal e ao ponto de ônibus. A pressão pesa sobre ele.

— Espera aí. Desculpe. É só que eu devia ter...

— Não acredito nas minhas colegas de apartamento. Cadelas — ela diz, olhando para o chão.

Ele percebe que ela está usando sandálias de tiras, que seus dedos dos pés estão roxos devido ao frio. De pé ao seu lado, ela é menor e mais magra do que ele pensava. Ele sente um desejo irresistível de tirar o casaco e colocá-lo em volta dos ombros dela.

— Eu só preciso avisar minha amiga — ele explica, sentindo que já falhou com ela.

Ele não é legal nem impressionante nem nenhuma das coisas que tanto quer ser. Mas é a coisa certa a fazer.

— Avisar que estou indo embora.

— Amiga?

A menina arregala os olhos azuis.

— Você estava com uma garota?

— Sim, a Tina. Trabalhamos juntos na Gordon's, aquela loja de departamentos. Mas ela acabou de conhecer um cara... Ela não vai ligar se eu for embora. Pode esperar aqui?

— Tudo bem.

— Minha amiga esqueceu a jaqueta — diz ele ao segurança, que o deixa entrar de volta.

Assim que ele entra, procura pela pista de dança até encontrar Tina, com seus braços ainda em volta do bombado.

Ele engole em seco e pensa na garota, desejando que ela ainda esteja o esperando do lado de fora.

Ele ainda não sabe o nome dela.

— Estou indo — diz ele no ouvido de Tina o mais alto possível.

Ela afasta a cabeça do ombro do rapaz, olha para ele, intrigada. Ele faz um gesto com o polegar.

— Vou embora — diz ele, mais alto desta vez. — Tudo bem?

Tina concorda com a cabeça.

— Até mais — despede-se e se encolhe de volta no ombro do menino.

Ele corre de volta para fora, com frio na barriga. Mas a menina ainda está lá. Ela dá alguns pulinhos e esfrega os braços enquanto espera.

— Me desculpe por isso. Tina vai ficar bem. Ela nem estava tão bêbada.

A garota sorri e passa o braço pelo dele.

— Qual é o seu nome?

— Clara — ela responde, sem pestanejar. — E o seu?

— Benjamin.

— Benjamin? Não Ben?

— Tanto faz — ele mente. — Mas meus amigos me chamam de Benjamin.

E com essa frase ele percebe que fez aquilo de novo. Ele é entediante. A faísca se foi. Eles estão de pé na noite cinza e fria em uma calçada cinza e fria em uma cidade cinza e fria do norte, e ele não é empolgante nem divertido nem interessante, e a garota logo vai perceber e ir embora.

— Então, Benjamin. O que está fazendo nesta cidade horrível?

— Garantindo um diploma?

— Engraçado — ela diz, e ele pensa, *Ah é? Que bom.*

A garganta dele está seca.

— O que está estudando?

— Computação.

— Na Northumbria?

Ele confirma. Ela torce o nariz. Indiferente.

— E você?

— Adivinha.

Ele faz uma pausa na calçada e olha para ela.

— Letras — palpita. — Acho que você está estudando letras, língua inglesa.

Ela começa abrindo bem os olhos e recuando ligeiramente.

— Uau, impressionante. A não ser que... você seja um stalker. Ouça bem, Benjamin, se formos para a minha casa agora, você precisa prometer não me matar. Eu tenho um alarme para estupro e não tenho medo de usá-lo.

Ela revira a minúscula bolsa pendurada no ombro e tira um pequeno chaveiro preto.

— Veja!

Ele franze a testa e começa:

— Eu...

Mas ela não parece querer que ele responda, porque logo guarda o alarme de volta na bolsa e continua subindo a rua.

Ele supõe que ela esteja um pouco bêbada e também nervosa, então decide não analisar demais o que ela está dizendo. Ela continua falando, agora sobre as colegas de quarto e se deve pedir uma transferência porque todas elas usam drogas demais e ela não tem nada em comum com elas, e como nenhuma delas está no seu curso, ela não entende por que foi alojada ali de qualquer forma, e ela se pergunta que tipo de critérios estranhos devem usar para decidir quem mora com quem, e como, para falar a verdade, ela gostaria de nem ter vindo para essa universidade porque todos os seus amigos de escola foram para a Exeter ou Oxbridge ou LSE, e ela só veio porque seu namorado, que estava na faculdade, veio estudar aqui no ano anterior e ela pensou que eles ficariam juntos para sempre. Mas aí, quando ela chegou, descobriu que ele a traiu durante todo o primeiro ano — dá pra acreditar?! — e depois eles se separaram, e ela se sente uma tola agora, tanto por desperdiçar uma oportunidade quanto por decepcionar os pais, especialmente o pai, que nunca a perdoou por não tentar entrar em Oxbridge, então agora ela sente que não pode dizer a eles que não está feliz aqui, afinal.

Ele caminha ao lado dela, estranhamente tranquilizado por como essa garota que ele acabou de conhecer o trata como a um velho amigo, dizendo tudo o que pensa e sente, sem parar para pensar se é apropriado ou não. Ela está preenchendo o silêncio que ele tanto odeia — e não de uma maneira desagradável. De uma forma divertida. Ele sabe que ela está nervosa, mas admira como ela está tentando disfarçar.

Ela é um livro aberto. Um livro que ele quer ler.

— Ouça — ele começa, enquanto se sentam lado a lado no ponto de ônibus.

A maquiagem nos olhos dela está borrada, mas ele gosta. Ela parece despreocupada, relaxada.

— Quer me dar seu número?

Ela pisca duas vezes, ajeitando o cabelo atrás da orelha.

— Você não vem... comigo?

— Eu trabalho amanhã cedo — ele responde, olhando para os próprios pés. — Acho melhor eu ir pra casa.

— Ah. O.k. É por causa do que falei sobre o meu ex, não é? Eu não estou mais saindo com ele. Eu já superei, de verdade. É só vergonhoso ter sido tão tola. Quer dizer, ter seguido o cara até aqui como uma adolescente apaixonada. Que humilhante! Mas não tem nada...

— Não — ele interrompe, sentindo o pescoço ficar vermelho. — Não é isso. Eu só tenho que acordar cedo, e todas as minhas coisas estão no meu quarto...

— Suas coisas?

— Meu uniforme.

— Você usa uniforme?

— Não é exatamente um uniforme — ele protesta, sentindo-se estúpido. — É só uma camisa. Uma camisa polo que a loja nos obriga a usar.

— Então, pode me dar seu número?

— Claro — ela diz, fungando levemente.

— Tem uma caneta?

— O quê? Eu pareço ter uma caneta? Salva o número no seu celular.

— Eu não tenho.

— O quê?

— Celular.

Ela olha para ele.

— Por que não?

Ele dá de ombros.

— Eu simplesmente não senti necessidade.

— Droga, você realmente é um psicopata.

Ele ri, passando os dedos pelos cabelos.

— Tem uma linha fixa na minha casa. Eu só uso se preciso ligar pra alguém.

Ele não precisou ligar para muitas pessoas desde que chegou.

— Me dá seu número, então — ela diz. — Eu acho... Acho que terei que ligar pra você.

Ele percebe como ela se encolhe levemente ao dizer aquilo. Ele já aprendeu o bastante desde que entrou na faculdade para saber que não é assim que as coisas devem ser. É ele quem devia pegar o número dela, ele quem devia ligar para ela, ele quem devia correr atrás, conquistar, se esforçar. Ela é a presa e ele é o predador; exceto que, neste caso, não parece assim.

— Posso voltar e pedir um pedaço de papel e uma caneta no bar, se quiser? — oferece.

Isso pareceu desesperado.

— Não, tudo bem. Sou feminista. Por que eu não deveria ligar pra você?

— Certo.

Ele dá o número e observa enquanto ela o digita no Nokia preto.

Um ônibus para ao lado dos dois e ela se levanta.

— Vou voltar pra casa a pé — ele informa. — Vai chegar em casa bem?

— Esse ônibus vai direto para o meu alojamento. Acho que sim.

— Ótimo. Então, a gente se vê. Se você quiser me ligar. E aí podemos... podemos sair direito um dia desses.

— Tudo bem, Benjamin — ela diz, estendendo a mão e apertando a dele. — Eu te ligo.

Abril de 2022

17h38

CLARA

SEU TURNO TERMINA ÀS 17H30, QUANDO AS NOTÍCIAS DA BOMBA ESTÃO por toda parte. Ela está sendo constantemente alimentada de atualizações pela equipe de notícias, que compartilha diligentemente em seus feeds, adicionando a tag de notícias de última hora ao início.

Pode ser um dos dias mais comoventes que ela já teve desde que entrou no jornal, mas Clara não consegue encontrar nenhuma emoção nele. Tudo o que sente é medo.

Os primeiros relatos das vítimas são confusos. O jornal não quer publicar nenhuma estatística até a polícia divulgar um comunicado oficial. Os jornalistas também estão em todas as redes sociais, respondendo aos tweets das testemunhas, pedindo permissão para usar suas fotos. É frenético, e ela não tem tempo de parar e respirar.

Nenhuma pista sobre quem é o responsável ainda, mas, é claro, já foi presumido: um ato terrorista.

Ela fica aliviada quando seu chefe entra no plantão para assumir, respaldado pela equipe noturna.

— Posso ficar se precisar de mim — ela oferece, rezando para não precisar.

— Tudo bem. Vá pra casa assistir uma comédia romântica ou algo assim. Isso tudo é simplesmente terrível — diz Barney, dando um tapinha em seu ombro enquanto ela junta suas coisas. Ele suspira. — Que porra de dia horrível.

— Há imagens muito explícitas da sequência — ela prossegue. — O pessoal está tentando obter permissão para usá-las, mas...

Ela não completa a frase. Não cabe a ela decidir o que é apropriado.

Clara percebe que seus olhos estão marejados.

— Espero que você esteja bem — diz Barney.

— Desculpe.

Ela cobre notícias chocantes e deprimentes todos os dias, mas não dessa dimensão.

— Esta me pegou um pouco.

— Sim, é um absurdo.

Não, não é isso, pensa Clara.

— Vejo você na terça — ela diz em vez disso, indo para os elevadores.

No metrô, a caminho de casa, todos estão vidrados em seus celulares. A mulher ao lado dela está navegando pelo Twitter, esperando que os novos tweets carreguem ao aproveitar o wi-fi em cada estação, estalando a língua de impaciência. É como se ela estivesse assistindo a um filme de ação ao vivo. Só falta um balde de pipoca no colo.

Um vídeo, em particular, foi compartilhado inúmeras vezes. Clara o viu aparecer diversas vezes, e a mulher está o assistindo agora. Ela cutuca a amiga ao lado, aperta play novamente e ambas assistem horrorizadas.

Um homem, com seu sotaque do nordeste pesado de tanto chorar, apertando uma bandagem improvisada no rosto, descrevendo o instante em que a bomba explodiu. *Era só uma partida normal. Estávamos todos pintados.*

Ele está explicando como no minuto seguinte ele já não ouvia nada além de um zumbido, sem entender o que tinha acontecido. Então ele percebeu que tinha sido atingido por estilhaços.

Em determinado momento, ele levanta o antebraço para a câmera. Está rasgado em pedaços, a pele enegrecida e ensanguentada.

Quem faria algo assim? A gente estava só assistindo ao jogo, cara. Estava tudo em paz. Tinha crianças lá... Famílias... Só curtindo o jogo.

E então ele explode em um choro de soluçar.

Clara examinou incansavelmente todas as imagens que viu naquela tarde, seus olhos estavam doloridos de olhar, olhar, olhar. Mas ela não o viu. Talvez ele não estivesse lá?

Ela esperava que ele não estivesse lá.

Quando chega à sua estação, ela está completamente exausta. Thom já deve ter chegado em casa do trabalho e vai querer falar sobre tudo, é claro. Ele vai querer saber o que ela viu, se ela tem alguma informação privilegiada.

Mas hoje em dia não é assim que funciona. Os verdadeiros jornalistas são as pessoas em campo, as testemunhas dos acontecimentos. São elas que noticiam a história. São elas que realmente criam as notícias.

A mídia está perdendo poder. A capacidade de controlar a narrativa.

Ainda assim, ele vai perguntar. Ele acha o trabalho dela muito mais interessante do que o romance que ela está escrevendo.

Ela para no caminho até a porta da frente, pensando ainda mais a fundo naquilo.

Ele acha o trabalho dela muito mais interessante do que ela.

Clara abre a porta da frente do pequeno terraço vitoriano e fica parada no corredor por alguns segundos, se olhando no espelho. Antes que se dê conta, ela começa a chorar.

Ela não pode fazer isso. Ela não pode entrar ali e ter uma noite normal com Thom. Agora não. Não enquanto não souber se ele está vivo ou morto.

Vinte anos de dor vindo à tona.

Não parece haver escolha. Ela ainda está apertando as chaves na mão. Ela dá meia-volta e sai pela porta da frente, fechando-a antes que Thom tenha a chance de cumprimentá-la.

Clara caminha de volta para a estação Turnham Green, se perguntando quanto tempo levará para chegar a King's Cross. É uma viagem longa, comparativamente, com baldeação em Hammersmith para a linha Piccadilly. Ela aperta o celular, sabendo que o que está fazendo não tem lógica, não faz sentido. Mas não há outra alternativa.

Não há como voltar para casa e se sentar, escolher de onde pedir comida e, em seguida, se anestesiar na frente da televisão com uma garrafa de vinho.

A bomba é a gota-d'água. Mas Thom não vai entender, e ela não consegue se imaginar explicando tudo a ele, então ela mente, digitando uma mensagem da qual sabe que ele não vai suspeitar.

> Foi um dia pesado, estou indo tomar um drinque depois do trabalho com a Lauren para relaxar. Espero que não fique chateado. Não me espere acordado, bjs

Ela envia a mensagem assim que o metrô mergulha no subsolo depois de Barons Court, sabendo que ele só voltará à superfície dali a vinte minutos ou mais, quando ela já estará quase no primeiro destino.

Quanto mais ela avançar com aquele plano louco, melhor. Quanto mais distância física colocar entre si e sua casa — aquele casulo seguro e paralisante em que se esconde há quatro anos, desde que desistiu da ideia da maternidade e aceitou que esta era sua vida —, melhor.

Em King's Cross, ela sobe, seguindo as placas até a estação principal. O telefone vibrou em sua mão, mas ela não olha para ele. Ela compra a passagem e caminha até o saguão, olhando para a placa de partidas.

Os trens para Newcastle estão todos atrasados.

Claro, que estupidez não ter pensado nisso. Eles não querem que as pessoas vão até lá agora. Haverá policiais por toda parte, bloqueando a cidade.

E então ela percebe que há policiais ali também. Patrulhando a estação em pares, usando bonés de beisebol. Eles têm armas, walkie-talkies amarrados às coxas.

Um enorme telão ao alto pisca avisando que o primeiro-ministro elevou o nível de ameaça terrorista para "Grave", decisão que parece não resolver nada, tarde demais.

Ela suspira.

Ela *é* estúpida. Mesmo que chegasse lá, o que poderia fazer? Vagar pelas ruas na esperança de ter um vislumbre dele? Já se passaram vinte anos desde a última vez que o viu. Quantos desde a última vez em que os dois tiveram contato?

De qualquer forma, ele pode nem estar mais morando na cidade.

E mesmo que esteja, quais são as chances de ter sido atingido pela explosão? De ser um dos feridos ou moribundos?

Quando ela o conheceu, o pai dele sempre tinha ingressos para a temporada — e eles sempre iam juntos. A cada dois sábados, durante toda a temporada. Era como ir à igreja para eles. Uma religião. Ela não se lembra de ele ter perdido um só jogo em casa.

Ele estava lá, ela tem certeza.

Ela finalmente lê a resposta de Thom à mensagem.

> Ah, claro. Imagino que o trabalho hoje não tenha sido muito divertido. Divirta-se. Bj.

Thom não se importa. Que bom. Ele anda distraído nos últimos seis meses ou mais; diferente, de alguma forma. Desde que foi àquele osteopata controverso, que ele afirma ter realizado um milagre em suas costas.

Thom não suspeitará que o coração angustiado de Clara possa tê-la trazido até aqui, a este saguão lotado, para encarar um quadro de partidas, esperando que um dos sinais de "Atrasado" começasse a piscar "Embarcando".

Não. Thom vai se contentar pelo resto da noite com seu jantar e sua garrafa de vinho tinto e ficar bastante satisfeito. Saber disso alivia um pouco sua culpa.

Ela se dirige ao café na esquina da estação e pede um cappuccino, e vai bebendo devagar enquanto observa as pessoas indo e vindo.

Em determinado momento, ela o pesquisa no Google, embora já o tenha feito centenas de vezes — mensalmente, se não semanalmente — e nunca tenha encontrado nada de interessante, exceto um perfil desatualizado no LinkedIn e um punhado de notícias de 2002, que ela releu diversas vezes. Nenhum dos resultados parecia estar falando de Benjamin, seu amado menino.

Ele desapareceu totalmente quando desapareceu de sua vida.

Era cruel como tantas pessoas que ela escolheria esquecer apareciam em seus feeds nas redes sociais, enquanto a única pessoa que ela sabe que nunca apareceria permanecia tão fugaz.

Ela não lê as notícias. Ela ignora completamente o Twitter. Ela não quer mais detalhes agora. Não até chegar lá e ver pessoalmente.

Quando termina o café, ela se levanta e pede outro. E então espera, observando os minutos passarem no grande relógio da estação, até que, aparentemente horas depois, a placa de partidas é alterada e finalmente ela vê. O motivo por estar ali.

Um trem para Newcastle, saindo em vinte minutos.

Abril de 2022

19h18

CLARA

Ela tem sorte de conseguir um lugar para se sentar no trem, mas não é bom. Fica bem ao lado do bagageiro, e o odor do banheiro é sentido toda vez que alguém abre as portas operadas a vácuo. No espaço entre os vagões, há pessoas sentadas no chão, se queixando dos preços dos bilhetes.

Nada mudou.

Ela se lembra tão bem daquele trajeto. A emoção que sentia quando ia da casa dos pais, em Hampstead, puxando sua mala de rodinhas pela rua até o metrô. Então, na estação, comprava uma garrafa de água e uma banana — Clara não comia muito quando adolescente, com pavor de engordar — e depois se acomodava com uma revista ou um livro e olhava pela janela, cochilava ou lia a viagem toda.

Naquela época, seu celular só enviava mensagens de texto ou fazia chamadas, então o aparelho passava a maior parte do tempo dentro da bolsa. Mas ela enviava uma mensagem de texto para ele quando o trem parava em Darlington, de modo que ele soubesse que estava na hora de ir encontrá-la.

Então, ele a esperava na plataforma. Ela sempre avisava em que vagão viajava, e lá estava ele quando o trem chegava, e muitas vezes ela estava quase chorando quando saía e seus corpos colidiam.

Aqueles momentos de reconexão foram o mais próximo da sensação de euforia que ela já chegara.

Agora, ela não consegue se lembrar de quando visitou Newcastle pela última vez.

Ela pensa em como as coisas mudaram.

O trem está cheio de pessoas falando sobre a explosão, e ela gostaria de estar com seus fones de ouvido para não precisar ouvir.

Uma mulher mais velha de cabelos curtos com mechas está frenética, contando ao homem sentado ao lado que sua filha trabalha perto do estádio e que ainda não conseguiu falar com ela.

— O telefone dela está desligado. Estou tentando ligar para a linha de informações, mas não consigo — diz ela, olhando para o telefone. — E agora minha bateria está quase acabando.

O homem ao lado a olha com compaixão, mas não diz nada. Clara se pergunta por que ele está naquele trem. Para onde está indo.

Ela fecha os olhos e pensa novamente em Natasha, se perguntando se ela também foi para casa dormir. Clara não sabe bem como são os turnos dos substitutos. Eles parecem estar por toda parte. As demissões significam cada vez mais freelancers e novos rostos nas mesas.

Por que ela parecia tão familiar? Clara tem certeza de que nunca a tinha visto no escritório, mas também de que aquela não foi a primeira vez que as duas se cruzaram. Talvez ela seja amiga de Lauren?

Ela tira o celular da bolsa e escreve uma mensagem. Lauren é a única pessoa que conhece a história toda. A única que entende ao menos cinco por cento do que este dia significará para Clara.

> Não me julgue, mas estou no trem para Newcastle. Falei para o Thom que saí com você. Desculpa.

Ela espera que Lauren entre no WhatsApp e que o sinal de entregue ao lado da mensagem fique azul. E então, o inevitável.

O telefone de Clara começa a tocar.

— Oi — diz ela, baixinho. Ninguém gosta de conversar no trem.

— O que... Você está bem? — pergunta Lauren.

Ela parece estar sem fôlego. Talvez esteja saindo. Afinal, é sábado à noite.

— Sim, estou. Eu sei que é estupidez, mas...

Lauren faz um chiado como o de vapor saindo de uma chaleira.

— Você está mesmo... de verdade em uma porcaria de trem rumo a Newcastle?

— Eu não sei o que estou fazendo — confessa Clara, começando a chorar. — Deus.

Ela seca os olhos com o dorso da mão. — Sinto muito.

— Porra, eu devia estar... Temos ingressos para um filme hoje à noite. A babá acabou de chegar aqui. Já estou atrasada. Onde você está? Consegue descer? Isso é loucura, você sabe.

— Estamos perto de York. Acabamos de passar por Peterborough.

— Jesus. O que você vai... Onde você vai ficar?

— Estou com o cartão de crédito. Posso arranjar um hotel.

— E depois? O que você vai fazer? Perambular pelas ruas à procura dele?

— Eu tinha...

Ela não sabe como explicar o impulso visceral que sentiu. A atração. Ela precisava pegar aquele trem.

— Preciso ter certeza de que ele está bem. Você sabe que ele sempre ia a todos os jogos.

— E como vai fazer isso exatamente? Clara...

— Eu vou... Eu vou ao trabalho dele, perguntar a eles.

— Como sabe onde ele trabalha?

— Ele me contou. Quando nos falamos por e-mail pela última vez.

— Clara, meu bem, isso foi, o quê... dez anos atrás?

— Eu sei, mas...

Como explicar para Lauren que ela o conhece? Ela o conhece a fundo, de um jeito que ninguém mais conhece.

Mesmo que ele não trabalhe mais lá, haverá pessoas que sabem onde ele trabalha agora.

— Lauren, e se ele... — sussurra ela, segurando o telefone com tanta força que as pontas de seus dedos doem. — E se ele estiver machucado? Ferido? E se ele estiver morto?

Ela fecha os olhos com força, como se quisesse bloquear a possibilidade.

— Ouça: quero que você me prometa que vai descer em York e pegar o primeiro trem de volta. Eu confiro os horários para você... Espera aí, estou te colocando no viva-voz.

— Eu...

— Merda!

— O quê?

Há um silêncio na linha. Clara não consegue identificar se é o sinal ou Lauren pensando no que fazer quanto à sua amiga louca.

— Merda, merda, merda — repete Lauren. — Você vai chegar tarde demais. Não tem como pegar um trem de volta esta noite.

Clara abre os olhos, os lábios se reorganizam em algo semelhante a um sorriso. *Dê o primeiro passo e a escada aparece*, como dizia sua avó.

— Bom, então dá no mesmo eu continuar até Newcastle.

Lauren faz uma pausa novamente. O trem se inclina de lado à medida que ganha velocidade.

— Me liga quando chegar lá — instrui Lauren. — Prometa. Assim que descer do trem, você me liga. E não chegue nem perto do maldito estádio. Ouviu bem? Só me liga. Vou procurar alguns hotéis perto da estação agora e ver se consigo um quarto para você.

Clara sorri, desta vez de verdade. Embora agradecida por como Lauren tenta cuidar dela, ela não precisa disso. Ela vai ficar bem.

— Está tudo bem. Tenho quarenta e um anos. Faz muito tempo que... Estou bem agora. Estou com a cabeça no lugar.

— Clara, eu te amo, mas se você tivesse a cabeça no lugar, não teria acabado de pegar um trem para fazer uma viagem de três horas até Newcastle por capricho.

— Sinto muito por ter te preocupado — diz ela, ganhando confiança. — Mas estou falando sério. Eu vou ficar bem. Sei que parece loucura, mas, por algum motivo, tenho certeza...

Ela para, olha para o borrão de árvores passando pela janela. Mais espaço. Mais distância.

— Tenho certeza de que é a coisa certa a fazer.

Março de 2000

BENJAMIN

Ele está esperando por ela na plataforma.

Faz uma semana desde que Clara ligou pela primeira vez. Benjamin não estava, então ela deixou uma mensagem com o colega de apartamento dele, Donny.

Donny achou hilário.

Uma mina aí te ligou. Ela disse que você podia ligar de volta, toma o número. Aí, galera, o Benjamin finalmente conseguiu!

— Cala a boca — disse Benjamin, pegando o folheto de delivery no qual Donny tinha anotado o número.

— Ela parece ser uma pessoa fina — disse Donny, se afastando com um assobio — Rica.

Seu coração estava martelando quando discou o número, mas Clara atendeu imediatamente.

Ele sugeriu sexta-feira à noite. O Newcastle City jogava em casa no sábado, então aquele dia estava fora de cogitação.

— Vou visitar meus pais na sexta — ela disse. — Eles moram em Londres. Você pode no domingo à noite? Talvez me encontrar na estação de trem? A chegada é às 18h07.

Parecia estranho começar um encontro buscando alguém na estação de trem; no entanto, mal sabia ele como aquilo se tornaria uma coisa deles, um ritual.

Benjamin tentou ir até a plataforma, mas logo percebeu que precisava de um bilhete para atravessar as roletas. Ele explicou a situação para o cara trabalhando nelas, que disse que se ele conseguisse uma permissão para transitar, poderia esperar na plataforma.

Ele localizou a pequena máquina vermelha, pagou os dez centavos e pegou o bilhete.

E agora ele está esperando, se sentindo um pouco imbecil e se perguntando se deveria ter levado flores ou algo assim — uma rosa, talvez —, ou se teria sido exagero. De alguma forma, no entanto, parece errado estar de mãos abanando.

Ele sempre leva flores quando visita a mãe, mas é diferente, claro.

Ele vê o trem vindo de longe, uma mancha no início, que cresce cada vez mais à medida que contorna a curva, fazendo atrito com os trilhos. É enorme este trem, e parece estar lotado.

Ele nunca esteve em Londres.

Por fim, o trem começa a cuspir seus ocupantes na ampla plataforma, e ele tenta ficar parado ali, confiante, procurando pela multidão.

Como identificá-la? O cabelo amarelo. Ele nunca esquecerá o rosto dela, mas há tantos rostos ali. E se ela esquecer o dele?

Ele está tão desesperado para vê-la antes que ela o veja. De alguma forma, a ideia de ser surpreendido por ela o faz querer fugir.

Mas ele é alto. Um e oitenta e cinco, o que lhe dá uma vantagem.

Finalmente, ele vê uma cabeça loira descendo na plataforma. Ela está usando uma jaqueta jeans, a calça também jeans ligeiramente aberta na barra e botas marrons. Ele passa os dedos pelos cabelos, verificando se os cachos estão no lugar certo.

Ela levanta o rosto e o vê, e novamente abre aquele sorriso.

Por um breve instante, ele pensa em como gostaria que aquele sorriso fosse a última coisa que ele visse antes de morrer, e depois se pergunta o que há de errado com ele.

— Oi — cumprimenta ele conforme ela se aproxima.

— Oi — ela responde, parecendo tímida.

Claro, desta vez ela não está bêbada. Ele engole em seco. Está relativamente escuro na plataforma — o sol se pôs há uma hora, mas mesmo assim. Será que ela está decepcionada com ele?

— Espero que não tenha esperado muito.

— Não. Deixe-me levar isso para você.

Ele deixa a mão brevemente sobre a dela quando pega a mala. Está mais pesada do que ele esperava.

— Seu fim de semana foi bom?

— Ah — começa ela, torcendo o nariz. — Foi tudo bem.

Ele entende. No momento, ele também não gosta muito de visitar sua família.

Clara respira fundo.

— Então, Benjamin. Para onde vamos? — pergunta na saída da estação.

O rosto dele fica vermelho.

— Eu pensei... em um bar com sinuca. Às vezes tem música ao vivo também.

— Sinuca?

Ele sente o estômago embrulhar.

— Não fica longe. Pensei que você poderia querer ir a algum lugar perto. Que talvez estivesse cansada depois da viagem... Além disso, é meio que no caminho da sua casa...

— Parece ótimo. Nunca joguei sinuca. Isto não é exatamente verdade. Eu já joguei. Mas só uma vez, em um pub. Se bem que talvez fosse *snooker*. Qual é a diferença?

— Se foi em um pub, provavelmente não era *snooker* — esclarece ele, sorrindo.

— Qual a diferença?

— Você realmente quer saber?

— Quero muito saber.

— O *snooker* tem mais bolas, mesas maiores, regras diferentes. É mais difícil.

— Você é bom?

— Em *snooker*?

— Em sinuca.

Ele para do lado de fora de um bar chamado *The Elbow Room*. Ela olha para o letreiro em neon acima da porta.

— Parece... bem coisa de homem.

— Eu achava que você era feminista.

Ela bate com o dorso da mão no peito dele e sorri, e ele sente uma onda de desejo que traz o rubor de volta ao seu rosto.

— Primeiro você — ele diz, e ela passa por ele.

Eles abandonam o jogo após vinte minutos. Clara se recusa a seguir as regras — insistindo em tentar acertar as bolas de Benjamin — e, embora seja algo que normalmente o irrite, porque no fundo ele acha difícil aceitar quando não respeitam as regras, ele descobre que não se importa. Não quando é ela.

— Sou uma merda nisso — ela constata, afundando no banco de couro atrás da mesa.

Ainda faltam sete bolas para acertar, mas ele se senta ao lado dela de qualquer forma, ainda segurando o taco.

— Você não é — ele discorda, sorrindo. — Se ao menos parasse de tentar acertar as minhas bolas. Você se saiu muito bem com a sua bola 2.

Ela revira os olhos e suga o drinque pelo canudo.

— Quer mais um? Minha vez.

— Não — ele recusa, colocando a mão sobre a dela e tirando o copo dela. — Deixa comigo.

— Ah. Obrigada. Quero gim-tônica, então.

No bar, ele coça o pescoço enquanto espera ser servido, tentando não olhar para trás. Ele sente um medo, provavelmente não irracional, de que ela possa fugir, deixá-lo lá. Ou ligar para uma amiga e brincar sobre como aceitou sair com um fracassado.

Suas palmas das mãos estão suadas quando ele volta com as bebidas. Ela ainda está lá.

— Posso te dizer uma coisa, Benjamin? — ela pergunta, enquanto aceita a bebida.

Ele toma um gole. Confirma com a cabeça.

— Acho que você tem o melhor rosto que eu já vi. Isso é estranho? Tipo, é simplesmente... perfeito.

Ele quase se engasga com a bebida. Ele abre a boca, mas nada sai.

Como responder a uma coisa daquelas? Por que não existem regras para essas coisas? Por que todos os outros parecem instintivamente saber o que dizer, o que fazer nessas situações?

— Quer ir pra minha casa? Estou bem cansada, mas não quero que isso... termine. Pelo menos ainda não. Além disso, eu sou péssima em sinuca e, pra falar a verdade, está bem barulhento aqui dentro e eu prefiro ficar na minha cama com uma xícara de chá e conversar com você direito.

Conversar com você direito.

— Eu...

Por alguma razão, ele pensa no pai novamente. O que ele diria? Ele diria para ir em frente. Provavelmente. Mas o que ela realmente quer dizer? Ele a olha. Ela prende os lábios e morde o inferior. Ela está esperando uma resposta.

Ela também tem o rosto mais perfeito que ele já viu, mas ele não consegue nem se imaginar simplesmente dizendo aquilo em voz alta.

— Claro — ele responde, tirando coragem de algum lugar.

Ele olha para sua cerveja. Praticamente intocada. Seria grosseiro perguntar se poderia terminá-la? Ele precisa muito. O álcool faz alguma coisa nele. Beber o torna diferente de quem ele é; o faz parecer melhor, mais socialmente aceitável. As pessoas gostam mais dele quando ele está bêbado. E ele gosta mais das pessoas também.

— Quer terminar sua bebida primeiro? — sugere Benjamin.

Ela arregala os olhos como se tivesse sido desafiada, coloca o canudo de volta na boca e chupa e chupa até esvaziar o copo.

— Pronto — anuncia, batendo o copo de volta na mesa.

Ele olha para o próprio copo de cerveja. Ele já virou muitas cervejas antes, é claro — um rito de passagem para qualquer rapaz do norte. Mas ele não pode fazer isso aqui. Não na frente dela.

— Não vai terminar a sua? — questiona Clara, cutucando-o.

É um teste? Parece um teste. Um teste que ela nem sabe que está propondo.

Ele estende a mão e pega o copo, toma um grande gole, e coloca-o de volta na mesa.

De repente, ele percebe que não quer ser aquela versão irritada e entorpecida de si mesmo na frente dela. Ele quer que ela goste dele como ele realmente é.

— Você ganhou — ele declara. — Vamos.

Abril de 2022

22h42

CLARA

O TREM CHEGA EM NEWCASTLE. JÁ É TARDE, QUASE 23H. O TREM AINDA tem mais a percorrer, até Edimburgo. As pessoas que continuaram no vagão estão todas bocejando, deixando a cabeça cair no ombro do passageiro ao lado.

Ela não mandou a mensagem para Thom avisando que não volta para casa. Ele vai dormir e provavelmente não notará até acordar. Hoje em dia, agora que suas costas melhoraram, ele dorme bem.

Pensar naquilo traz algum alívio. É uma espécie de liberdade.

Clara deveria ter feito isso antes. Fugido. Colocado a si mesma em primeiro lugar.

Ela se dá conta de que Thom tem feito o mesmo ultimamente. Ela achou que era só trabalho — ele decidiu abrir uma segunda loja no ano passado e anda extremamente ocupado desde então. Mas não é só isso. Ele voltou a frequentar a academia e até se inscreveu em um curso de culinária.

Crise de meia-idade, concluiu a mãe de Clara. Mas Clara ignorou. Evitou as perguntas. Tem alguma coisa acontecendo com Thom, mas ela não encontrou energia para se importar. E isso a deixa triste, mas resignada, como a tristeza que se sente quando um parente idoso e distante morre.

E agora é como se um interruptor tivesse sido desligado em seu cérebro, uma espécie de amnésia em relação a sua vida atual. Tudo em que ela pode pensar é ele. No passado que nunca realmente ficou para trás.

Clara pisa na plataforma e se depara com o frio no ar que anuncia sua volta ao norte. Ela esquecera de como pode ser mais frio ali — especialmente à noite. Ela aperta a jaqueta leve em volta do corpo, desejando que tivesse considerado trazer um casaco. Ou uma bolsa com algumas coisas, como uma escova de dentes. Lauren mandou uma mensagem com os detalhes de um hotel no Quayside, avisando que reservou um quarto no nome dela.

Prometa que vai usá-lo. Prometa que não vai passar a noite inteira vagando pelas ruas. P.S.: Este filme da Marvel é uma merda.

Clara respondeu.

Eu prometo. Obrigada x
P.S.: Lamento pelo filme.

Foi reconfortante saber que não estava completamente solta. Que havia alguém de sua vida real aterrando-a.

Ela enfia o bilhete na abertura da catraca e a atravessa. A estação está calma, mas uma coisa se destaca. A polícia. Muito mais policiais do que em Londres, patrulhando em pares, observando e esperando por qualquer coisa suspeita.

Ela tira o celular do bolso e toca no mapa. Seus olhos percorrem as linhas da cidade, o desenho complexo e entrelaçado instaurado pelas estradas e edifícios. Um universo inteiro em sua mão, como uma espécie de magia.

Ela conhecia esta cidade muito bem, mas o lugar mudou. Dá para ver ao sair da estação. Tudo é mais brilhante, mais vibrante, como se tivesse recebido uma camada de verniz.

Ela vira à esquerda da saída da estação. O bar dele fica a dez minutos a pé. Ela tenta não pensar no fato de que está andando na direção do estádio.

Conforme ela passa, os pubs parecem quietos, e há uma atmosfera estranha, como se a cidade tivesse sido sedada. Mas a sedação é pontuada com o berro ocasional das sirenes, em algum lugar ao longe.

Enquanto caminha, Clara passa por mais policiais. Todos eles têm armas, mantidas perto do peito, e todos a ignoram.

Ela se lembra, então. De estar ali antes, fazendo aquela mesma caminhada. Mas com ele, claro.

Todas as suas lembranças da cidade são com ele. Com exceção de uma. A cidade mudou, mas não a ponto de as memórias desbotadas — de ser uma pessoa diferente, uma versão diferente de si — não a acompanharem conforme ela avança.

E então, como se a cidade estivesse lendo sua mente, ela levanta a cabeça e vê que está no *The Elbow Room*.

Março de 2000

CLARA

Ela está mais nervosa do que aparenta quando estende a mão para ele, se afastando do bar.

Ele deve pensar que ela é uma idiota. Totalmente inútil, sem a menor ideia de como jogar sinuca.

Ou pior: que ela é uma pirralha mimada para não continuar jogando quando ele estava tentando ensiná-la com tanta paciência.

Mas o que ele não tinha percebido — ou notado — era que as mesas de bilhar ao lado da deles estavam rodeadas por homens. Apenas homens. E que eles estavam olhando para ela, aquele mesmo olhar de soslaio que ela conhecia tão bem, e que em dado momento um deles cutucou um amigo e riu, e Clara sabia que tinha sido da péssima tacada que ela tinha dado.

Ela não conseguia lidar com a humilhação. Ou com os olhares lascivos.

Agora, no entanto, ela está apavorada. Ela está levando tudo a um nível totalmente novo e, apesar da própria bravata, seu estômago está se revirando de medo de arruinar as coisas com ele. Com aquela criatura perfeita e enigmática.

Não foi assim com Daniel.

Ela foi pressionada a ter aquele relacionamento pelas amigas, pelo próprio desespero, por ele ter sido o único rapaz vagamente atraente que já demonstrara algum interesse nela.

E ela continuou pela intensidade do que ele sentia por ela.

Por ter dezessete anos e querer tanto estar apaixonada. Pelos elogios com os quais ele a cobria, pelo fato de que uma vez ele lhe deu um envelope contendo cinquenta libras, dizendo que ele queria agradecer porque ela o fazia tão feliz.

Nunca ocorrera a ele que pagá-la poderia fazer com que ela se sentisse uma prostituta. Ele ficou tão perturbado pela gafe quando ela se enfureceu, jogando as notas em seu rosto.

Como você se atreve! Que merda é essa?!

No entanto, ainda assim, ele era um menino de dezoito anos, sem nenhuma pista de como expressar seu amor. Ela entendeu que ele pensara ser essa a maneira mais poderosa. E, apesar de sua indignação, o gesto a afetou, e ela pensou: *uau, isso é para valer*.

Ela pensou que eles durariam para sempre. Que horror ele ser a razão para ela estar ali agora, naquela faculdade.

Ela contrariou os pais e o seguiu até uma cidade fria do norte, tão longe de casa.

Até sua amiga de escola Melissa disse que era um erro, mas Clara acreditava que o relacionamento valia a pena. Quando ela finalmente chegou, no último período, tudo parecia errado. Daniel estava diferente com ela. Desajeitado e indiferente.

Levou apenas alguns dias para descobrir sobre a traição, quando os dois se depararam com uma das conquistas dele em um bar. A garota atirou os braços em volta de Daniel, olhou Clara de cima a baixo e perguntou: "Essa deve ser a namorada?!".

Pior ainda foi Daniel ter sido tão casual a respeito, como se ela fosse uma tola por esperar que ele fosse fiel.

Ela tinha seguido o que pensava ser seu coração. Mas não era. Era uma fantasia criada por ela mesma. E quando eles se separaram, ela nem ficou com o coração partido. Foi pior: ela ficou com vergonha, com o orgulho ferido.

O que eles tinham não era amor. Claro que não era. Porque parada ali na rua com essa pessoa — esse *sonho* — ela já entende o que o amor realmente é. Algo intangível. Um sentimento que tomou conta de todo o seu ser, física e mentalmente.

Mas ele está calado. Ela não consegue adivinhar no que ele está pensando, então continua falando para preencher o vazio. Sobre o fim de semana, sobre a mãe, com quem ela tem uma relação desconfortável e cheia de julgamentos; sobre a irmã mais nova, Cecily, que teve que ser levada ao hospital na noite anterior para uma lavagem de estômago depois de beber demais em uma festa na casa de alguém.

— Ela é uma idiota — decreta ela, olhando de lado para ele.

Benjamin não mexe a boca, e ela não consegue identificar no que ele está pensando.

— Ela só tem dezesseis anos. É a segunda vez que isso acontece. Se ela quiser beber seis vodcas com Red Bull, precisa comer alguma coisa primeiro.

— Bom, ela é só uma adolescente, eu acho.

— Sim, mas… — Ela faz uma pausa. — Ela ficou muito doente quando era pequena. Leucemia. Eu fico realmente indignada por ela não se cuidar melhor.

Ele para na calçada, olha profundamente em seus olhos.

— Mas ela está bem? — pergunta, parecendo preocupado. — Agora?

— Ela está bem. Completamente curada. Isto é, ela faz check-ups todos os anos, mas está em remissão há quase uma década. É só que… todo mundo esquece de como ela ficou mal. Ninguém nunca realmente conversou sobre o assunto. É como um estranho segredo de família. Às vezes parece que eu sou a única que se lembra. E eu tinha só seis anos! Eu morria de medo de ela morrer.

— Deve ter sido muito difícil.

— Foi horrível. Tive pesadelos durante anos. — Ela baixa a voz. — Acho que a ansiedade nunca foi embora.

— Ela provavelmente sente sua falta — opina ele, pensativo. — Eu acho. Agora que você saiu de casa.

Clara não cogitara aquilo.

— Bem, é como se eu os visitasse todo maldito fim de semana. Meus pais estão *tão* chateados comigo por não ter escolhido Oxford ou Cambridge. Meu pai insistiu para que eu fizesse Economia, mesmo que eu fosse péssima em matemática.

É imaginação dela ou Benjamin aperta sua mão ligeiramente? Ela não tem certeza, mas gosta. Gosta da sensação da pele dele na dela, de como as palmas das mãos deles se encaixam. Ela nunca mais quer soltar a mão dele.

— Como são seus pais? — pergunta Clara.

— Não como os seus. Embora eu definitivamente tenha decepcionado meu pai quando desisti do futebol.

Ela franze a testa, se perguntando se é uma piada.

— Futebol?

— Sim. Ele tinha grandes sonhos para mim quando eu era jovem. Eu era… decente. Para quem você torce?

— Ah.

Ele está falando sério!

— Ninguém. Desculpa.

— Sulistas — zomba ele, revirando os olhos.

— E você?

— Newcastle City na veia. Obviamente.

— É aqui — ela diz, parando do lado de fora de seu alojamento. — Moro na parte autossuficiente, graças a deus. Tenho meu próprio banheiro também. Apesar de que, quando me mudei, a pia não drenava, e aí a Lauren desparafusou a... — Ela torce o nariz. — Você não vai querer saber o que ela encontrou. Estudantes são nojentos.

Ele ri.

— Vai subir, então? — pergunta ela, puxando a mão dele.

De repente, ela é acometida por um medo de Benjamin ter mudado de ideia, de seu falatório ininterrupto o ter afastado, de ele querer fugir dali o mais rápido possível.

— Claro — ele responde, e ela solta o ar que prendia. — Vá na frente.

Eles sobem a escada de concreto em sincronia, ainda de mãos dadas, o que é um pouco estranho quando um rapaz de um dos andares superiores tenta contorná-los ao descer.

Ela torce para que suas colegas estejam todas nos próprios quartos.

— Eu estava um pouco bêbada na outra noite — ela diz, engolindo em seco. — Quando falei mal das minhas colegas de apartamento. Na verdade, elas são legais. Elas só... Elas não são como eu. Isto é, eu acho que são, em alguns sentidos, e acho que posso ser meio cruel às vezes. Eu só estava muito bêbada e chateada porque uma delas estava me enchendo o saco porque me recusei a tomar ecstasy... Elas não parecem nada incomodadas com aquela coitada, aquela garota dos noticiários?! O cérebro dela inchou porque ela bebeu água demais depois de tomar ecstasy e aí ela morreu. Lembra dessa história? Qual era o nome dela mesmo? São só... coisas assim, sabe? Isso realmente me afeta.

Ele sorri para ela. E sem pensar, ela se inclina para beijá-lo. É como uma centena de faíscas deixando todo o seu corpo, e ela se sente fraca.

— Eu... — ela começa, mas o que dizer? Ela quer estar sozinha com ele, agora, na cama.

Ela abre a porta do apartamento. O lugar cheira mal, como sempre, porque alguém deixou um saco cheio de lixo atrás da porta.

— Desculpe o cheiro. Era a vez da Jo tirar o lixo, mas ela não se dá o trabalho, então simplesmente deixa isso aí até precisar sair.

— Não é nada mau. Eu moro com três caras.

Ela torce o nariz, imaginando.

Eles ainda estão de mãos dadas.

— Este é meu quarto — ela indica, empurrando a pesada porta com o ombro.

Tem uma dobradiça corta-fogo, então a coisa pesa uma tonelada. Clara acende a luz. Ela arrumou o quarto antes de partir na sexta-feira, e agradece ao seu eu do passado pela perspicácia. Ele coloca a mala ao lado da cama.

— Quer beber alguma coisa? — ela pergunta, tirando a jaqueta e pendurando-a no encosto da pequena cadeira da escrivaninha. — Água? Vodca? Chá?

— Tentador, mas não — ele recusa, puxando-a para se sentar ao seu lado na cama.

Ela fecha os olhos brevemente, pensando em como nunca se sentiu tão feliz. Ou tão viva, pelo menos. Ela adora tudo. O cheiro dele; algum tipo de produto de cabelo ou pós-barba com notas de alguma coisa terrosa e limpa. Os olhos dele, e como, quando ela olha neles sob aquelas lâmpadas fortes no teto, repara serem salpicados de risquinhos dourados. Ela põe as mãos sobre o suéter dele, sentindo os contornos do peito.

Ele levanta a mão e afasta os cabelos dela do rosto, mas não diz nada.

Ela está tão consumida pelo momento que se vê se afastando do presente. Pensando demais. Imaginando se fosse Daniel ali, dizendo que ela era linda, que seus olhos eram como lagoas ou alguma outra coisa igualmente banal.

Mas Benjamin não diz nada. Ele apenas a olha — realmente a olha, como se ela fosse algum tipo de criatura intrigante que ele nunca viu antes.

— Eu... — ela diz, porque o silêncio é demais, esse silêncio insuportavelmente carregado. — Eu realmente gosto de você, Benjamin.

Ela fecha os olhos, horrorizada. Ela é Daniel agora, contrastando com a pureza dele, com sua confiança silenciosa no momento. É ela estragando tudo.

Aquilo basta para fazê-la querer chorar, mas em vez disso ouve Benjamin dizer:

— Que bom. Eu realmente gosto de você também.

E então eles se beijam, famintos, e ela o empurra de costas na cama e ataca as roupas dele, arrancando a jaqueta e se atrapalhando com a fivela do cinto e, por um segundo, eles se afastam e ele está só de camiseta, e depois ela está só de sutiã — felizmente um dos bonitos —, e eles estão se beijando novamente e ela se pergunta por um segundo se os preservativos distribuídos na primeira semana de aula estão na mesinha de cabeceira, porque ela acha que os colocou lá, mas não tem certeza, e então ela pega novamente no cinto dele, e ele a ajuda a abri-lo e então...

Benjamin põe a mão sobre a dela quando ela a desliza para dentro da calça dele.

— Não — diz ele. — Não...

Ela continua a beijá-lo, ignorando, porque certamente ele não quer dizer *não*, ela ouviu errado, ou ele está tentando ser sensível porque ela é uma garota, mas ele pega a mão dela novamente e a afasta, agora com mais força, de sua virilha.

— Não — repete ele, docemente.

Ela se afasta e olha para ele. Ele a beija novamente.

— Isso é suficiente — sussurra ele entre cada beijo.

Ela se senta, magoada, olhando para o colo dele.

— Mas eu senti... Você estava...

O rosto dele fica vermelho. Ela o envergonhou de alguma forma. O que ela fez de errado?

Sua cabeça começa a latejar ao pensar em todos os outros garotos com quem esteve na mesma situação, em como foram eles que guiaram a mão dela até suas sambas-canções, como eles deslizavam as próprias mãos pela saia e calcinha dela.

— Eu posso... Eu posso usar só a mão, se você quiser? Não precisamos...

Ele desvia o olhar.

O feitiço que recaíra sobre ela desde que segurou a mão dele pela primeira vez na saída da sinuca finalmente se quebra.

— Olha. Acho melhor eu ir — diz ele, vestindo o suéter de volta. — Tem algum ponto de ônibus aqui perto?

As lágrimas brotam nos olhos dela, queimando-os.

— Não vá. Me desculpe.

— Você não tem por que pedir desculpa. Só acho que está tarde. Tenho uma aula amanhã cedo.

Ela franze a testa. Os dois estão no primeiro ano. Aulas cedo podem ser perdidas se o motivo vale a pena.

— Ah, o.k. — ela diz, fungando.

Evidentemente, ela interpretou mal a situação. Parece que o mundo inteiro está desmoronando ao seu redor, mas tudo bem. Ela é mais forte do que isso.

— Claro. Tem um ponto na esquina. É só dobrar à esquerda ao sair e depois caminhar até o final da rua.

— Ótimo. Obrigado.

Ela o segue escada abaixo até a entrada dos alojamentos. Eles não estão mais de mãos dadas. Ele está praticamente disparando pelos degraus agora, seus passos em um ritmo frenético enquanto escapa dela.

É dilacerante. Ela o odeia.

— Até mais, então — ele diz, parando com a mão na porta.

Ela olha para a mão dele e se pergunta como é possível que, apenas dez minutos antes, aquela mão parecesse se encaixar tão perfeitamente na dela.

— Até — concorda, piscando para conter as lágrimas. — Espero que chegue em casa bem.

— Tchau, Clara.

Ela se vira e sobe as escadas sem olhar para trás.

Março de 2000

BENJAMIN

ELE PROVAVELMENTE ESTRAGOU TUDO, MAS NÃO É UMA GRANDE SURPRESA. O que ele estava pensando, afinal? Ela não estaria interessada em alguém como ele.

Ele puxa a gola da jaqueta para cima e desce a rua pisando forte; a náusea o domina.

Ele queria poder chorar.

E ela parecia tão chateada quando ele saiu. Desolada. Como se ele tivesse lhe dado um tapa.

Ele nem sabe do que teve medo, só que não queria que fosse daquele jeito. Não na primeira vez dele. Não com ela.

Ele resolve desistir do ônibus e voltar para casa a pé, como algum tipo de penitência estúpida, embora não realmente, já que ele não se importa em andar. Ele foi feito para andar; pernas compridas e pulmões grandes dando a impressão de que ele está fazendo o que foi projetado para fazer. Caminhar a passos largos.

Afastar-se de seus erros.

Mas ele não consegue tirar o rosto dela da cabeça. Aquele rosto doce. É quase meia-noite quando finalmente chega em casa.

Donny está na sala, assistindo a alguma coisa que parece ser pornografia, mas que ele insiste não ser. Ele está com um cobertor no colo e as mãos por baixo.

A cena embrulha o estômago de Benjamin novamente, e ele não dá olá ou boa-noite, subindo as escadas para o quarto minúsculo dois degraus de cada vez.

A lâmpada do banheiro queimou há três semanas e ninguém se preocupou em trocá-la, então ele lava o rosto e escova os dentes no escuro e se arrasta para a cama, revivendo a noite na cabeça, se perguntando por que e como ele é tão incompetente em tudo.

Ele espera três dias antes de ligar para ela. Três dias de tortura. De autoflagelação, de imaginar como ela está se sentindo, o que ela está falando sobre ele — porque, certamente, ela deve estar contando para todo mundo. Ela é um livro aberto, lembre-se, e agora ele, estúpida e violentamente, fechou a capa por engano.

Enquanto percorre a cidade, ele se imagina esbarrando nela, no que diria.

Quando Tina o convida para sair à noite depois do trabalho, ele concorda, mas só por não conseguir mais ficar sozinho com os próprios pensamentos antes de enlouquecer por completo, e ele espera que a cerveja e as batidas repetitivas da música house abafem o turbilhão em sua cabeça.

Mas não funciona. Ela ainda está lá, Clara. Na cabeça dele. Seguindo-o com seus grandes olhos vermelhos.

Você é um rapaz sensível, a mãe dele sempre diz. *Nunca perca isso.*

Por que ela não batia nele como os outros pais deviam fazer nos seus filhos?

No terceiro dia, ele admite não ter nada a perder. Ele leva o telefone até o quarto e se senta na cama e disca o número dela sem parar.

Após quatro toques, ela atende.

— Alô?

Ele não consegue decifrar o tom de voz. Talvez ela tenha apagado o número dele e não faça ideia de quem é.

— Oi — ele responde com a voz embargada. — Como você está? Como está sua irmã?

Com a mão que está livre, ele dá um tapa na própria cabeça.

— Minha irmã? — ela repete, mas sem raiva.

Sua voz é leve. Um pouco confusa.

— Eu quis dizer... er, depois da...

— Ela está bem. Eu acho. Ou melhor, tenho certeza. Ela está bem. Falei com ela hoje de manhã, e ela estava ocupada reclamando da revisão dos dois primeiros anos do ensino médio.

— Que bom.

Continue falando, continue falando.

— Então, eu estava pensando se você não queria ir tomar alguma coisa de novo? Talvez você possa escolher dessa vez? Algum lugar na cidade? Isto é, onde você quiser. Aquela sinuca não era tudo isso, né? Aposto que você conhece lugares melhores do que os meus.

É isso, ele pensa. O veredicto. Ela o mantém no suspense, como um concorrente em um *game show*.

Ele a ouve respirar fundo.

— Sim, claro. Que tal no sábado?

Uma segunda chance. Ele mal acredita. Mas... Sábado.

— Ah, sábado. Eu tenho... futebol.

Ele poderia não ir, por ela, mas o que diria ao pai?

— Você não disse que não joga mais?

— Não. Eu não jogo, não exatamente. Eu jogava na equipe juvenil do condado quando eu era mais jovem.

— Nossa. Então você era muito bom, não?

Eu poderia ter sido.

— Eu era o.k.

— E por que desistiu?

Ele faz uma pausa. Eles deviam estar combinando um encontro; como é que estão falando sobre isso? Ele *odeia* falar sobre isso.

Mas ele devia dizer a verdade: ele não conseguiu lidar.

A pressão era muito grande, e ele começou a ter ataques de pânico antes de entrar em campo. Todos aqueles rostos o observando. O peso da expectativa. Parecia que sua garganta estava se comprimindo, como se ele estivesse morrendo. E não havia nada que ele pudesse fazer a respeito.

Seu treinador disse que ele não tinha cabeça para aquilo. Ele não desistiu. Ele foi descartado.

— Acho que eu simplesmente não queria o suficiente.

— Mas você ainda é fã? Você realmente vai e assiste aos jogos do Newcastle City?

Ele balança a cabeça no telefone, como se ela tivesse dito alguma loucura.

— Bem, sim, todos os jogos em casa. Meu pai e eu temos entradas para toda a temporada. E vou aos jogos fora de casa quando posso, também. Mas eles jogam em casa neste fim de semana. Estádio Vintage Park.

— Ah.

— Quer dizer, acho que eu poderia não ir? É só que...

— Não, tudo bem. Eu não sabia. Meu pai não acompanha nenhum esporte. — Ela faz uma pausa. — Quer dizer, ele assistia a Inglaterra jogar, eu acho.

— Bem, obviamente.

— Esquece o sábado, então. Que tal quinta-feira?

— Quinta-feira é bom — ele diz, aliviado. — Trabalho na loja durante o dia, mas saio às seis. Onde?

— Que tal eu ir até você?

Ele olha em volta para seu quarto minúsculo, horrorizado.

— Ah. É...

— Por favor. Eu gostaria de ver onde você mora.

É ao mesmo tempo pior e melhor.

— O.k., mas por que não tomamos um drinque em algum lugar perto primeiro? Aqui é bem pequeno e os caras do apartamento estão sempre em casa.

— Você não mora em um alojamento?

— Não.

Como ele poderia começar a explicar a situação?

Ele se saíra mal em seus exames e não tirara as notas que precisava tirar. Seu professor tentou obter uma dispensa especial para ele, considerando que sua mãe era pobre, mas quase não fez diferença.

No final, ele teve que passar por uma segunda chamada para garantir a vaga na Northumbria, considerada por muitos a pior das duas universidades da cidade. E no momento em que ele entrou, não havia mais vaga nos alojamentos.

Seu pai tinha sugerido que ele continuasse morando em casa e se deslocasse todos os dias para a faculdade, mas sua mãe havia, misericordiosamente, vetado a opção.

— Não moro em um alojamento universitário. Meu canto é alugado à parte — ele diz, finalmente.

— Ah, legal — ela responde, soando um pouco chocada.

— O pub mais próximo se chama Hand and Spear. Podemos nos encontrar lá. Que tal às oito?

— Ótimo. Até lá.

Ele solta a respiração que não sabia que estava prendendo, olha para o teto e sorri.

Março de 2000

CLARA

— Vai dar outra chance a ele? — pergunta Lauren, encarando-a enquanto aplica mais delineador. — Ele é um furão.

— Ele é tímido — rebate Clara, estreitando os olhos. — Só isso.

Ela espera que seja só isso.

— Bem, se ele resistir a você esta noite, então há algo de errado com ele. Porque você está uma gostosa.

Clara se vira e sorri. Ela está usando uma minissaia jeans cor-de-rosa e uma tonelada de spray de cabelo para tentar dar algum volume.

— Obrigada. Melhor levar um cardigã, né? Está congelando.

— É, mas você provavelmente não precisará do seu alarme de estupro com esse cara.

É uma piada, mas nenhuma das duas ri.

— Divirta-se. Me manda uma mensagem mais tarde se eu já estiver dormindo quando você voltar.

A parte mais estúpida é que ela também é tímida, pensa Clara ao embarcar no ônibus, mostrando o passe de estudante ao motorista. Ela sempre soube, mas os outros nunca viam aquilo nela. Nunca entendiam que seus falatórios, sua tagarelice nervosa, eram sua maneira de encobrir a sensação de não entender as outras pessoas. Que elas são diferentes dela.

No primeiro período foi pior, quando ela chegou àquela faculdade gigantesca e percebeu que, de alguma forma, todo mundo sabia fazer amigos do nada. Começar uma conversa do nada.

Ela havia sido tão isolada antes da faculdade. A mesma escola exclusivamente para meninas dos quatro aos dezoito anos. O mesmo grupo de amigas. O menor e mais seguro dos mundos.

Um mundo que não lhe ensinou nada sobre o que existia fora dele. Felizmente, ela tem Lauren, que também é de Londres e tem mais paciência que as outras cinco garotas do apartamento. Elas a veem como uma excêntrica que elas não têm tempo de treinar.

Mesmo que todas tenham a mesma idade, as outras parecem ter muito mais vivência.

A universidade não é nada do que ela imaginava. Por um lado, ninguém parece levar os estudos a sério. Mas tem sido suportável, praticamente, graças ao álcool.

E é a isso que ela vai recorrer esta noite.

Talvez tenha sido estúpido pedir para ir à casa dele, mas ela quer entendê-lo melhor. Ele revela muito pouco de si, e aquilo os coloca em um terreno desigual.

Seu ônibus fica preso no trânsito, então ela chega atrasada e afoita, empurrando a porta do pub enquanto tenta ignorar a agitação em suas entranhas.

Onde ele estaria? Procurar um rosto familiar em um pub é algo que pessoas normais acham fácil, mas ela se sente como um objeto em exposição parada no grande capacho interno, como se todos ali a julgassem secretamente.

Então ela o vê — a nuca, aqueles cachos escuros perfeitos. Ela engole em seco e caminha até ele.

— Oi.

Ele se levanta e sorri e puxa um banquinho para ela.

— Obrigada — diz Clara, se sentando, puxando a barra da saia para baixo e cruzando os braços sobre a bolsa no colo.

— Gim-tônica? — ele pergunta, ainda de pé.

— Ah. Você lembrou.

— É o que minha mãe bebe — ele revela, piscando.

Eles conversam até avisarem que estão encerrando os pedidos. Ela não comeu nada além do pacote de salgadinhos que os dois dividiram na terceira rodada; e, quando se levanta, fica tonta.

— Para sua casa, então? — ela pergunta, com os olhos enrugados nos cantos.

— Claro — ele concorda, pegando sua mão.

Por favor, ela pensa enquanto caminham. *Por favor, que seja bom desta vez.*

— Eu queria conversar com você — ela diz, atropelando as palavras. — Sobre a outra noite. O que aconteceu? O que deu errado?

— Nada deu errado. Está com frio?

Ela está, mas balança a cabeça e insiste:

— Mas você praticamente fugiu. Pensei que nunca mais teria notícias suas.

— Eu simplesmente não vi por que ter pressa — ele responde, baixinho. — Não sei. Eu realmente gosto de você e queria te conhecer um pouco. Isso é ruim?

— Não.

— Que bom.

— E agora?

— E agora o quê? — ele repete, brincando.

Ela o cutuca. Respira fundo.

— E agora eu acho que se eu voltar pra sua casa e você não quiser dormir comigo, eu vou ficar bastante... abalada.

— Abalada?! — Ele assobia entre os dentes. — Clara, sabe... se fosse um cara dizendo algo assim...

— Eu sei — admite ela, corando. — Sinto muito.

Ele suspira.

— Não podemos ver o que acontece?

— Você está nervoso? Eu te assusto, Benjamin... Qual é seu sobrenome?

— Edwards. Viu? É disso que estou falando. Você nem sabe meu sobrenome ainda.

— Edwards.

Ela pensa no nome para ver se combina com ele. É inteligente, descomplicado, atraente, então ela decide que sim.

— Eu te assusto, Benjamin Edwards?

Ele para na rua e se vira para olhar para ela, pegando sua outra mão.

— Não, Clara Davies-Clark. Você não me assusta.

Ela sorri, perplexa.

— Como sabia meu sobrenome?

— Estava no seu passe de ônibus. Você estava segurando na outra noite.

Ela faz uma pausa.

— Bem, aí está então. Nós dois sabemos os sobrenomes um do outro agora.

Ela se inclina e eles se beijam, devagar no começo, mas depois avidamente, freneticamente, e ele a envolve com os braços e a puxa com força até que todo o corpo dela esteja pressionado contra o dele. Ela quer que os dois se derretam e se tornem uma coisa só. O ar frio golpeia suas pernas, como se a instigando a se aproximar ainda mais dele. De seu calor, de sua estabilidade. Ela fecha os olhos, desejando que o momento dure para sempre.

Clara não sabe quem se afasta primeiro, mas, quando eles se separam, se vê tomada por algo que não sabe descrever. Ela olha para baixo, enterra o rosto no peito dele novamente, sentindo seu cheiro.

— Estou bêbada. Tonta.

Ele acaricia o topo da cabeça dela.

— Venha. Vou te fazer um sachê.

— Sachê?

Ele revira os olhos.

— Chá. Donny tem razão. Você é fina.

As colegas de apartamento dela diziam o mesmo. Ela não tem ideia de quem é Donny, mas ser tachada de fina a deixa desconfortável; embora, é claro, não haja como negar que ela é. Sua família é podre de rica. Eles têm uma casa grande em Hampstead. Seu pai é advogado e sua mãe é sobrinha de um barão, embora ninguém fale sobre isso. Seria vulgar.

Mas está lá, como um selo hereditário de superioridade que sua mãe carrega consigo em todos os momentos.

Ela sabe que Benjamin é do norte, mas esta é a primeira vez que ela pensa nas diferentes origens dos dois. E ele as notou antes dela. Ele pensou no assunto, claramente, e ela não consegue entender por que aquilo a incomoda.

Mas ambos bebem chá.

— Eu adoraria uma caneca de... sachê — ela concede, sorrindo e pegando a mão dele novamente.

A casa é um terraço vitoriano comum, como tantos na região, e o jardim da frente é um emaranhado de ervas daninhas. Há pacotes de salgadinhos e latas de cerveja pela grama, como algum tipo de decoração.

— Seu jardim está uma zona — ela observa.

— É, mas não fomos nós. Quando me mudei para cá, limpei tudo, mas ele sempre volta a esse estado. Bêbados largando lixo por aí no caminho de casa.

É imaginação dela ou o sotaque dele está de alguma forma mais evidente esta noite? Clara não se lembra de captar aqueles detalhes no último encontro, mas gosta deles. Ela os toma como prova de que Benjamin está relaxando em sua companhia.

Ela sente uma pontada de emoção no estômago quando ele abre a porta da frente.

— Vamos direto lá pra cima — ele instrui, enquanto Clara espreita pelo corredor para o que parece ser um jardim de inverno nos fundos da pequena casa. Tem alguém assistindo televisão, algo a ver com futebol.

Ela para no início da escada.

— E minha xícara de sachê?

— Eu faço e levo para você — ele diz, corando ligeiramente.

Ela gosta de como as emoções dele ficam estampadas no rosto, o tom vermelho e o leve suor que sempre aparecem quando ele se sente um pouco pressionado.

— Você não quer me apresentar? Quantas meninas você já trouxe para cá? — ela brinca, mesmo sabendo que está sendo uma idiota.

— Nenhuma — ele declara, simplesmente. — Você é a primeira. E eles devem estar chapados, então a conversa será uma droga, e eu só achei que você não gostaria de passar por isso.

— Ah. Certo. Obrigada.

Ela o segue até o quarto, que é pequeno mas arrumado, com a roupa de cama azul desbotada pelas lavagens. O cômodo tem cheiro de limpeza, e a mesa está vazia, exceto por uma pilha de cadernos e alguns lápis em uma bandeja.

Embaixo, há uma pilha de revistas. Ela inclina a cabeça de lado para ler as lombadas. *Empire*, *FourFourTwo*, e, finalmente, *Football magazine*.

Uma revista de futebol...

Na parede ao lado do guarda-roupa há um calendário chamado "Pin-Ups dos anos 90". Ela olha para a modelo do mês: Miss Março. Uma loira chamada Caprice, nua, exceto por uma fita adesiva estrategicamente colada, com os cabelos bagunçados sobre os ombros. Seu rosto parece vazio e ela faz um biquinho.

— Ah — observa Clara, embora de alguma forma seja um alívio ver aquilo ali. — Calendário elegante.

Ele não responde ao comentário, mas, curiosamente, não cora desta vez.

— Chá então?

— Forte, por favor — pede ela, sentada na cama, ainda olhando para Caprice. — Uma gotinha de leite, sem açúcar.

Eles ficam deitados na cama conversando até o sol nascer. Eles falam sobre tudo — o curso dela, o curso dele, a família dela e o fato de que, ao longo dos dois anos da doença da irmã, Clara sentia como se não existisse.

— Às vezes eu me perguntava se era invisível. Tipo, eu *realmente* achava que poderia ser. Ou que eu só podia ser vista em determinados momentos. Algum tipo de poder mágico distorcido. Parecia que meus pais tinham esquecido que eu existia. Aí ela melhorou e todos ficaram felizes, e foi isso. Nós só tivemos que fingir que nunca aconteceu. Foi tão confuso.

Eles falam sobre seus colegas de apartamento, o que ela acha da cidade, os preconceitos dele sobre Londres e como ele quer conhecer a cidade. Benjamin é de um vilarejo a cerca de quarenta minutos de Newcastle, ele conta a certa altura, mudando de assunto em seguida. Ele não tem irmãos, mas sempre quis uma irmã.

Timidamente, ela confessa o que nunca confessou a ninguém: que um dia quer publicar um romance.

— Escrever me ajuda a dar sentido às coisas. E ler é a coisa mais mágica do mundo, não acha? Contar histórias é a forma mais poderosa de se comunicar com os outros. Quero deixar minha marca no mundo, deixar algo para trás. Caso contrário, qual é o objetivo?

Ocasionalmente, eles se beijam, mas Clara não faz mais nenhuma tentativa de despi-lo, e sua decepção por Benjamin não tentar despi-la por fim desaparece.

Sua curiosidade, no entanto, não.

Às quatro da manhã, quando eles já quase adormeceram, ela não consegue mais se conter.

— Você é virgem?

Clara mal consegue imaginar que alguém como ele — alguém tão incrivelmente bonito e charmoso e gentil e engraçado — poderia ser, mas faria sentido. Faria com que aquela relutância fizesse sentido.

Ele se ajeita ao lado dela, afastando-se ligeiramente para encarar o teto. Ele ainda está acariciando a mão dela quando responde:

— Não exatamente.

— Hein? O que isso significa?

Benjamin se vira de volta para ela e a beija novamente.

— Significa que já fiz algumas coisas. Mas eu nunca... não em um relacionamento de longo prazo.

— Fez algumas coisas?

Ele espera um pouco antes de responder.

— Você é uma tarada. Obcecada. Eu sei que sou muito bonito e irresistível, mas ainda assim...

O riso parece forçado.

— Mas você já dormiu com alguém? — insiste ela. — Antes?

Ele confirma com a cabeça, mas não dá detalhes.

Ela morde o lábio. É a resposta que ela queria, mas também não queria.

— E você?

Ele pisca várias vezes. Ela o conhece bem o suficiente agora, depois desta noite deitados juntos conversando, para saber que isso revela que ele está nervoso. Revela que, como ela, ele quer saber e não quer.

— Já dormi com três pessoas — ela responde, honestamente. — Meu primeiro namorado, aquele que também estuda aqui, e depois dois caras no último período. Um deles mora no apartamento acima de mim. Fiquei bem obcecada por ele uma época, mas aí... Bem, de qualquer forma ele é um babaca. E é chato porque toda hora o encontro na lavanderia.

Ele fica tenso.

— Certo. Não me conte mais nada sobre ele, então. Se é provável que um dia eu esbarre no cara.

Ela franze a testa novamente. Ela não aguenta mais. Esse constrangimento. Ela quer que ele tenha mais dela do que qualquer outra pessoa já teve.

— Benjamin?

— Sim?

Os primeiros vestígios do nascer do sol atravessam as cortinas que eles não se preocuparam em fechar quando se deitaram, horas antes.

— Você quer dormir comigo? Agora?

Abril de 2022

23h04

CLARA

Ela olha para o que resta do bar da sinuca. Está coberto de tábuas de madeira, as janelas fechadas repletas de panfletos, mas a placa original continua lá, suas luzes neon agora apagadas.

Ela fica sem fôlego. É uma insanidade, claro. Como um lugar que ela visitou apenas uma vez pode ter um efeito tão forte sobre ela?

Ela precisa cair na real. Clara respira fundo e continua subindo a rua. O bar dele — o Ocean Bar — fica a cerca de cinco minutos a pé.

Parece loucura ele ter acabado gerenciando um bar. De todas as coisas que ele poderia ter concretizado na vida, essa parecia a menos provável.

Mas, pensando bem, havia tanta coisa que ela não entendia sobre ele. Tanta coisa que a frustrava. Às vezes, ela se pegava desejando poder tomar o corpo dele por um mês ou algo assim e ajudar a colocá-lo no caminho certo. Prepará-lo para um emprego que fosse digno dele.

Você tem tanto potencial, gritou ela uma vez. *Se ao menos tivesse um pouco mais de fé em si mesmo!*

Ela gritava muito com ele.

Ela já gritou com Thom? Se já, ela não lembra.

Há mais luzes azuis piscando agora e Clara começa a entrar em pânico com medo de a polícia proibir sua passagem, mas felizmente, depois de mais alguns passos, ela vê o Ocean Bar na esquina. Ela nunca entrou, mas stalkeou o lugar pela internet no passado e parece agradável o suficiente. Sem graça, mas seguro. O lugar para ir tomar alguns drinques baratos antes de emendar em algum lugar mais moderno.

Abaixo dele.

Ela fecha os olhos com uma lembrança que a assalta sem aviso.

Você me colocou em um pedestal que eu não mereço.

Ela morde o lábio e luta contra as lágrimas.

Por incrível que pareça, o bar está aberto. As pessoas estão reunidas em volta das mesas, todas de cabeça baixa, debatendo melancolicamente os acontecimentos do dia.

É um tiro no escuro, mas é o primeiro passo para encontrá-lo. Para resolver o que ficou por resolver durante tanto tempo.

Ela respira fundo e entra.

Março de 2000

BENJAMIN

Mais tarde naquela manhã, quando ele acorda, Clara ainda está lá.

Sua maquiagem nos olhos — que ele achou meio exagerada no dia anterior, embora nunca tivesse dito aquilo a ela — está borrada e seu nariz está rosado, mas ela continua tão linda quanto antes.

— Bom dia — ele diz quando ela se mexe ao seu lado.

— Deus, que horas são?

Sua voz está rouca, e Benjamin se debruça sobre a cama e passa para ela a garrafa de água que deixa ao lado.

Ela se senta e toma um gole demorado.

— Ugh — Clara diz, limpando a boca com o dorso da mão. — Obrigada.

Ela devolve a garrafa e ele bebe um pouco também.

— Tenho uma aula às onze — ela diz, olhando esperançosa para o minúsculo relógio de cabeceira. — Merda.

— Consegue chegar se correr?

— Tá brincando, né? Olha bem pra mim! Sem chance.

Ela se deita de volta e apoia a cabeça no ombro dele. Ele beija o topo de sua cabeça e pensa na noite anterior. Não foi um desastre, mas poderia ter sido melhor.

Foi difícil parar de pensar nos outros três caras que ela mencionou, mas, ao mesmo tempo, ele está tão atraído por ela que não teve nem chance de fazer nada impressionante.

Ela pareceu não se importar. Depois, ela o abraçou, quente e suada, e disse que mal podia esperar para fazer aquilo novamente. E eles fizeram, cerca de uma hora depois, e foi melhor. Talvez ele tenha passado no teste. E ela continua aqui, afinal.

Com os olhos ainda fechados, Clara começa a serpentear a mão pelo peito dele. Benjamin vestiu a samba-canção de volta na noite anterior, mas ela ainda está nua, aparentemente à vontade. Ela alcança o elástico do calção, e ele sente seus dedos deslizarem por baixo do cós.

— Não — ele diz, impedindo-a. — Preciso ir ao banheiro. Desculpa.

Ela sorri sonolenta para ele.

— Eu também, mas não consigo me mexer.

— Pode ir primeiro — ele oferece, se sentando.

Ele alcança a pequena mesa de cabeceira e tira um pouco de papel higiênico da gaveta.

— Vai precisar disso.

— Ah, boa.

Ela sai da cama e ele tenta não assistir, mesmo que realmente queira, Clara colocar a calcinha de volta. Ela olha pelo quarto em busca da saia e do top.

— Aqui — diz ele, atirando sua camiseta. — Pode pegar emprestada, se quiser.

Ela sorri e veste a camiseta, de pé ali na frente dele. A barra praticamente cobre a calcinha.

Ele quer pedir para Clara nunca mais tirá-la.

— É a porta em frente.

— Obrigada.

Enquanto ela não volta, Benjamin se senta na cama e bebe um pouco mais de água. Ele tem uma aula ao meio-dia, uma aula que ele realmente não quer perder, depois precisa ir à biblioteca. E em seguida precisa ligar para sua mãe.

Ela tinha uma consulta com o oncologista esta manhã, e ele sempre liga depois para perguntar como foi. Não há muita esperança neste estágio, mas há um vislumbre — um ensaio clínico final foi mencionado da última vez que eles se falaram, a última chance —, e ele se agarra a isso com todas as forças. Ela *ainda* terá que ser elegível, e o tratamento terá que *funcionar*, porque não há outra alternativa.

E ela já esteve naquela situação tantas vezes — tão perto do fim e, no entanto, algo sempre era prometido: um novo tratamento, outra coisa que eles podiam tentar para ganhar aquele tanto mais de tempo.

Ele tem muito a fazer antes de falar com a mãe, mas não pode expulsar Clara. Não depois da última vez. O jeito é perder a aula então. Tudo bem. É só uma.

Ele coça a nuca.

Ela voltou mais rápido do que o esperado, e está de pé ali na camiseta dele, os cabelos enfiados atrás das orelhas, um pouco da maquiagem dos olhos agora removida. Ela parece cansada, mas está ainda mais bonita do que na noite anterior, em que estava toda arrumada como uma boneca.

— Seu banheiro é nojento.

— Eu sei, desculpe.

— Eu preciso ir — diz ela, dobrando o lábio superior.

— Por causa do banheiro?

— Não, não seja bobo. Tenho coisas para fazer. Eu não quero ir, mas eu também... — Ela gesticula para si mesma. — Estou um caco.

Ele sorri.

— O.k., mas você realmente não está. Um caco.

— Posso te ver de novo em breve? Tipo hoje à noite?

Ele a puxa de volta para a cama e ela cai em cima dele.

— Hoje à noite parece uma boa — concorda Benjamin, beijando-a em seguida.

Sua euforia leva a manhã toda para passar. Ele se despediu dela na porta da frente — Clara insistiu em caminhar até o ponto de ônibus sozinha —, mas a observou da janela da sala, garantindo que ela pegasse a condução em segurança.

Então ele voltou para o quarto e se deitou na cama, olhando para o teto, pensando que tudo poderia ter sido um sonho, até seu estômago começar a roncar.

Naturalmente, ele perdeu a aula. Ele tentou não pensar nas palavras do pai.

Desde a expulsão do time de futebol, Benjamin o decepcionou por sete anos. A triste realidade é que ele é incapaz de agir sob pressão, não importa quais sejam as circunstâncias. Um diploma, entretanto, é a chance de provar que ele pode fazer algo da vida. Que pode escapar do destino na cidade pequena que os outros viam como inevitável.

Luzes fortes, cidade grande.

Não jogue tudo fora por uma garota.

Ele desce para a cozinha devagar, atrás de comida.

Mais tarde, ele leva o telefone sem fio até o quarto e liga para casa.

Sua mãe atende depois de três chamadas. É trabalho dela atender. Embora seu pai seja um homem sociável, odeia falar ao telefone e, de qualquer forma, eles conseguem colocar a conversa em dia nos jogos a cada duas semanas.

— Como foi a consulta hoje?

— Foi boa — responde sua mãe, com a voz mais baixa do que o habitual. — Agora, fale-me de você. Como estão os estudos? Está se agasalhando direito? Está comendo frutas o suficiente?

Ele sente a náusea vindo à tona.

— Mãe — ele insiste, frustrado. — Fala a verdade.

Abril de 2000

CLARA

ELES ESTÃO NAMORANDO HÁ UM MÊS. ELES SE VIRAM QUASE TODOS OS DIAS desde então, e transaram pelo menos duas vezes a cada encontro.

Benjamin se tornou parte da rotina de Clara, de sua vida universitária. Tão essencial quanto respirar.

Apesar disso, eles não oficializaram o namoro.

— Ninguém arranja um namorado sério no primeiro ano — reclama Lauren enquanto as duas almoçam no refeitório, com a refeição em bandejas. — É tão deprimente.

Clara é grata por Lauren, sua única amiga de verdade. Ela é sensível e culta como Clara, porém mais relaxada e sociável.

Lauren é Clara sem sua ansiedade estúpida.

— Mas eu acho... que eu o amo.

Lauren revira os olhos.

— Mas pense em como nos conhecemos! Foi literalmente o destino. Eu o vi naquele outro clube, quando ele não se aproximou, mas quais são as chances de estarmos no Options no mesmo dia e horário uma semana depois?

— Muito altas, dado que todos estudamos na mesma faculdade.

Clara morde a língua. Ele não está na faculdade dela, ele está na outra, mas ela ainda não contou a Lauren. Ela não consegue suportar a ideia de alguém julgando Benjamin.

Seu Benjamin tão, mas tão perfeito.

— Há, sei lá, trinta mil estudantes nesta cidade! Eu acho que as chances eram muito baixas, na verdade.

— Você precisa dormir com outra pessoa. Está se envolvendo rápido demais. Lembra o que aconteceu com Daniel?

Clara se lembra muito bem do que aconteceu com Daniel, e é exatamente por isso que ela sabe que Benjamin é especial. Tudo nele parece diferente.

Mas Lauren continua.

— E o Richard? Ele é super a fim de você.

Clara franze o cenho.

Richard faz parte de um grupo de caras com quem as outras meninas do apartamento convivem. Ele apareceu na cozinha delas algumas vezes, e no último período, antes do recesso de fim de ano, preparou um peru assado para todas.

— Richard? Você não está me ouvindo. Eu não quero dormir com mais ninguém. Eu estou... Eu estou apaixonada pelo Benjamin.

— Clara... Não quero parecer sua mãe, mas você tem dezoito anos e o conheceu há cinco minutos.

Clara olha para seu sanduíche.

— Um mês, na verdade...

— Venha hoje à noite. Qual é, você não sai com a gente há séculos. Nós quase não te vemos mais. Você está mergulhando de cabeça com esse cara. Vai acabar se machucando.

Clara inspira bruscamente. Lauren tem razão. De repente, ela tem uma visão, uma premonição do futuro. Uma certeza de que, sim, esse menino vai partir seu coração.

Se Daniel teve o poder de magoá-la como magoou, como Benjamin poderia *não* magoar quando ele já significa muito mais para ela do que Daniel jamais significou?

Sair naquela noite seria um movimento tático, uma manobra na qual ela não quer se envolver, mas da qual, ao mesmo tempo, sabe que precisa. Uma medida de proteção. Só isso.

— Certo. Eu vou.

Conforme prometeu que faria, Benjamin liga quando ela está voltando para casa depois da última aula.

— Como foi? Narrativas de bruxaria e magia?

Clara ri.

— Como você se lembra dessas coisas? E foi boa, obrigada. Estamos analisando a relação entre acusações de bruxaria e xenofobia.

Há uma pausa. Ela ri de novo.

— É, também não entendi nada. Enfim, como está sendo o seu dia? Donny já limpou a cozinha?

Clara não foi à casa de Benjamin desde aquela primeira noite. Ela viu o suficiente naquela visita para entender que ele só mora lá porque é barato. Além disso, o apartamento dela é muito mais perto do campus, além de ter seu próprio banheiro.

— O que você acha? Olha, eu tenho que... Eu preciso ir para casa hoje à noite. Casa, casa, quero dizer.

— Ah — ela diz, sendo tomada por um pânico súbito. — Certo.

Ela quer saber o motivo, mas a pergunta parece ficar presa na garganta.

— Posso ficar lá alguns dias, mas ainda não tenho certeza.

— Tá bem.

Ela quase o ouviu enrijecer com o tom de voz dela.

— Eu te ligo quando voltar. Tudo bem?

Tudo bem? Aquilo soou passivo-agressivo. Não soou como ele. O que ele está escondendo?

Não tem telefone na sua casa?, ela quer gritar. Ela pensa em Lauren e em sua advertência mais cedo. Pensa como está satisfeita por já ter começado a construir aquela pequena muralha em volta do coração, por ter feito planos para aquela noite, por não ter que passá-la sozinha no quarto, pensando nele.

— Sim, claro — ela responde, finalmente, mas a voz não parece sua.

Ela percebe com apreensão que está à beira das lágrimas. É ridículo — uma reação exagerada —, mas ela não consegue se conter.

Benjamin não responde. Ela sente os dedos suados no plástico quente do celular e pressiona o aparelho no ouvido.

— Ainda tá aí? — ela sonda quando o silêncio se torna insuportável.

— Sim. Vou sentir sua falta, Clara Davies-Clark.

Ela quase soluça, cobrindo o nariz com a mão para abafar o som.

— Sim. Vou sentir sua falta também, mas...

As palavras pairam em sua mente, não ditas. *Quando você volta?* Ela não consegue forçá-las a sair. Ninguém gosta de parecer carente. Desesperada.

— Eu te ligo assim que puder — ele promete. — Tchau, CDC. Boa sorte com essa coisa das bruxas.

* * *

Naquela noite, Clara sai com Lauren, Jo, Sinead e Rebecca, e fica terrivelmente bêbada.

Tão bêbada que a uma da manhã está do lado de fora da boate, na rua, vomitando na sarjeta enquanto Lauren esfrega suas costas, fuma e conversa com um garoto com quem ficou.

— Isso, isso — diz Lauren de vez em quando. — Põe tudo pra fora.

— Quero ir pra casa — diz Clara, quando o vômito se transforma em ácido e ela se sente totalmente vazia. — Pode me colocar em um táxi?

— Claro, querida. Se você tem certeza. — Lauren responde.

Então, ele aparece.

Richard.

— Já estava indo, de qualquer forma. Posso levá-la — ele oferece. — Vou garantir que ela fique bem.

Lauren o olha de cima a baixo.

Clara se apoia em um poste de luz, desejando que sua cabeça não estivesse tão confusa e ela pudesse avaliar a situação. Tomar a decisão certa.

— O.k. — concede Lauren. — Mas é só colocá-la na cama com um copo de água ao lado. Deitada de lado. Não quero que ela vomite enquanto dorme.

— Eu não vou mais vomitar — diz Clara, indignada.

— Ela vai ficar bem comigo — garante Richard, fazendo Clara apertar os olhos e olhar para ele. — Eu cuido dela.

— Eu deveria ir com vocês — diz Lauren, olhando para trás.

O garoto com quem ela estava conversando se afastou para procurar um isqueiro.

— Merda.

— Não, tudo bem — diz Clara. Seu estômago dói. — Vai aproveitar o resto da sua noite. Desculpa. O Richard pode... Ele pode me levar.

Eles se sentam no banco de trás de um táxi e Clara deita a cabeça no banco do meio, gemendo.

Ela quer ligar para Benjamin, é claro. Mas como? Ele não tem telefone.

Depois do terceiro encontro, ela considerou comprar um para ele, mas temeu que aquilo fosse possessivo demais. Agora ela gostaria de ter comprado.

Quando ele vai ligar?

Richard coloca o braço ao redor dela e a ajuda a subir as escadas até o apartamento. O cheiro de sua loção pós-barba é forte. Aquela que todos eles usam. Polo da Ralph Lauren. Artificialmente masculina.

Ela vira o rosto para ele e vê uma fileira de acne ao longo da mandíbula, misturada a cicatrizes de catapora.

Mesmo assim, ele é bonito, ela sabe. Sinead, sua colega de apartamento, teve uma quedinha por ele no último período, mas ele a rejeitou. Sinead tem uma aparência incomum. Diferente. Não como a de Clara. Clara é loira, pequena, o tipo de garota que a maioria dos homens acha ao mesmo tempo aceitável e esquecível. Ela sabe disso. Ela conhece o seu lugar.

— Lá vamos nós — ele diz, chutando a porta da frente do apartamento.

Ela percebe então que Richard pendurou sua bolsa no braço. A cabeça dela está martelando, seus braços e suas pernas estão moles como espaguete.

— Meu quarto é o número quatro — geme ela.

Richard o destranca e a deita na cama o mais cuidadosamente possível.

— Sua boba. Vou pegar um pouco de água pra você — ele diz, acariciando seus cabelos.

Ela se afasta e se deita de frente para a parede, mas ele volta em poucos instantes com um copo na mão.

— Toma.

Com esforço, Clara se senta e toma um gole demorado.

Ele tira os sapatos dela, deixando as mãos nos tornozelos dela por mais tempo do que deveria.

Ela pensa em Benjamin e no telefonema de mais cedo. Em como ele esconde tanto dela o tempo todo, quando ela sempre foi tão aberta com ele. Tão generosa.

Qual é a porra do problema dele?

— Quer que eu, er, te ajude a vestir seu pijama? — oferece Richard.

Ela vê a esperança em seus olhos.

Seria mais fácil, ela pensa. Dar o que ele quer.

Ele não é tão ruim assim. E Lauren ficaria satisfeita com ela. Lauren pensaria que era a coisa certa a fazer.

E isso manteria seu coração um pouco mais seguro. Um estranho tipo de munição contra a futura mágoa que o menino que ela ama certamente lhe infligirá.

Eles não assumiram nenhum tipo de compromisso, afinal.

Ela se senta e acaricia o rosto de Richard. Ele realmente é bem atraente. Seus olhos são um pouco próximos demais, mas o nariz é bonito e fino, e ele tem belos dentes. Ele está estudando Economia. Ele é inteligente.

A mãe dela o adoraria.

— Você é tão linda, Clara — ele diz, olhando nos olhos dela.

É demais. Aquele olhar é como *eles* se olham, como se não houvesse mais nada no mundo para ver. Ela não suporta. Não vindo desse cara, dessa imitação sem graça, então ela se inclina e o beija porque é o mais fácil a se fazer, porque fará com que o olhar dele desapareça.

Ele reage imediatamente, um fósforo atirado em uma poça de gasolina; suas mãos de repente estão em todos os lugares, e aquele forte e enjoado cheiro da loção pós-barba domina o ar ao redor dela. Ela tenta se entorpecer, fechando os olhos com força e o deixando subir em cima dela. Richard acha que ela é fácil, ele provavelmente sabe sobre o garoto no apartamento de cima com quem ela transou no primeiro período, quando pensou que de alguma forma aquilo a ajudaria a se encaixar.

Antes de Clara processar o que está acontecendo, ele já sacou uma camisinha e já está dentro dela, e ela pensa no dia anterior, quando Benjamin estava dentro dela, no mesmo lugar em que esse menino está agora, e ela pensa em como aquilo a torna nojenta, na verdade, e ela está feliz com a camisinha porque eles nunca usaram uma. Ela está tomando pílula e não sentiu necessidade, antes, com ele.

Mas ela fica grata pelo preservativo agora, por pelo menos haver algum tipo de barreira tangível entre ela e Richard. Ele ainda está tentando beijá-la, dizendo o quanto gosta dela, como ela é maravilhosa e bonita, como estava louco para fazer aquilo desde que a conheceu. Todas as coisas que Benjamin nunca disse diretamente, mas que, de alguma forma, nunca precisou.

Ela afasta os lábios dos lábios de Richard, espremendo as lágrimas dos olhos, mas gemendo de agradecimento, um ato primorosamente ensaiado que ela aperfeiçoou durante o relacionamento com Daniel. A melhor forma de fazer tudo acabar logo era fingir que estava gostando em uma medida desproporcional, e então ela verbaliza como ele é grande e como ele está duro, e antes que ela perceba ele desaba em cima dela, sua camiseta suada grudada nos dois.

Richard está com a boca perto de sua orelha e repete como ela é gostosa e como ele ficou feliz com isso, e ela vira o rosto para o lado oposto e encara a parede, de repente perfeitamente sóbria, e tudo o que ela consegue pensar enquanto está ali é que odeia Benjamin por ele ter ido embora.

Abril de 2000

BENJAMIN

NÃO HÁ MAIS NADA QUE ELES POSSAM FAZER POR ELA.

Seu pai, George, está bebendo na sala de estar quando Benjamin chega em casa. Ele não se levanta da poltrona, mas acena enquanto o filho deixa a mala ao lado da porta.

— Ela está no andar de cima — ele avisa, virando o rosto.

Seu pai não pode estar chorando, pode? Não é do feitio dele. Benjamin percebe a garrafa de uísque na mesa de canto.

Eles deveriam ter se preparado melhor para este dia, um dia que pareceu prestes a chegar durante anos. No entanto, Benjamin nunca se permitiu imaginá-lo.

A notícia que ela não pôde dar por telefone na semana anterior era que estava doente demais para o estudo clínico. Disseram que ela receberia os *melhores cuidados paliativos*, tentando fazer com que parecesse algo especial em vez da pior notícia possível. Ofereceram uma vaga em uma casa de repouso, mas ela recusou, dizendo que não queria ocupar uma cama quando tinha uma cama perfeitamente boa em casa.

— Quanto tempo mais? — pergunta Benjamin com as palavras praticamente o sufocando. — Quanto tempo mais eles supõem?

— Horas — responde George. — Ela quer te ver.

Benjamin lava as mãos na pia da cozinha — por força do hábito, visto que a mãe se tornou suscetível a qualquer infecção passageira há muito tempo e ele se tornou obcecado por higiene pessoal — e respira fundo.

Ele aperta o corrimão com força enquanto sobe as escadas para o quarto dos pais.

Há uma enfermeira de cuidados paliativos sentada no canto da sala. Ela sorri para ele ao vê-lo entrar. Ele nunca a viu antes, mas a mulher tem um rosto gentil e cabelos de um ruivo vibrante.

— Como ela está? — sussurra, com medo de olhar para a mãe.

— Em paz — responde a enfermeira, sorrindo. — Posso deixar você a sós com ela por um tempo, se quiser.

Benjamin engole em seco.

— Oi, mãe — ele diz, sentando-se ao lado da cama e pegando sua mão.

Ele olha para o rosto da mãe sem dizer nada. Ela está dormindo, ele acha, mas sua respiração é barulhenta. Ele aperta sua mão, notando como está fria. A pele parece feita de papel crepom. Ela parece muito mais velha desde a última vez que ele a viu.

— Está um dia lindo. Queria que você pudesse ver. Seu tipo favorito de dia, sabe? Quando está ensolarado, mas não muito quente. O ar tem aquele cheiro de primavera.

Ele olha para o rosto da mãe em busca de qualquer sinal de que ela está ouvindo. Seu peito continua a subir e descer, a respiração está irregular e comprometida. Como um motor que não dá partida direito.

Ele pisca, olha para o teto. Balança a perna. Ele coloca a mão esquerda no joelho para parar, mas apenas treme com o aperto.

— Conheci uma garota.

Ele se inclina para mais perto, mesmo sabendo que seu pai não pode ouvir.

— Você ia gostar dela. Ela tem uns olhos... Eu sei que soa bobo, mas eles são quase roxos. Violeta, eu acho. E ela é inteligente também. Está cursando inglês. Ela é de Londres.

Ele para, esperando uma reação. É um truque da luz, ou as pálpebras dela se abriram e se fecharam brevemente?

— A família dela é muito bem-sucedida, eu acho. Ela me deixa nervoso, mas no bom sentido. Ela é... como é mesmo que você diz, mãe? Elétrica. Ela fala sem parar, mas... É estranho, mas, no fundo, eu acho que ela é mais parecida comigo, na verdade. Espero que o papai goste dela. Acho que vai gostar. Ela parece um pouco aquela atriz que ele gosta. Qual é o nome dela mesmo? Jodie Foster.

Nada. Ele gostaria que a enfermeira estivesse ali. É imenso demais esse momento.

Então, como se tivesse perdido um degrau em uma escada íngreme, de repente ele está em queda livre. Ele solta um soluço gigante e mergulha a testa nas mãos entrelaçadas.

— Deus, mãe. Eu não quero que você vá.

Ela faz um som, como um chocalho, e ele a olha. Ela abre os olhos, momentaneamente.

— Mãe. Sou eu. Benjamin.

— Ssssh — ela diz, fechando os olhos em seguida e soltando um suspiro lento e final. — Não chore, amor. Ela parece... Ela parece perfeita.

Benjamin precisa ficar em casa mais uma quinzena depois daquilo, mesmo que cada minuto passado lá seja agonizante.

Sua mãe, ele percebe, não era apenas o coração da família — ela era o cérebro, as pernas e os braços também. Era ela quem a fazia funcionar corretamente. E sem ela, não há nada além de desconexão.

Depois de um dia bebendo e adormecendo na poltrona, George se transforma em alguém que Benjamin não reconhece. Alguém frio e prático.

Ele não diz o nome dela, se recusa a falar sobre ela diretamente.

Em vez disso, ele organiza o funeral, passa horas telefonando para parentes para dar a notícia de forma curta e grossa, ignorando as condolências. *Bem, sim, como já deve imaginar, estou muito ocupado. Preciso ir agora.*

Pela primeira vez, eles perdem o futebol do fim de semana.

George rejeita as ofertas de ajuda de Benjamin com os preparativos, embora, na verdade, Benjamin quisesse ter se envolvido. Ele acredita — mesmo que tenha conhecido a mãe por apenas dezenove anos, enquanto o pai a conhecera por vinte e três — que a conhece melhor. Eles tinham uma proximidade, um entendimento que, apesar de George tê-la conhecido primeiro, Benjamin não consegue ver na forma como o pai está organizando o funeral.

Ou talvez houvesse partes do relacionamento deles que ele não entendia.

Ele só sabe de uma coisa: sua mãe não gostaria que eles brigassem. Ela gostaria que eles cooperassem. Que fossem bons um com o outro.

Por isso, Benjamin deixa o pai escolher a música e organizar as leituras, e resolve ser útil de outra maneira. Ele faz as compras e cozinha, ele pega o velho livro de receitas da mãe e procura os pratos mais simples que sabe que agradariam ao pai e que seriam difíceis de arruinar completamente.

Quando Benjamin olha para trás, percebe que, em quinze dias, aprendeu a cozinhar.

Ele pensa em Clara, é claro, o tempo todo, mas não consegue ligar para ela. Ele não quer arrastá-la para o meio disso. Para este momento tão único, uma coisa a ser suportada. Uma coisa para atravessar e nunca mais mencionar.

Ele imagina como ela sentiria sua perda, especialmente considerando a batalha da própria irmã contra o câncer. O quanto a notícia a abalaria.

Ela sente tudo tão intensamente; ele já entende isso. Como lidar com os sentimentos dela além dos dele, já quase suficientes para afogá-lo?

Não, é melhor não a envolver.

Quando ela perguntar, como certamente fará, eventualmente, ele dirá que a mãe morreu depois de uma doença que se estendeu por muitos anos.

A morte de sua mãe é o fim de uma coisa, e sua vida com Clara é o começo de outra. E mesmo que as duas se sobreponham por um curto período, elas são distintas. Duas metades de sua vida que não precisam se misturar.

Parece ser mais seguro assim.

Abril de 2022

23h10

CLARA

HÁ UMA TELEVISÃO INSTALADA NO CANTO DO BAR, E TODOS ESTÃO reunidos em volta dela com o pescoço dobrado em ângulos estranhos enquanto ouvem as últimas notícias.

É quase inacreditável pensar que o drama que estão assistindo na tela esteja acontecendo a apenas um quilômetro de distância.

Nenhuma evidência de qualquer risco adicional de segurança.

Pelo menos vinte mortos, mais os feridos.

Acredita-se que a última vítima confirmada como morta tenha apenas doze anos.

O repórter interrompe as repetitivas imagens de pessoas sendo colocadas em ambulâncias.

Vamos agora a uma atualização do chefe de polícia da cidade.

O bar é tomado por um silêncio sepulcral. Ela fica atrás da multidão reunida diante da tela e ouve o policial, todo de preto.

Posso confirmar os pormenores do incidente desta tarde, tal como os conhecemos atualmente. Por volta das 17h04 recebemos relatos de uma explosão no estádio Vintage Park, no centro da cidade. Foi no encerramento da partida de futebol entre o Newcastle City e o Norwich Park. No momento, confirmamos que vinte pessoas perderam a vida na explosão e cerca de cinquenta vítimas estão sendo atendidas em cinco hospitais da cidade. Estamos tratando o caso como um ataque terrorista até termos mais informações. Estamos trabalhando em estreita colaboração com a Rede Nacional de Policiamento Antiterrorismo e os Parceiros de Inteligência do Reino Unido. Este é evidentemente um momento muito angustiante para todos. Estamos fazendo tudo ao nosso alcance para apoiar as pessoas afetadas enquanto reunimos informações sobre o que aconteceu esta tarde. Ainda estamos recebendo informações e atualizações, portanto daremos mais detalhes quando soubermos melhor o que aconteceu.

— Maldição. Vinte mortos — repete uma das funcionárias do bar.

Ela está segurando um copo e seus cabelos castanhos cheios estão presos em um coque bagunçado no alto da cabeça.

Clara se vira para ela e as duas se olham.

— Desculpe, querida. Estamos fechados. — Ela se vira e grita para o outro barman: — Owen, eu não mandei você trancar a porta?! Jesus Cristo!

— Ah — diz Clara, gesticulando para as pessoas sob a televisão. — Desculpe. Eu pensei...

A garçonete torce o nariz.

— Nossos vizinhos — esclarece. — Mais cedo eu os convidei a entrar. Estamos todos um pouco em choque, mas temo que hoje à noite só estejamos abertos para os moradores locais.

— Certo. Claro, eu entendo. É só que...

Ela respira fundo, tenta reunir um pouco de coragem. A mulher olha para ela com a irritação surgindo no rosto.

Vinte mortos.

Quantas pessoas assistem a um jogo de futebol? Milhares e milhares. Vai ficar tudo bem. A probabilidade é tão baixa. Sem dúvida.

Ele não pode estar morto. Clara tem certeza de que, se ele estivesse, ela saberia de alguma forma. Ela sentiria.

— Estou procurando alguém — ela explica, e as lágrimas brotam em seus olhos. — Acho que ele pode ter sido atingido, ele trabalha aqui, eu acho. Ou pelo menos trabalhava. Ele já foi gerente daqui. Nós não nos falamos há muito tempo, mas eu soube sobre a bomba e fiquei tão preocupada e resolvi vir aqui só para ver se ele estava bem. Ele era muito fã de futebol. Um grande fã. Nunca perdia um jogo.

A mulher amolece um pouco e coloca o copo de cerveja na bancada do bar.

— Acho que você precisa de uma bebida — diz ela, virando de costas e servindo uma dose de uísque para Clara. — Toma.

Clara aceita com gratidão. O líquido queima sua garganta.

— Então, esse cara que você está procurando. Qual é o nome dele?

Abril de 2000

BENJAMIN

ELE VOLTA A NEWCASTLE DEPOIS DE TRÊS SEMANAS. SUA CIDADEZINHA FICA a apenas quarenta minutos do centro da cidade, mas é como estar voltando para um país totalmente diferente.

Seu pai quase não fala desde que sua mãe morreu. Após o funeral, sempre que Benjamin tentava iniciar uma conversa, tudo o que ele fazia era grunhir, passando longas noites no Comrades Club em vez de conversar.

Benjamin queria tranquilizá-lo quanto a não ter nenhuma culpa pela morte de sua mãe. Mas era uma coisa óbvia demais para dizer em voz alta, e ele sabia que George se ofenderia e diria algo como *É claro que não é minha culpa,* mesmo que Benjamin soubesse que o pai se culpava.

Todos eles haviam feito o melhor que podiam, mas o câncer — estágio III, no ovário — era agressivo e determinado. Quando eles pensavam que tinham conquistado uma pequena vitória, a doença voltava com tudo. Ela estava doente desde que Benjamin completou treze anos e, apesar dos breves períodos de esperança, parecia piorar a cada ano. Por mais que seu oncologista fosse resoluto e profundamente envolvido, no final nada havia a fazer. Ninguém poderia curá-la.

Nos dias após o funeral, ficou claro que George não queria que o filho testemunhasse sua dor, e Benjamin também não queria estar lá, então parecia melhor simplesmente ir embora.

— Então, seu babaca — diz Donny, recebendo-o com um tapinha nas costas quando ele retorna. — Quase demos seu quarto pra outro cara. Onde foi que você se meteu?

— Minha mãe morreu — ele revela baixinho, colocando a mala no pé das escadas.

Donny fica visivelmente sem graça.

— Que merda, cara. Me desculpe, eu não tinha ideia.

— Tudo bem. Ela estava doente há muito tempo.

— Certo. Merda. Desculpa. Quer que eu te faça um sachê?

— Sim — ele aceita, sorrindo. — Valeu.

Benjamin sobe para seu quarto, escancara as cortinas e abre a janela. Está tão arrumado quanto ele deixou, sua pilha de revistas ainda organizadas sobre a mesa, o calendário ainda no mês de março. Ele aperta os olhos para Caprice e vira a folha para abril.

Jordan.

Ele está desfazendo as malas quando Donny entra e coloca a enorme caneca do Sports Direct sobre a mesa. Ele sorri com o gesto — a caneca pela qual todos eles brigam.

— Aquela garota te ligou — informa Donny, cruzando os braços. — Duas vezes. Eu falei que não sabia quando você voltava.

Ele engole em seco.

— Certo. Obrigado. Vou ligar pra ela.

— Não está mais a fim dela? Ela parecia bem, tipo, intensa.

Benjamin não responde.

— Valeu pelo chá. E olha, por favor, não conte a ninguém sobre a minha mãe.

Benjamin espera anoitecer para ligar, não querendo interrompê-la se ela estiver em aula. Com a dor das últimas semanas ele esqueceu como eram os horários dela, em quais dias ela tem aula, em quais dias estuda sozinha.

Ele não quer nem pensar na recepção que terá na própria faculdade, mesmo tendo explicado a eles sua situação e como precisava ir para casa por um tempo. Seu tutor pareceu se solidarizar, mas a última vez que Benjamin abriu seu e-mail viu que os trabalhos estavam se acumulando e, em vez de tentar fazer pelo menos um deles, ele ignorou o problema.

Às 18h, ele leva o telefone fixo para o quarto mais uma vez e disca o número dela, que atende imediatamente.

— Oi, sumido.

Ele engole em seco. É justo, ele merece. Mas ela vai perdoá-lo. Porque os dois são feitos um para o outro. Ele é a pessoa dela, e ela é dele, e é assim que é. Desde que contou à mãe sobre Clara, ele sentiu a certeza no fundo do coração. Ela é a única para ele.

— Oi. Como você está?

Nunca peça desculpas a ninguém.

Era o que dizia seu treinador de futebol.

Não deixe que vejam sua fraqueza. Ninguém respeita os fracos.

— Bem — ela diz com a voz estridente. — Muita coisa acontecendo, sabe. Noitadas demais, trabalhos demais. Pensei que o objetivo do primeiro ano fosse poder se safar por não se esforçar muito, mas eu juro que o professor Goodman é um psicopata. Ele passa toneladas de materiais para ler em casa.

— Sinto muito.

Seu treinador estava errado; às vezes desculpas são necessárias.

— Por não ter ligado ultimamente.

Ela faz uma pausa, funga.

— Sim, bem, todas as minhas colegas de apartamento te acham um babaca agora.

— E você?

— O quê?

— Acha que sou um babaca?

Ela suspira.

— Não sei o que pensar. Por que você passou tanto tempo longe? E por que não me ligou? Não tem telefone na sua casa?

— Foi... assunto de família.

Não, ele precisa resistir. Ele não pode — ele não vai — deixar as duas coisas se misturarem. Ele está ou não na faculdade para construir uma vida melhor do que a vida que teria em casa naquela cidadezinha? Além disso, ele não quer ser objeto de pena dela. Ele não quer desmoronar agora, derramar as lágrimas que conseguiu prender até aquele momento.

— Sinto muito por não ter ligado. Eu só... tinha muita coisa acontecendo, mas já está tudo resolvido.

— E os seus estudos?

— É, eu tenho que ver isso. Vou falar com meu tutor amanhã sobre colocar em dia o que perdi.

— Então você está de volta? Na cidade?

— Estou deitado na minha cama agora mesmo.

Ela expira.

— Está ocupada esta noite? Posso ir aí?

— Vou sair com alguns meninos do apartamento em frente hoje à noite. E com a Lauren e a Sinead.

— O.k.

Será que ele entendeu tudo errado? Ele estava tão confiante de que tudo ficaria bem, que eles continuariam de onde pararam.

— Desculpa, é só que você não ligou...

— Eu sei. Eu deveria ter ligado. Eu gostaria de ter. Mas senti sua falta. Eu realmente quero te ver de novo.

— Bem, vem com a gente hoje à noite, então. Vamos ao McCluskey's. Sabe onde fica? Bem ao lado do meu apartamento. Nos vemos lá às oito.

Ela não está dando escolha a ele.

— Ótimo — ele mente. — Nos vemos lá.

Abril de 2000

CLARA

Ela sabe que pode ser um desastre, mas há algo correndo em suas veias: um veneno autodestrutivo. Ou é apenas sua maneira de testá-lo?

Enfim, ele merece.

Eles estão sentados no canto do bar com jarras de bebida cobrindo a mesa que ocuparam. É *happy hour* e eles pediram tudo com antecedência.

Daiquiris de morango e *Sex on the Beach*. Os meninos do apartamento três estão bebendo shots.

Debaixo da mesa, Richard toda hora cutuca a perna dela com a dele.

Eles não dormiram juntos de novo. Evitar ficar a sós com ele tem sido mais fácil do que pensava, e Clara teve o cuidado de não beber demais nas duas outras vezes que eles saíram em grupo, fingindo estar cansada para ir embora cedo antes que ele tivesse a chance de tentar qualquer coisa.

Ele aceitou a rejeição como ela esperava: dormindo com uma garota de cabelos crespos de outro alojamento e depois contando a Lauren a respeito — tudo para garantir que chegasse aos ouvidos de Clara.

Ela não sentiu nada quanto à tentativa de deixá-la com ciúmes. Se bobear, ela se sentiu aliviada.

Quando ela o olha, Richard fica vermelho, afastando a perna. A culpa não é dele, afinal, ela o encorajou. Ele é um cara legal, na verdade, e se fosse para ver as coisas de forma objetiva, foi *ela quem* o usou.

Ela está de olho na entrada e praticamente ignorando a conversa ao redor da mesa, que parece ser sobre quem tem pais que ainda lhes dão ovos de Páscoa. É uma conversa juvenil e inofensiva, e Clara abstrai enquanto bebe, esperando que ele chegue.

De repente, lá está.

Seu primeiro pensamento ao vê-lo entrar no bar é que o ama. Ela sente uma compreensão inata de que ele é sua alma gêmea, a pessoa com quem ela deveria estar.

Então seu segundo pensamento é que ela o odeia porque ele a deixou e não pareceu sentir a necessidade de ligar durante quase três semanas, e porque ele nunca disse o que realmente sente por ela, e porque ele a deixa completamente transtornada.

Ela se levanta, acena e ele vem.

— Oi. Você está... linda.

Você também, ela pensa, mas não diz. O que ela pode fazer com ele? Por que ele constantemente a faz ter vontade de chorar?

Seu coração está literalmente se debatendo; como um pássaro engaiolado em sua caixa torácica.

— Quer mais alguma bebida? — ele oferece, um tanto inutilmente, considerando os jarros de líquido laranja e cor-de-rosa sobre a mesa.

Ela recusa com a cabeça e ele vai até o bar.

Clara pensa em como gostaria que ele tivesse um letreiro na bela testa revelando tudo o que se passa naquela cabeça. Ela não tem ideia de como decifrá-lo ou identificar o que ele está pensando.

Ela se recosta de volta bruscamente, fazendo Lauren chiar, e arrisca um olhar para Richard. Ele está encarando as costas de Benjamin.

Quando Benjamin volta, todos se movem e ele se espreme ao lado dela e eles bebem e conversam sobre tudo o que não importa e nada que importa, mas depois de uma hora ou mais ele coloca o braço em volta dos ombros dela enquanto eles estão conversando e ela apoia a mão em sua perna, e quando ela volta do banheiro ela se senta em seu colo e eles se beijam na frente de todos e ela não dá a mínima.

— Eu te amo — sussurra ela em seu ouvido. — Mas também te odeio.

Ele recua, franzindo a testa para ela.

— O quê?

Benjamin arregala os olhos.

— Eu também te amo.

Quando eles saem do bar, Clara está nas nuvens, alheia aos amigos e ao código de conduta que acabou de desrespeitar. Eles não vão se importar, tão imersos nas próprias vidas quanto ela está na dela.

— Estou morrendo de fome — confessa Benjamin.

Eles entram na fila do frango frito, se beijando e rindo, e Clara tenta ignorar aquela distante voz dentro de si dizendo que ele não pode ser tão incrível quanto parece, que os hormônios dela a estão traindo, porque, no fundo, ela suspeita que ele não está sendo totalmente sincero com ela e ela merece mais.

Mas ela ignora a voz porque ele falou que a ama, e o que mais importa? Todo o resto pode ser resolvido.

Eles estão quase na frente da fila quando alguém a chama.

— Clara!

Ela vira a cabeça, com as mãos ainda grudadas em Benjamin, tentando descobrir quem é. Então ela o vê, a poucos passos de distância na rua.

Braços estendidos, uma garrafa de Corona na mão.

Richard.

Ela morde o lábio.

— Estamos na fila — ela responde, como se fosse adiantar alguma coisa, mas ele está caminhando em direção aos dois agora.

Em segundos ele estará na frente deles. Ela olha para Benjamin, mas o rosto dele é neutro, impenetrável como sempre.

— Tudo bem, companheiro — diz Richard, parando bem ao lado deles. — Acho que a Clara não nos apresentou corretamente. Que grosseria.

De repente, ela está sóbria.

— Este é Benjamin. Benjamin, este é Richard.

Benjamin acena para ele.

— Legal.

— Vocês dois estão juntos agora, é?

— Parece que sim. Quer que a gente peça um lanche pra você? — oferece Benjamin, tranquilamente, e Clara vê um novo lado dele. Ele é mais inteligente do que ela imaginou.

Richard para, apertando os olhos para os dois. Ele revira os olhos ligeiramente, tropeça e deixa a garrafa de cerveja vazia cair no chão.

— Não, eu vou pra uma boate. Até mais tarde, Clara. — Ele faz uma pausa, levantando os ombros ligeiramente. — Benjamin.

Quando eles voltam ao apartamento dela, fazem amor duas vezes, a segunda quase imediatamente após a primeira, e Clara é devorada pela sensação de que poderia simplesmente fazer essa coisa, esse ato físico, vezes e mais vezes com ele e, de alguma forma, nunca seria suficiente.

Mas ele adormece depois da segunda vez, então ela descansa a cabeça em seu peito e acaricia seu braço e tenta dormir também.

De manhã, Benjamin veste a camiseta de volta, se vira para ela e pergunta:

— Qual é a desse tal de Richard?

Ela se senta na cama, puxando o edredom para cima e enfiando-o sob as axilas.

— Ah. Ele...

— Ele é a fim de você?

Não é uma pergunta, mas ele fez parecer uma.

Ela morde o lábio. Por algum motivo, Benjamin tem facilidade em esconder as coisas dela, enquanto ela não consegue esconder nada dele.

— Acho que sim. Ele estava bem bêbado ontem à noite.

— E territorialista.

Ela dá de ombros.

— Acho que muitos amigos dele já ficaram com as meninas do meu apartamento, e talvez ele pensasse que eu seria sua conquista. Embora Sinead tenha tido uma queda enorme por ele no último período e praticamente se atirado nele... Então talvez algo aconteça nesse sentido.

— Você dormiu com ele?

Ele se afasta. Apenas um pouco, mas o suficiente para ela perceber.

— Ele é um dos três?

— O quê? Não. Não...

É mentira e não é mentira.

— Não, ele não é um dos três.

— Eu não me importaria. Eu só... Seria interessante saber.

— Ele não foi um dos três.

Ele a beija.

— Certo. Não posso culpá-lo por gostar de você, claro.

— É só isso? — ela pergunta, de repente frustrada. — Isto é, nós gostamos um do outro, e muito, claramente, porque não conseguimos parar de fazer sexo e é o melhor sexo da minha vida, e eu basicamente sinto vontade de explodir em lágrimas toda vez, só que de um jeito bom. Mas é apenas sexo? Porque ontem à noite você disse que me amava e... deus. Benjamin, você foi embora e me ignorou por três semanas e eu enlouqueci. Tipo, eu literalmente enlouqueci me perguntando o que estava acontecendo entre a gente, e agora você volta e eu continuo perdida, e eu quero saber se você está... Se você vai assumir algum tipo de compromisso comigo porque é tão confuso e exaustivo e eu não quero ser uma *garotinha* patética e carente que choraminga sobre tudo, mas eu não te entendo. Eu não entendo o que você quer de mim.

Ela solta um grande suspiro.

Ele olha para ela. Seu rosto fica vermelho, apenas um pouco.

— Ah. Bom, eu pensei que estávamos namorando — ele diz, unindo as sobrancelhas. — Quer dizer... se é isso que você quer. É isso que eu quero. Quero que a gente esteja namorando. Precisamos verbalizar? Eu pensei que você sabia e pronto...

— Não! — ela grita. — Você não sabe *e pronto*! Você precisa dizer. Você precisa me pedir.

— Tipo o quê, te pedir em namoro?

Os olhos dele brilham.

— Sim! É óbvio que sim!

— Certo, então. Devo ficar de joelhos, é isso que você quer?

Ela ri. Ele se ajoelha ao lado da cama.

— Quer ser minha namorada, senhorita CDC?

Ela fecha os olhos e inspira profundamente. As nuvens pesadas se dissiparam.

— Sim. Eu quero. Com uma condição.

— Qual?

— Que você compre uma porcaria de celular.

Maio de 2000

BENJAMIN

ELE SE ACOSTUMA FACILMENTE A UMA ROTINA SEMANAL. FACULDADE durante o dia, encontrar Clara depois das aulas de ambos e voltar para o apartamento para cozinhar algo juntos, conversar e fazer amor até dormir, por volta da meia-noite.

Mas os fins de semana são diferentes, é claro.

— Vai ao futebol de novo? — ela pergunta, o observando de seu lado habitual na cama enquanto ele se veste. — Quando você falou que estaria ocupado, pensei que era porque ia trabalhar hoje.

— Tenho uma notícia para você, CDC: há jogos toda semana. Então, sabe, é meio consistente essa coisa de futebol. É por isso que não trabalho aos sábados. Enfim, qual a diferença?

— Bem, trabalho é trabalho. Futebol é diferente. Não é obrigatório. Você não pode simplesmente não ir? Uma vez?

— Você não pode simplesmente sentir minha falta?

Ela joga um travesseiro nele.

— Não vou sentir nenhuma falta sua. Agora pode dar o fora.

Ele se inclina para beijá-la, e ela vira o rosto para que ele acerte só a bochecha.

— Tenha um bom dia, meu encanto de pessoa — ele diz. — Eu te ligo mais tarde.

Quando o Newcastle City não está jogando em casa, Benjamin e os três colegas de apartamento assistem aos jogos no pub da esquina. É possivelmente a única coisa que eles realmente têm em comum. A única ocasião em que ele se sente como um dos caras. O futebol é uma linguagem universal; sua rede de segurança.

Se um dia ele pensasse naquilo a fundo, diria que o futebol é sua terapia. Uma chance de recarregar depois de uma semana cheia, ao lado de pessoas como ele. Uma coisa que o fundamenta. Mas ele não sabe explicar isso para Clara.

Eles têm um grupo agora. Não apenas de rapazes. Tina torce para o Leeds, e algumas amigas dela se juntaram ao grupo, além de um dos vizinhos, mais velho que eles, nascido e criado na cidade.

Ele relaxa com sua cerveja, se sentindo, pela primeira vez desde a morte da mãe, contente. Ele pensa em Clara, sua namorada e, agora percebe, sua melhor amiga também, e sorri. Ele espera que ela esteja aproveitando a tarde.

É uma boa partida. Donny pula da cadeira quando o atacante do Leeds se aproxima do gol, mas um ataque bem-sucedido do volante do Leicester o faz cair sentado de volta, esmurrando a mesa.

Um sininho vindo de um telefone toca. Benjamin ignora no início, mas depois percebe que é o dele. Ele ainda não se acostumou a ter aquilo.

Ele o tira do bolso. É uma mensagem de texto dela.

> Oi BE. Tá, você ganhou. Sinto sua falta. Sinto sua falta o tempo todo e sempre. O q vc tá aprontando? bjs bjs bjs bjs

Benjamin sente o corpo mais tenso.

Ele a entende agora, percebe quando as coisas estão indo na direção errada. Aquilo foi um aviso. Ela *sabe* o que ele está fazendo. Ele morde o lábio antes de, devagar, porque ainda não pegou completamente o jeito de usar as teclas numéricas para escrever, digitar uma resposta.

> No pub. Leicester ganhando de 2-1. Sdds tb. Bjs.

Ele pensa por um segundo. Ela o ensinou a usar abreviações para economizar espaço na mensagem. Ela vai gostar que ele tenha usado.

Ele envia a mensagem e guarda o celular de volta. É um pouco complicado, porque ele não está realmente sentindo falta dela. Não agora. No momento, ele está feliz onde está. Mas tudo bem, não? Eles não precisam estar juntos o tempo todo.

O Leicester marca e Donny bate o punho na mesa novamente. Ele já entornou quatro *pints* — serão dez antes do final do dia. É algo que eles têm em comum. A capacidade de beber e beber e beber. Benjamin é alto; ele consegue facilmente beber seis *pints* em uma tarde.

— Merda, esse juiz é uma porra de um idiota.

Donny vai batendo o pé até o bar.

— Para ser justa com eles, o Leicester jogou bem — diz Tina, se aproximando. — Três minutos de prorrogação pelas paradas por faltas. Sem chance.

— Segundo tempo. Eles jogaram muito devagar no meio-campo — diz Benjamin, com os olhos fixos na tela. — Anda, cara! Corre com essa bola, pelo amor de Deus!

Tina se aproxima ainda mais, de modo que as pernas dos dois estão se tocando.

— Então, Homem Internacional do Mistério, como estão as coisas com a patroa? Qual é o nome dela? Claire?

Benjamin franze a testa. Ele disse o nome a Tina em diversas ocasiões.

— Clara.

— Clara.

— Estão bem — ele responde, tomando um gole do copo. — Ela é...

Ele não termina, incapaz de descrevê-la em uma palavra. Ele provavelmente não poderia descrevê-la em cem porque ela é diferentes coisas todos os dias. Mas o que ela é, e o que ele mais ama que ela seja, acima de tudo, é *dele*.

Só que ele não pode dizer isso. *Ela é minha.* Se o fizesse, pareceria um psicopata.

— Benjamin está apaixonado! — ela cantarola, beliscando o braço dele.

— Cala a boca — ele diz, olhando para baixo.

— Quando vou conhecê-la?

— Ah. Um dia desses.

— Terça-feira? Vamos ao Planet Earth depois do trabalho. Leva ela!

— Vou perguntar se ela está livre.

— Ótimo. Mal posso esperar para interrogá-la. Ver se ela é boa o suficiente.

O juiz apita sinalizando o fim da partida.

— Não seja boba — ele diz, torcendo o nariz. — Claro que ela é.

Maio de 2000

CLARA

ALGO A ESTÁ INCOMODANDO.

A sensação de que numa lista de prioridades ela ficou abaixo do futebol. Ele não perguntou se ela queria fazer algo naquela tarde. Ele simplesmente decidiu assistir futebol de novo, e ela que se adapte.

Tem sido o mesmo toda semana. No início, ela não se importava — nem mesmo notava, na verdade, porque gostava de passar as tardes de sábado limpando o quarto e lavando as roupas. Além disso, no início do segundo período, suas colegas de apartamento começaram a organizar um evento chamado "pizzas de sábado à noite", onde todas se amontoavam no quarto de Sinead para assistir comédias românticas na televisão chique com videocassete embutido. Mas não é obrigatório. Não está *gravado em pedra*. Por alguma razão, Benjamin e ela caíram nesse padrão de se despedir pouco antes do almoço de sábado, e não se encontrarem mais até a tarde de domingo.

Tudo bem, não? É razoável. Só que hoje aquilo a incomodou.

Ele nunca nem pediu para que ela se juntasse a ele.

É porque ele não quer que ela conheça seu pai?

Ela pesquisou os jogos do dia — os cronogramas de futebol eram tão complicados, com partidas aparentemente intermináveis e torneios diferentes também intermináveis — e descobriu que o time dele nem ia jogar. Então que jogo de futebol ele ia realmente assistir? E por que ele não podia ter passado o dia com ela?

Eles podiam ter ido fazer compras juntos.

Em vez disso, Clara está andando pela cidade sozinha. Ela estava com uma vaga ideia de comprar algo novo — um vestido bonito, talvez, ou um top para combinar com sua calça preta favorita. Ela não gastara nada da mesada que os pais lhe davam para as despesas, e o dinheiro estava simplesmente lá parado na conta.

Ela perambula pelas lojas, mas se sente inquieta, incapaz de encontrar alguma coisa de que goste.

Até que ela esbarra em Lauren e James, amigo de Richard. Eles estão saindo juntos oficialmente há algumas semanas.

Aquilo a irrita. Quer dizer que Lauren e James passam as tardes de sábado juntos.

Ela os deixa a sós para continuarem sua tarde romântica juntos e tira o telefone da bolsa para ler a última mensagem de Benjamin. São 17h10, então o jogo já deve ter acabado. Ele provavelmente ainda estará no pub.

Às vezes, ele liga para ela nas noites de sábado, tarde, e ela percebe que ele está bêbado porque ele arrasta um pouco a fala e não a escuta direito. Ela sempre desliga essas ligações se sentindo incomodada e irritada.

Bem, dane-se. Ela vai ligar agora mesmo para ele, assim eles podem fazer algo juntos.

Ele está salvo como "Sr. BE" no topo de sua lista de contatos, logo acima de "Casa". Ela pressiona com força o botão de borracha verde e coloca o telefone no ouvido.

Ele toca. E toca. E toca. Por fim, a gravação genérica da caixa postal:

A pessoa para quem você ligou não pode atender sua chamada. Por favor, deixe uma mensagem após o sinal.

— Oi, sou eu. Pode me ligar de volta?

Ela desliga, seu coração de repente está martelando.

Ela fez isso a si mesma, ela sabe. Ela se pilhou até aquele estado.

O tipo de estado que, no início da adolescência, a fazia se trancar no banheiro do andar de baixo, chorar e bater a cabeça na parede, como se estivesse tentando expulsar todos os pensamentos ruins. Seus pais ficavam apavorados — eles a levaram para ver um psicólogo, que disse que ela era uma perfeccionista e que eles precisavam aliviar a pressão que colocavam nela.

Então eles começaram a ser muito legais, elogiando-a mesmo quando suas notas não eram tão boas. Ela percebia o teatro, o que só serviu para fazê-la esconder seu comportamento.

Quando as coisas ficavam muito difíceis, ela pegava uma lâmina no banheiro, se sentava no vaso sanitário e cortava suavemente a pele da coxa, até que o vermelho brilhante surgisse e a visão a chocasse o suficiente para parar.

A maioria de suas amigas tinha distúrbios alimentares. Havia reuniões na escola sobre bulimia, e Abigail, cujo peso caíra para 31 quilos em determinado momento, acabou sendo internada.

Mas ninguém falava sobre como lidar com a necessidade de se machucar fisicamente, e ela tinha vergonha de contar a alguém que a dor física tornava suas emoções de alguma forma mais fáceis de suportar. A automutilação era, na verdade, uma maneira de lembrar que ela estava viva, que ela era real, que ela existia. Que ela importava.

Ninguém entendeu que, tantos anos antes, quando Cecily ficou doente, algo fundamental se quebrara em Clara: a capacidade de confiar, de se sentir segura no mundo. A fé inocente e profundamente arraigada de que, no fim, as coisas ficam bem, foi perdida para sempre. E o que restou em seu lugar foi um medo assombroso de que as piores coisas podiam acontecer quando você menos esperava.

Antes que se dê conta do que está fazendo, Clara pega um ônibus para Jesmond.

Ela não ia lá desde o segundo encontro, quando eles dormiram juntos pela primeira vez, no minúsculo quarto de Benjamin. Eles estão quase completando três meses juntos, mas parece muito mais tempo. Já parece um relacionamento de fato. Qualquer coisa com mais de três meses é uma grande coisa.

O pub está cheio, as pessoas se espalhando pela calçada. Noventa por cento são homens, mas ela não vê Benjamin em lugar nenhum.

Ela engole em seco, nervosa agora. Sua raiva azedou e se tornou algo como raiva de si mesma.

Quando Clara entra no pub, um dos babacas na calçada assobia para ela. Seu rosto queima enquanto ela procura pelos grupos a silhueta familiar de Benjamin. E então, lá está ele, no bar, pagando uma rodada de bebidas na frente dele.

Ele já disse que não tem muito dinheiro, que é por isso que precisa trabalhar na loja de departamentos; caso contrário, não conseguiria pagar o aluguel e as contas. Ela imprimiu algumas informações sobre subsídios e bolsas para ele, mas ele nunca mais tocou no assunto.

A raiva cresce mais uma vez. Como ele pode pagar por isso, então? Ela o observa pegar uma nota de vinte libras da carteira e entregá-la ao barman.

Clara está prestes a marchar até ele e perguntar o que diabos ele está fazendo quando algo mais acontece. Uma garota loira, maior do que ela e com um rosto simpático, pega duas das bebidas de Benjamin e as leva para uma mesa no canto. Há dois rapazes lá, um dos quais ela reconhece como Donny, com quem ele divide o apartamento. Benjamin e a menina se sentam e tomam suas bebidas e continuam conversando. Ele parece feliz.

Ela gosta de tocá-lo, a loira, apoiando o braço no ombro de Benjamin e sorrindo para ele enquanto ele fala.

Clara sabe que algumas meninas chorariam, mas ela está com raiva demais. Então, em vez disso, ela marcha até a mesa e para na frente com os braços cruzados, até que ele levanta o rosto e a vê.

Ele recua a cabeça ligeiramente e põe a cerveja na mesa.

— O quê... Oi!

Ele pisca devagar. Ele está bêbado.

— Amor.

— Que diabos... Quem... quem é ela? — vocifera Clara, sem ousar olhar para qualquer coisa, exceto diretamente nos olhos dele.

— O quê? Esta é a...

— Como pôde fazer isso comigo!

Ele se levanta e a puxa pelo braço.

— Vamos lá para fora — ele pede, baixinho.

Quer dizer que ela o envergonha.

— Não! — ela grita.

A loucura tomou conta, não adianta mais tentar lutar contra.

— Eu não vou! Eu odeio você! Seu... seu babaca!

Ela começa a engalfinhá-lo, agarrando seu suéter e puxando o tecido de seu peito — seu peito perfeito sobre o qual ela dormiu tantas vezes. Aquele parecia o lugar mais seguro do mundo.

— Para! — ele esbraveja, tentando conter os braços frenéticos de Clara. — O que você... o que você está fazendo? Está louca? Jesus.

— Como se atreve! Como você se atreve a fazer isso comigo! — ela grita.

Em seguida, antes que se dê conta, ela já pegou o copo de cerveja da mesa e o virou, tentando acertar o rosto dele e errando miseravelmente, de modo que agora é seu próprio braço que está encharcado, assim como parte da calça e dos tênis dele. O copo da cerveja cai no chão.

Ela solta um grande soluço e dá meia-volta, correndo pela porta do pub e caindo de volta na rua, o cheiro nojento de Guinness em suas narinas, suas mãos pingando e pegajosas.

Ele está lá, é claro, logo atrás dela.

— Que diabos — ele diz puxando seu braço novamente, e ela se vira para olhá-lo, as lágrimas borrando a imagem de seu rosto perfeito.

Seu rosto perfeito e horrível.

— Eu te odeio! — grita Clara.

Quando ele tenta segui-la novamente, ela o empurra para longe, com força, o fazendo tropeçar para trás.

— Não se atreva a tentar me seguir! Me deixa em paz!

Abril de 2022

23h15

CLARA

A TELEVISÃO CONTINUA DIVULGANDO AS MESMAS IMAGENS DE PESSOAS sendo levadas em ambulâncias. A garçonete está olhando para Clara.

— Como se chama o cara que você está procurando? — pergunta de novo.

— Benjamin Edwards.

Seu coração está batendo forte. Se a mulher não souber onde ele está, acabou. Fim de jogo. É inútil. Ela deveria ir para casa. De verdade, ela deveria.

— Benjamin?

— Sim, ele ainda trabalha aqui?

A garçonete franze as sobrancelhas. Ela olha para Clara novamente como se estivesse tentando entendê-la.

— Você não é a Zoe, é?

— O quê? — pergunta Clara. *Quem é Zoe?* — Não. Não, meu nome é Clara.

— Certo, tudo bem.

— Então, você o conhece? Você conhece o Benjamin?

— Sim, claro. Mas ele saiu há alguns meses. Para se concentrar no trabalho com cinema.

Trabalho com cinema? Clara se enche de calor ao pensar naquilo. Ela sabia. Ela sabia que um dia...

— Mas tenho certeza de que o Jonno tem o número dele. Se for de alguma utilidade para você.

Clara sorri de orelha a orelha.

— Sim — ela aceita, tentando se conter. — Por favor. Seria maravilhoso, se você não se importa. Eu só quero saber se ele está bem.

— Claro, deixe-me pedir.

Ela desaparece por uma porta atrás do bar e deixa Clara de pé ali, ainda segurando o copo de uísque vazio.

Um número. Um número de telefone. Ela finalmente poderia ligar e ele poderia atender. E depois? Que diabos ela diria?

Oi-como-vai-eu-sei-que-fazem-anos-mas-eu-pensei-em-você-todos-os-dias-e--eu-queria-me-desculpar-por-tudo…

O simples ato de pensar naquilo a deixa quase aos prantos.

— Prontinho — anuncia a garçonete, voltando com um pedaço de papel.

— Obrigada — agradece Clara, olhando fixamente para o papel. — Eu… só… Você sabe como ele está? Já faz um tempo que não nos vemos.

— Sinto muito, trabalhei com ele apenas por mais ou menos um mês antes de ele ir embora. Não o conheci muito bem. Mas o achei um cara legal. Na dele, mas engraçado.

Clara reconhece a descrição. A garçonete olha para ela com expectativa.

— Certo, bem, então vou deixar você em paz — diz Clara. — Só mais uma pergunta, se não se importa?

— Claro.

— Você perguntou se eu era a Zoe. Quem é ela?

— Oh, Deus — diz ela, revirando os olhos. — A ex dele. Eu nunca a encontrei, mas ouvi muito sobre ela. Problema na certa, segundo o Jonno. Bebida, eu acho.

A moça para, olha para Clara inclinando a cabeça de lado e arregala os olhos.

— Você promete que não é…

Ela olha para o pedaço de papel na mão de Clara, que aperta o papel com força. É dela agora, e ela não vai devolvê-lo.

— Não — assegura Clara, abrindo o que espera ser um sorriso tranquilizador. — Eu não sou a Zoe. Juro.

Junho de 2000

BENJAMIN

Ele está na plataforma com ela, dizendo adeus.

Já se passaram duas semanas desde a grande briga entre os dois. Finalmente, ele sente que as coisas estão em pé de igualdade novamente. Ele explicou que Tina era uma amiga do trabalho, nada mais. Ele não contou sobre o beijo bêbado, que parece ter acontecido há uma eternidade, de qualquer maneira. Clara pediu desculpas. Eles fizeram as pazes, eles fizeram amor, e foi mais apaixonado do que nunca. Ela o olhou fixamente o tempo todo, bem nos olhos, e ele disse que a amava e que nunca a machucaria, e ela começou a chorar.

Depois, Benjamin se sentiu esgotado por dias.

Ele tentou convencê-la a conhecer Tina, mas ela se recusou. De certa forma, foi um alívio. Após o incidente com o arremesso de cerveja, Tina rotulou Clara de psicopata. Era melhor as duas nunca se misturarem.

Agora, Clara está indo passar o fim de semana em casa. De volta à sua vida em Londres.

— Eu não quero ir — confessa ela baixinho, abraçando-o.

— São só duas noites — ele a tranquiliza, beijando-a na testa. — Sua mãe vai gostar de te ver. Aposto que seus pais e Cecily estão com saudade. Faz muito tempo desde a sua última visita.

— Sim, mas eu queria ter pedido para você ir comigo.

— Da próxima vez.

Ele não consegue se imaginar conhecendo-os. A família. É uma perspectiva aterrorizante.

Ela se ajoelha na poltrona do trem acenando para ele pela janela do vagão, e ele corre pela plataforma até o trem pegar velocidade demais e ela estar longe.

Então ele dá meia-volta e vai para casa.

* * *

Naquela noite, Benjamin sai com Tina, e os dois ficam mais bêbados do que ele se lembra de ter ficado em muito tempo. Tão bêbado que, quando saem da boate, ele mal consegue andar. Ele tropeça até sua casa com Tina ao lado, pegando batatas fritas de uma embalagem de isopor, e os dois praticamente caem pela porta da frente.

— Porra — ele diz, com a mão pesada no corrimão à frente. — Você é uma péssima influência, Tina Bryan. Nunca mais. Nunca mais.

— Fraco — ela decreta, chutando os sapatos longe. Ela começa a ter um ataque de riso. — Mano do céu! Estou bêbada pra caralho!

Ele revira os olhos e liga a chaleira. Tina vai até a sala e desaba no velho sofá. Sua saia sobe, e ele tem um vislumbre de sua calcinha. Vermelha.

Ele desvia o olhar, tirando o telefone do bolso de trás: 03h20. Nenhuma mensagem.

Clara deve estar dormindo, claro. Na grande mansão de sua família.

Ele derrama água fervente no sachê de chá.

— Sabe o Jimmy da seção de moda masculina? — Tina diz tirando o cardigã.

— Sei — ele responde, entregando a ela uma xícara de chá e sentando-se ao seu lado no sofá.

— Ele foi demitido.

Benjamin pensa em Jimmy: cabelos lambidos para trás, propenso a piscar.

— Hum. Por quê?

— Foi pego tirando dinheiro do caixa — ela diz, mastigando mais uma batata. — Bárbara literalmente o viu enfiando notas de vinte na calça. Idiota.

Benjamin se sente subitamente sóbrio. Jimmy o lembra dos caras com quem ele cresceu e os quais deixou para trás: vivendo de salário em salário, escolhendo entre ter aquecimento ou comida. Não é culpa de Jimmy nunca ter tido sorte.

— Bem, talvez ele estivesse desesperado.

— Mas não é certo, é? Roubar. Enfim. Como está a Pequena Miss Psicose? Aposto que ela tentou te ligar um milhão de vezes hoje à noite, sabendo que você está comigo.

Ele não gosta de ser confrontado com isso. Sua própria culpa.

— Eu não contei que a gente ia sair — ele confessa, baixinho.

— Tsc tsc tsc — ela critica, balançando o dedo na cara dele. — Que travesso da sua parte, senhor Benjamin. Ela vai te esfolar vivo quando descobrir.

Ele se afasta um pouco.

— Tá tudo bem.

Sua cabeça começa a martelar.

— Somos apenas amigos, não somos? Nada mais.

— Não desde que você partiu meu coração — ela diz, rindo.

Ele se endireita no sofá.

— Não, Tina. Eu...

— Ah, esquece. Tudo bem. Já superei. Eu claramente não sou psicopata o suficiente pra você.

— Ela não é psicopata — ele diz, embora Tina o ignore. — Ela é apenas... intensa.

— Problemática.

— O quê?

— Ela é problemática; dá pra ver. Sinto um pouco de pena dela, na verdade. Isso mostra como dinheiro não pode comprar estabilidade mental.

— Ela não é problemática — ele discorda, defensivamente.

Benjamin se sente cansado agora, desejando nunca ter convidado Tina para voltar com ele. Ele não consegue adivinhar quanto do que ela está dizendo é porque ele a rejeitou, e quanto é o que ela realmente acredita.

— Oh, céus, não vai ficar encanado com isso. Todos nós somos problemáticos de uma forma ou de outra. Você é... Sei lá.

— Eu sou o quê?

— Impotente — ela responde, rindo e se recostando no sofá, quase derramando o chá em si mesma.

— Impotente?

— Tímido e fechado demais.

É como se ele tivesse levado um soco. É isso que Tina pensa dele? E se for, por que diabos ela quer a companhia dele?

— Só porque eu não gosto de me envolver nos assuntos das outras pessoas — ele murmura, franzindo a testa. Sua dor de cabeça tomou conta agora. — Isso não é ruim.

— Oh, deus. Ânimo, seu mal-humorado — ela diz, colocando a mão na perna dele.

Ele quer afastá-la. Isso a calaria. *Impotente.*

— Eu só quero dizer que você é doce. Legal. Você é um cara legal, só isso, Edwards. Agora supere, pelo amor de Deus.

Benjamin pensa no que o treinador de futebol costumava gritar para ele.

Caras legais sempre ficam pra trás.

Então, o que um cara não legal faria agora? Diria a Tina para ela sair? Ele vira o rosto para longe dela. Era melhor ter ido para Londres com Clara, afinal.

Junho de 2000

CLARA

Ela está sentada no trem enquanto espera em Darlington, aplicando cuidadosamente sua maquiagem, quando sente alguém bater em seu ombro. Ela se vira, irritada, mas depois vê que é ele.

Benjamin.

— Meu Deus.

— Surpresa.

Ele se inclina e a beija. Pra valer. A mulher no corredor atrás dele estala a língua nos dentes.

— Vamos lá — diz Clara, acariciando seu rosto. — Vamos lá fora.

Ela junta suas coisas e o segue até o vestíbulo no final do vagão.

— Não acredito que você... Como...?

— Quis fazer uma surpresa, então peguei o trem anterior com destino a Darlington para alcançar o seu e viajar o trecho final de volta para a cidade com você. É assustador? Eu estava tentando ser romântico.

— Cala a boca e me beija de novo.

De volta à cidade, eles andam de mãos dadas e Benjamin leva sua mala de fim de semana. Ela nunca pensou ser possível se sentir tão feliz. Estar ali, estar com ele novamente — aquilo faz com que ela se sinta inteira outra vez.

— Tenho boas-novas — ela anuncia enquanto contornam a rua da estação. — Eu ia guardar até... foda-se!

Ela nunca fala palavrão. Ele levanta as sobrancelhas.

— É o meu pai. Ele te arranjou... Ele te arrumou um estágio no departamento de tecnologia da empresa dele. Oito semanas. O verão todo. E mais: eles vão pagar duzentas libras por semana!

— O quê...

— Eu sei! É incrível, não é? Foi ideia dele. Eu comentei que você estava estudando essas coisas de informática e que você nunca havia ido a Londres, e ele contou que eles estavam procurando estagiários para o verão. Resumindo, está feito. Papai tem bastante influência na empresa. Ele é bem sênior. Estou com ciúmes. Não seria nada mal ganhar essa quantia eu mesma. Vai ser incrível. Minha mãe disse que você pode ficar conosco. Ela quer que você tenha seu próprio quarto, mas a casa é tão grande que eles nunca notarão. Você pode voltar pro seu quarto de manhã e eles nem vão desconfiar. Imagina?! O verão todo, juntos! Posso mostrar Londres a você, te levar aos melhores lugares — se você não achar muito condescendente. Quer dizer, é só que você falou que nunca foi, e eu pensei que talvez...

— Nossa. Não sei o que dizer.

— Diz que aceita?!

— Bem, sim, claro. Claro que aceito.

Ela aperta o braço dele.

— Vai ser incrível.

Na volta, eles param no McDonald's.

— Celebração de alta classe — ela comenta, enquanto se dedica a devorar um cheeseburger. — Então, me conta. O que fez no fim de semana? Sei que provavelmente passou a maior parte do dia sozinho no quarto sentindo minha falta, né?

Ela está provocando, mas é porque se preocupa com ele. Ele é tão pálido que suas olheiras são quase roxas.

Apesar da altura, ele parece tão frágil às vezes. Ela sabe que ele não dorme muito bem; o oposto dela. Ela sempre dormiu como um bebê.

— Nada de mais.

— Ficou jogando no computador, então?

A suposição soa mais crítica do que ela queria, mas ela não entende a obsessão com o Championship Manager, nem como os colegas de apartamento dele são tão obcecados por aquilo. Eles levam o jogo tão a sério. Na verdade, é patético, mas ela está tentando encarar como algo bonitinho.

Ele confirma com a cabeça.

— E assisti ao jogo do Liverpool no pub.

— Eu realmente não entendo — ela admite, balançando a cabeça. — Como você pode se importar tanto com...

— Futebol?

— Você nem conhece esses caras. Tipo, você nunca os viu. Metade da equipe do Newcastle City nem é de Newcastle. Por que, então, eles conseguirem ou não chutar uma bola idiota em uma rede tem tanto impacto em você?

Ela odeia como o humor de Benjamin piora quando seu time perde uma partida. Como beber parece ser a única cura para esse bode pós-jogo. Não faz sentido para ela.

Ele sorri e dá de ombros.

— Ah, não cabe a mim explicar o inexplicável — ele rebate, piscando. — Vamos falar de outra coisa.

Mas aquilo a está incitando novamente. O que há de errado com ela? Por que ela não para de cutucar a mesma ferida? O que está tentando provar?

— Mas...

— Eu não apenas assisti ao jogo. Na verdade, eu saí ontem à noite.

O estômago dela despenca. Com quem ele saiu? Tina?

— O quê? Onde?

— Aquele novo clube na cidade. Com a pista de dança giratória.

— Você não me disse que ia sair.

Ele dá uma mordida no hambúrguer que está comendo.

— Foi uma coisa de última hora.

— Com quem você foi?

Ele arregala os olhos.

— Ah, você sabe. Os suspeitos de sempre.

— Donny?

Ele confirma.

— Você parece exausto — ela observa, se recostando na cadeira. — Tipo, a própria definição de um caco.

Ele ri.

— Eu sabia que era por isso que eu te amava, CDC. Você me faz sentir tão bem comigo mesmo. Obrigado.

Eles terminam o lanche em silêncio. O que há de errado com ela? Por que está tão irritada?

Então ele foi a uma casa noturna. E daí?

Ele é um universitário. É isso que universitários fazem. Eles bebem demais e experimentam drogas e dormem por aí e é tudo totalmente normal.

Mas por que ele não contou a ela? Por que não contou mais cedo, quando estavam trocando mensagens? Por que ele não mencionou antes?

Por que ele parece estar escondendo coisas dela?

Como um tapa na cara, ela percebe que há uma razão para aqueles sentimentos.

Não é só por causa do Daniel e da traição dele. Não só porque Benjamin desapareceu por quase três semanas no início do relacionamento e nunca explicou o motivo.

É também pela própria culpa dela. É por causa do que ela fez com Richard. Porque ela nunca contou a Benjamin.

Sua própria culpa a impede de confiar nele.

— Sinto muito. Eu não quis ser cruel.

— Tudo bem, CDC — ele garante, apertando a mão dela sobre a mesa. — Se ajudar, foi uma noite de merda, de qualquer maneira. É sempre uma merda sem você. Agora ouça, por favor me dê seu endereço para eu escrever para o seu pai. Quero agradecer o estágio.

Julho de 2000

BENJAMIN

ELE SENTE O ESTÔMAGO EMBRULHADO QUANDO OS DOIS CHEGAM À ESTAÇÃO de King's Cross. Ela mora a poucos quilômetros de distância, aparentemente, e eles vão pegar o metrô.

— Está cheio — ele observa na descida da escada rolante.

Grandes cidades o deixam nervoso, e esta é a maior de todas.

Ela aperta a mão dele.

— Londres não é tão mais movimentada do que Newcastle.

Ela disse aquilo para ajudá-lo a se sentir melhor, mas ambos sabem que é mentira.

Ele não contou muito sobre de onde veio. Um pequeno vilarejo nos arredores de Newcastle com vistas banais, onde o clima e a arquitetura são predominantemente cinzentos. Mas as pessoas são alegres, simpáticas. Apesar de terem muito pouco, elas são generosas e valorizam o senso de humor acima de tudo.

Sua mãe raramente saía do condado, mas costumava torcer o nariz com qualquer menção aos sulistas. *Pessoas egoístas e ambiciosas demais*, dizia. *Elas se acham superiores.*

Mas Benjamin contou à mãe sobre Clara logo antes de ela morrer e ela havia aprovado, o que significava muito para ele. Ele gosta de supor que as duas teriam se dado bem. Clara não é egoísta e não se acha superior. Mas ela é determinada. Apesar de ser um tanto tímida, ela parece possuir uma energia às vezes opressora. Ele admira a combinação.

Eles saem da estação Highgate sob o sol a pino. A rua principal está movimentada, congestionada, e ele se pergunta por que alguém escolheria morar em um lugar tão opressivo.

Apesar disso, a residência da família de Clara fica em uma rua tranquila e arborizada, e as casas são isoladas e afastadas da rua. Imponentes e de tijolos vermelhos. Tradicionais, como ele imagina que seja a família de Clara. Ela o avisou várias vezes que a casa era grande. Falou sobre a própria riqueza em um tom desapegado e factual. Ela não estava tentando se exibir, ele percebeu, e sim prepará-lo.

A residência dele, por sua vez, é uma casa geminada, situada no final do vilarejo. O jardim era o orgulho e a alegria da mãe, e ele teme pensar em que estado se encontra agora. Ele não vai lá desde a Páscoa.

Seu pai ficou inesperadamente emocionado quando Benjamin lhe contou sobre o estágio. Orgulhoso e encorajador. Benjamin viu então que George realmente queria o melhor para ele, sempre. Assim como Clara, George quer que Benjamin faça jus ao potencial que possui.

— Chegamos — ela anuncia, abrindo a enorme porta da frente.

No interior, a temperatura é significativamente mais fria e o corredor de painéis de madeira é escuro. Um grande relógio de pêndulo no canto marca as horas.

— Nossa, que legal. Um pouco como um museu — ele observa.

— Obviamente papai está no trabalho, e mamãe deve estar jogando golfe ou algo assim. O que é bom, pois significa que posso te mostrar tudo. E podemos transar.

Ele fica vermelho. Não que ele não queira, é claro. Ele tem certeza de que nunca poderia querer *não* transar com ela. É mais a ideia de fazer isso aqui, na casa dos pais dela. É desrespeitoso.

— E a sua irmã?

— Eu te disse — ela responde, puxando-o pela mão. — Ela vai demorar pra voltar. Vem, vamos beber alguma coisa e depois podemos ir até meu quarto.

O quarto é enorme. Maior do que a sala de estar da casa dele. As paredes são cobertas por um padrão floral de aparência estranhamente antiquada, e as cortinas na janela de nove painéis têm penduricalhos extravagantes. Clara as fecha bruscamente, mergulhando ambos na escuridão, e se senta na cama.

— Vem cá.

Ele se junta a ela, que puxa as roupas dele sem dizer nada, tirando a camiseta dele pela cabeça enquanto o beija.

Ela segura a fivela do cinto de Benjamin.

— Não parece muito certo — ele gagueja.

— Ah, cala a boca.

Clara está usando um colete cheio de fechos do qual logo se livra, e depois abre o sutiã. Benjamin desvia o olhar. Ele percebeu, logo no início do relacionamento, que a simples imagem dela de topless bastava. Ela nem precisava tocar nele.

— Para, CDC. Você sabe que eu não posso...

Mas ela o silencia com um beijo; e, antes que ele perceba, acabou.

Depois, Clara vai ao banheiro enquanto ele se veste rapidamente, ainda paranoico ao pensar na mãe dela chegando em casa de surpresa e flagrando os dois. Ele não se aguentaria de vergonha.

Ele se senta na cama, observando a curiosa combinação de pertences da infância e da adolescência no mesmo quarto. Há uma pequena moldura em forma de coração ao lado da cama, contendo uma foto de Clara e de outra garota — sua melhor amiga da escola, Melissa, que foi para Oxford.

Acho que Melissa e os meus pais nunca me perdoarão por não ter feito o mesmo, confessa Clara mais tarde, quando percebe Benjamin olhando a foto.

Ele não disse, mas julgava mais importante que a própria Clara se perdoasse.

Há também cartazes de atores, arrancados de revistas e dispostos em uma colagem atrás da cabeceira. Principalmente Leonardo DiCaprio.

Ele entende o apelo, além disso ciúme não é do seu feitio. Ela o fez assistir *Titanic* três vezes desde que começaram a namorar.

Ele não consegue acreditar que está aqui. Em Londres. Que daqui a dois dias começa a trabalhar no departamento de TI de um importante escritório de advocacia.

É inacreditável. E tudo graças a ela.

Tina não ficou muito feliz com as notícias. Ela presumiu que foi controlador da parte de Clara organizar o verão todo dele.

Porra. Ela simplesmente não quer perder você de vista, né?, decretou Tina no último turno dos dois na loja, quando tiveram um momento de sossego nos caixas.

Ele franziu a testa ao ouvir o comentário e foi para casa com medo de Tina ter razão. Mas agora que ele está realmente aqui, tudo parece certo.

Ele sabe que ambos são jovens demais para isso, mas ele pensa, ociosamente, que se alguém sugerisse que se casassem, ele estaria completamente pronto para a ideia. Parece inevitável que um dia eles o façam e morem em Londres com os filhos. Quantos terão? Três? Quatro? Ele não tem certeza. Caberá a ela. Assim como, ele supõe, a maior parte da vida dos dois.

Clara volta do banheiro e sorri. Ela está só de calcinha e sutiã, e ele tenta ignorar o efeito que aquilo tem nele.

— Estou cansada — ela diz, alongando os braços para o alto. — Vamos tirar um cochilo?

Ela o empurra de volta no colchão e se enrosca ao lado dele.

— Clara, é sério. Não pode fazer isso comigo. Sua mãe deve chegar em breve. Vista alguma coisa.

— Ah, deixa disso, seu puritano. Minha mãe não vai se importar.

Há um silêncio constrangedor, então, quando ele se lembra dos três outros antes dele, e do namorado antigo do ensino médio que agora estuda em Newcastle também. Ela dormiu com aquele cara ali, é claro. No mesmo lugar em que eles estão deitados agora.

Ele afasta o pensamento. Talvez o ciúme seja do seu feitio, afinal.

Namorar Clara é uma experiência tão desorientadora. É como se todos os dias ela provocasse mais e mais sentimentos nele. Sentimentos que ele não tinha ideia de que podia ter.

— Estou nervoso quanto a segunda-feira — ele confessa, tentando ignorar a maciez da barriga dela sob seus dedos. — É patético?

— Não, mas você ficará bem. Papai vai cuidar de você. Ele falou que a equipe com que você vai trabalhar é muito legal. Quase todos eles estão na casa dos vinte anos.

Ele respira fundo.

— Eu fico muito nervoso, às vezes. Tipo, tão nervoso que não consigo comer.

— Todo mundo fica nervoso às vezes. Você só não vê como é incrível. Como todo mundo te vê. Como eu te vejo. Literalmente, quando você entra em uma sala, eu penso: este homem é maravilhoso. Como alguém pode não te adorar?

Ele revira os olhos, mas Clara não está brincando. Ela disse aquilo pra valer. O coração dele se aquece.

— Mas não são só meus nervos. É uma coisa física. Fico tonto, sinto que vou desmaiar. É por isso que não consegui ser jogador de futebol. Mesmo que eu fosse bom. Eu era muito...

Ele faz uma pausa, desconfortável com a ideia de se vangloriar.

— Bem, eu era muito bom, sabe. Mas aquilo era paralisante. Eu não conseguia contornar. É um jogo tão mental quanto físico. Nunca consegui superar os erros que cometi. Eles me assombraram, cara. Você não entende. Isto é, você só vê uma parte minha.

Ela sobe e desce o dedo pelo braço dele.

— Eu sei que você é tímido. É uma das coisas que eu amo em você.

— É patético.

Ela levanta o tronco, se apoia nos cotovelos e olha para ele. Seus olhos são faíscas brilhantes.

— Você não é patético. Você é incrível. E isso aqui não é futebol, nem haverá pressão para você ser mais do que já é. E você já é incrível.

Julho de 2000

CLARA

CLARA NÃO SUPORTAVA A IDEIA DE BENJAMIN TRABALHANDO O VERÃO TODO enquanto ela ficaria à toa sem fazer nada. Apesar das ideias grandiosas sobre começar a escrever seu romance, quando seu pai ofereceu o trabalho a Benjamin, ela perguntou se talvez houvesse algo na empresa que ela também pudesse fazer, assim ambos poderiam ir juntos. Seu pai respondeu que ela poderia fazer uma experiência no departamento de RH.

Ela só recebe 150 libras por semana, mas tudo bem. Ela suspeita ser melhor para a autoestima de Benjamin que ele ganhe mais que ela.

Os dois pegam o metrô para o escritório de mãos dadas, os olhos de Benjamin maravilhados com a nova extensão da linha Jubilee e suas portas para evitar suicídios. Ela adora ver como ele está impressionado com Londres, como ele vê tudo com novos olhos.

Eles criam uma rotina; saindo de casa juntos pela manhã, se separando no moderno saguão de mármore da firma, depois se reencontrando para almoçar. Ela acha graça no entusiasmo dele pela oferta do dia do mercado e o provoca a respeito diariamente.

Eles abusam das contas de e-mail de trabalho que receberam, trocando relatos sobre o que estão pensando o dia todo.

No final do primeiro mês, decidem ir a um dos bares à beira do rio Tâmisa depois do trabalho. É uma noite bonita e quente de julho, e eles estão sentados observando a água, bebendo.

Ela está tão feliz. A vida é perfeita.

— Passamos todos os últimos quarenta dias juntos — ela observa. — Não quero voltar para a faculdade. Não quero lidar com as outras pessoas.

Benjamin não responde, mas mexe no bolso até tirar dele uma pequena caixa.

— Comprei uma coisa pra você — ele diz, deslizando a caixa sobre a mesa na direção de Clara. — Para agradecer.

Ela fica tão surpresa que não sabe o que dizer, então abre a caixa, que contém uma pulseira com uma pequena estrela de diamante no centro da corrente.

— É ouro branco — ele explica rapidamente. — Guardei o recibo se você não gostar...

Ela tira a joia da caixa e a fecha em volta do pulso, acariciando-a.

— Eu amei. Obrigada. Não sei o que dizer. Eu não comprei nada pra você.

E é verdade. Clara nunca comprou nada para ele. O aniversário dele é só em janeiro, e ela estava pensando apenas em uns tênis novos ou algo do tipo. Nada romântico assim.

— Achei que fazia sentido — ele confessa baixinho, tomando sua cerveja.

— Eu te amo. Queria que tivéssemos trinta anos para podermos nos casar logo.

— Não passe a vida só desejando.

— Eu sei, é só que... Você não sente que está apenas esperando a vida começar? Tipo, começar de verdade? Essa coisa da faculdade; fico estudando todos esses livros, e é interessante e ótimo, mas sinto que estou só testando as águas até a verdadeira experiência de ser um adulto começar e eu poder realmente alcançar algo.

— E o seu romance?

Ela fica encabulada ao falar sobre aquilo com ele. Uma vez, Benjamin perguntou como ela planejava escrever um romance, e ela se sentiu estranha, como se talvez ele não a entendesse, afinal. Como explicar o que escrever significava para ela? Era algo tão natural quanto respirar. Clara não gostou da sensação de distância que surgiu entre eles naquele momento, então mudou de assunto.

— Tenho feito algumas anotações quando as coisas estão tranquilas. O que é, tipo, noventa e nove por cento do tempo. Juro que eles não têm nada pra eu fazer. Eles devem ter ficado bem chateados por papai ter imposto que me aceitassem.

— É sobre o quê? Seu romance? Me conta de novo.

— Sobre a pressão para se encaixar quando se é adolescente. E por que motivo as meninas adolescentes se sentem mais pressionadas do que os meninos.

— Isso é verdade?

Ela olha para ele.

— Claro que sim! Por que acha que as meninas superam os meninos em praticamente todos os assuntos? As mulheres carregam o peso do mundo nas costas.

Ele franze a testa e dá de ombros levemente.

— Talvez você precise apimentar um pouco — sugere. — Isto é, pensar nas coisas que são publicadas por aí. Qual o nome daquele livro que foi um sucesso descomunal recentemente? Sobre um garoto que é bruxo?

— *Harry Potter*?

— Sim. Escreva algo assim.

Ela revira os olhos.

— Seu bobo. É um livro infantil. Quero escrever sobre a condição humana. Tenho coisas a dizer.

— Ah, sim — ele diz, achando graça. — Você sempre tem coisas a dizer.

Uma noite, Clara deixa Benjamin a sós enquanto ele liga para o pai e desce as escadas para ajudar sua mãe, Eleanor, a preparar o jantar.

Cecily está sentada no canto da cozinha, pintando as unhas dos pés de rosa.

— Você pode ajudar com o jantar também, sabe — observa Clara, olhando para ela.

— Sai do pé dela, Clara — diz Eleanor. — Ela teve uma longa semana. Está cansada.

— Uma longa semana fazendo o que exatamente? — Clara rebate. — Biquinho no espelho?

— Vai se ferrar, Clara.

— Foi uma brincadeira.

— Por favor, meninas. Não esta noite. Vão me dar uma dor de cabeça.

Clara faz uma careta para a irmã. Quando Eleanor vira de costas, Cecily mostra a língua para Clara como se fosse uma criancinha.

O telefone de Clara vibra no bolso de trás da calça jeans. Ela o pega e lê a mensagem.

É de Richard. Ela não sabe como ele conseguiu seu número, mas suspeita de Lauren.

> Oi Clara, vou comemorar meu aniversário no Covent Garden na sexta. 20h no The Coal Hole. Seria ótimo te ver. Bjo, Richard

Ela engole em seco, enfiando o celular de volta no bolso. Richard a convidou para fazer várias coisas durante o verão. Clara supõe que ele só está sendo simpático, mas ela não acredita em ser amiga de alguém com quem transou, e é incapaz de se imaginar dizendo a Benjamin que vai abandoná-lo a noite toda para sair com Richard e os parceiros de rúgbi dele.

Ela se vira para a mãe e tenta esquecer a mensagem.

— Então, me conta. O que acha do Benjamin?

Clara raramente conversa com a mãe sobre, bem, qualquer coisa da sua vida, e assim que a pergunta é feita, ela se arrepende.

Sobretudo porque Cecily ainda está ali, mesmo que com seu walkman agora tocando Eurodance aos berros.

— Ah, ele é encantador — responde Eleanor, servindo-se de mais uma taça de vinho. — Muito bonito.

Clara sorri.

— Acho que podemos ser um daqueles casais da faculdade que dura, sabe.

Sua mãe funga, levanta as sobrancelhas e dá um sorriso enigmático.

— O quê?

— Nada, querida. Ele é um menino adorável.

— Ele não é um menino! Que sorrisinho foi esse?

— Eu não dei sorrisinho nenhum, Clara. Terminou com as batatas?

— Deu sim — insiste Clara, entregando a tigela à mãe. — Eu vi. Você acha que não vamos durar.

— Eu não disse isso.

— Você não tem a menor ideia. Você não entende o quanto a gente se ama. A gente realmente se ama.

— Tenho certeza que sim.

— Então o que foi? Por que aquela cara?

— Nada, meu bem. Fico feliz por você estar feliz. Ficamos tão preocupados com você naquele primeiro semestre, quando você chegou em casa tão mal. Pele e osso. E todo aquele drama com Daniel foi tão perturbador. Vi a mãe dele na rua há algumas semanas, eu te contei? Ela manteve a cabeça baixa e continuou andando. Deve ter vergonha. Eu, falando por mim, jamais o perdoarei. Se não fosse ele, você poderia estar em Oxford agora, com Melissa.

— Mãe, eu não me importo com Daniel! Estou envergonhada por um dia ter me importado. Eu era uma criança. E se eu não tivesse ido para Newcastle, jamais teria conhecido Benjamin. Então deu tudo certo.

— Seu pai não queria que você voltasse para Newcastle para o segundo ano, sabe. Precisei convencê-lo a deixar.

Clara não a ouve.

— Além disso, o que Benjamin e eu temos não tem *nada* a ver com o que eu tinha com Daniel. Nem acredito que você o mencionaria na mesma conversa.

Sua mãe faz uma pausa antes de responder.

— Que bom que você encontrou alguém que te faz feliz. Alguém com quem se divertir um pouco.

— O que isso significa? Diga — exige Clara, agressivamente. — Diga o que realmente pensa dele. O que você e o papai pensam.

— Eu acabei de dizer. Ele é adorável. Muito bonito. Apenas...

— O quê?

— Bem, tenho certeza de que você sabe disso, mas ele não é... o suficiente para você. É?

O rosto de Clara está quente.

— Ele não está no seu nível — continua Eleanor, e agora Clara queria poder colar um esparadrapo sobre a boca da mãe para que ela se cale. — Você vai tomar a dianteira, ele vai acabar ressentido e inseguro, e você vai acabar entediada. Você é uma garota complicada, Clara. Precisa de alguém como seu pai. Alguém forte, alguém com as próprias ambições. Mas tudo bem. Seu amor de faculdade é especial, assim como Benjamin. Você sempre se lembrará dele e do verão maravilhoso que estão tendo juntos.

— Está enganada — diz Clara, mordendo o lábio. — Você está completamente enganada sobre tudo.

— Bem — responde sua mãe, sorrindo, com um leve balançar de cabeça que faz Clara querer estapeá-la. — Veremos. Espero que eu esteja.

Agosto de 2000

BENJAMIN

— Não quero voltar, Sr. Be — diz Clara, repetindo seu refrão de verão. — Vamos simplesmente largar tudo.

É sábado à tarde — a última tarde de sábado em Londres, e eles fizeram um piquenique no Heath, atravessando em seguida para tomar um sorvete na pequena sorveteria que existe naquela área desde a década de 1950. Agora, estão deitados na cama dela só com as roupas íntimas, olhando para o teto.

— Podemos arrumar um apartamento juntos em Londres — ela sugere.

Benjamin não consegue identificar se ela está brincando ou não.

— Este ano será diferente — ele diz com o rosto enterrado nos cabelos dela. — Você terá a mim.

— Eu sei, mas o lugar onde eu vou morar...

Ele continuará na mesma casa compartilhada do ano anterior, com as mesmas pessoas. Ele nem havia considerado procurar outro lugar para morar. Mas Clara vai se mudar para um pequeno terraço com Lauren e Sinead.

— É um buraco, tudo porque Sinead estava de ressaca demais para acompanhar a gente quando visitamos o ótimo lugar que encontrei.

— Aposto que podemos melhorá-lo. Pelo menos você tem um quarto grande.

— Eu queria que tivéssemos arrumado um lugar juntos.

Benjamin se afasta um pouco. O que exatamente o assusta naquela ideia? Ele não tem certeza exatamente. Ele a ama, ele sabe disso, e não consegue imaginar sua vida sem ela. No entanto, ela sempre quer apressar tudo.

— Só se é jovem uma vez, CDC — ele diz, embora as palavras soem emprestadas. — Precisa aproveitar ao máximo sua experiência na faculdade.

É o que ele diz a si mesmo, com frequência. Graças à doença da mãe, ele teve que crescer rápido demais. Agora que ela se foi, ele quer saborear enquanto ainda é jovem e livre de responsabilidades.

— Eu não gosto — ela admite com a voz baixa. — A única coisa boa na faculdade é você. Não gosto do meu curso, não tenho amigos. Simplesmente não é... a minha praia.

— Você tem amigos. E você gosta do seu curso, sim — ele discorda, de um jeito encorajador. — Nunca ouvi ninguém tão empolgado ao falar sobre *A redoma de vidro*.

— Idiota — ela diz, se sentando e atirando uma almofada nele. — Você nunca ouviu ninguém falar sobre nenhum tipo de literatura antes.

Ele pensa a respeito por um momento. É verdade, claro. Sua mãe gostava de Agatha Christie, mas eles não conversavam sobre aqueles livros, se é que eles contam como literatura. Ele não tem certeza.

— A Lauren é legal — ele diz, mudando de assunto. — Eu gosto dela.

Ela franze a testa.

— Você tá a fim dela?

— O quê? Não, do que você tá falando? Eu só quis dizer que ela é uma garota legal. Acho que você devia dar mais crédito a ela.

Clara resmunga e apoia a cabeça de volta no ombro de Benjamin.

— A temporada de futebol recomeça semana que vem, não é?

Ele fica surpreso.

— É. Muito bem, minha pequena aprendiz. Vai começar a ir aos jogos comigo?

— Você nunca me convidou! Achei que era só para os meninos. Ah, e a Tina, claro.

— Não seja boba. Você será bem-vinda quando quiser.

É mentira, ele percebe. Clara seria uma distração. Ela ficaria zangada com ele — ele não sabe por qual motivo exatamente, mas ficaria.

Mais uma vez, ele está ciente de que, por algum motivo, as diferentes partes de suas vidas não se misturam. Isso é ruim? Ele não visitou o pai o verão todo. Clara não conseguia entender por que Benjamin não quis ir para casa pelo menos no fim de semana do feriado. Ele percebeu que ela queria ser convidada.

Mas a tarifa de trem para casa é cara, e ele tem poupado cada centavo que ganhou no verão para o próximo ano na faculdade.

— É tão chato — ela diz, um comentário que ele já a ouviu fazer inúmeras vezes a essa altura.

É estranho poder amar alguém que odeia tanto futebol, mas, como dizem, os opostos se atraem.

— Eu não acho.

— Oh, deus, eu sei, você é obcecado por isso. Você ama mais do que a mim!

Ela faz um biquinho como uma criança de cinco anos.

Ele respira fundo, seu maxilar está tensionando. Nunca é suficiente. Não importa o que ele diga — por mais amor que demonstre por ela —, nada preenche o buraco que Clara tem dentro de si. Ela é um abismo de necessidade. Isso o deixa triste. Faz com que ele sinta que está fracassando com ela.

— Você é ridícula — ele diz baixinho, beijando sua testa. — É só um esporte. Vem ver um jogo comigo quando voltarmos para Newcastle. Você pode até gostar.

Aquilo a consola por ora, mas Benjamin pode sentir a sensação de algo se desfazendo.

O fio solto de uma costura, mais comprido a cada dia que passa.

Abril de 2022

23h17

CLARA

Ela está do lado de fora do bar segurando o papel com o número. Continua barulhento na rua, o som das sirenes a uma distância não muito grande.

Ela pega o celular e olha para a tela: 37 por cento de bateria. O suficiente, então; se ela realmente vai fazer isso.

Ela relê a mensagem de Lauren no WhatsApp, tomando nota dos detalhes sobre o hotel que a amiga reservou.

Faz sentido ir até lá e fazer aquela chamada de um lugar aquecido e privado. Não é adiar; é apenas sensatez.

Ela escreve para Thom avisando que resolveu ficar na casa de Lauren, inventando alguma desculpa sobre uma ida de última hora a um karaokê. Ele não lê a mensagem, mas ela não se importa.

Ela aposta que sabe o que há de diferente em Thom, de qualquer maneira.

Outra mulher.

Ela não acha que Thom fez algo físico, algo que constitua uma traição sem sombra de dúvida, mas imagina que ele esteja tendo um caso emocional, e que vem acontecendo há algum tempo.

Ela o está traindo? Ao vir para cá?

De repente, ela se sente culpada. Thom é um homem bom. Um homem gentil.

Ele tem sido paciente com ela há dez anos.

Ela funga. Não dá para pensar em Thom, não agora, muito menos na vida que ela deixou para trás e para a qual ela não tem certeza de que voltará. Ela aperta o passo.

As ruas estão cheias de reminiscências, algumas tão distantes que é preciso se forçar a relembrá-las com clareza. Em um ponto, ela se recorda da cena de uma das discussões mais feias entre os dois e fecha os olhos com a lembrança.

Lentes cor-de-rosa. É assim que Lauren descreve o que Clara sente por Benjamin. Que ela transforma o relacionamento dos dois em algo que não foi. *Você precisa olhar para o futuro, não para o passado.*

Mas em uma vida que sempre pareceu tão incerta, Clara tem apenas uma certeza: o que eles sentiam um pelo outro era real. As emoções mais autênticas que ela já sentiu. Tão intensas que moldaram sua alma. Seu próprio ser.

Clara está sem fôlego quando chega ao hotel. Parece novo — ela tem certeza de que não existia na época da faculdade. Ela semicerra os olhos quando entra no saguão iluminado e polido.

Não há fila na recepção, e ela faz seu check-in com uma mulher de coque.

— Tem um carregador de celular que eu possa pegar emprestado? — Clara pergunta enquanto a recepcionista lhe devolve seu cartão de crédito. — E talvez uma pasta e escova de dentes?

A recepcionista a olha perplexa.

— Desculpe, fiquei presa aqui devido ao... depois do...

Clara fica envergonhada por mentir sobre uma coisa que terá destruído a vida de tantas pessoas. Ela leu sobre pessoas que fazem aquilo — pessoas que fingem ter sido afetadas por eventos terríveis a fim de obter dinheiro ou comiseração ou uma boa e velha dose de atenção. O pensamento a faz querer beliscar a pele macia do próprio antebraço com as unhas até ficar roxo.

— Claro, querida.

Clara adora o sotaque da recepcionista — aquele ar setentrional tão tranquilizante. Muito mais amistoso, muito mais caloroso. Por que ela quis deixar esta cidade?

A mulher entrega a Clara um pequeno saco de papel branco.

— Nossos artigos de higiene pessoal. Os quartos têm carregadores via Bluetooth embutidos nas mesas de cabeceira. Se o celular precisar de um carregador a cabo, basta ligar que enviaremos um para você.

— Obrigada.

A consideração a deixa à beira das lágrimas.

— Muito obrigada.

O quarto é pequeno, mas perfeitamente limpo, com uma janela do chão ao teto em uma extremidade e vista para a cidade. Não dá para ver o estádio dali, mas o céu é iluminado por lampejos de azul a cada poucos segundos, um lembrete do horror ainda se desenrolando.

Será que ainda estão retirando as vítimas da cena? Quantas vidas foram destruídas esta noite?

Depois de preparar uma xícara de chá, Clara se senta na cama e olha para o número de telefone em sua mão, tentando pensar no que dizer a ele.

No que ela está tentando alcançar.

É mesmo um desfecho, como ela não para de afirmar a si mesma? Ou algo mais? Ao longo dos anos, ela fantasiou sobre uma vida diferente. A vida que pensou que teria. A que deveria ter tido, com ele.

Naquele verão após o segundo ano de faculdade, os dois alugaram um apartamento em uma residência estudantil para não precisarem ficar na casa dos pais de Clara. Benjamin estava trabalhando como estagiário na firma de advocacia do pai de Clara novamente, e ela arranjara um trabalho de verão em uma livraria. Ela amadurecera muito no segundo ano. Havia menos saídas, menos bebedeiras, mais trabalho duro, coisas que para ela foram reconfortantes. Benjamin praticamente morava em sua casa, as coisas estavam calmas e, em sua maior parte, harmoniosas.

Mas eles ainda brigavam, e ela ainda achava difícil quando ele saía todo fim de semana e voltava falando arrastado. Ela tentou ao máximo ignorar aquele comportamento, sabendo que não duraria para sempre. Uma hora os dois amadureceriam e as coisas seriam diferentes. Ela estava finalmente começando a entender o que queria da vida. Parecia muito simples, e a certeza de saber o que estava reservado para ela — de ter criado seu próprio senso de destino — era incrivelmente reconfortante. Ela escreveria romances e se casaria com Benjamin. Ele conseguiria um emprego em TI na cidade, e eles viveriam felizes para sempre.

E então tudo deu errado.

As lágrimas escorrem por seu rosto, pegando-a de surpresa, e ela alcança a caixa de lenços de papel ao lado da cama para deixá-las se derramarem, ruidosamente.

Então ela chora de soluçar, para valer, pela primeira vez em anos, sozinha em um quarto de hotel. É uma libertação necessária.

Ela liga a televisão. A BBC está fazendo uma cobertura ininterrupta com notícias sobre a bomba, e está passando a mesma declaração do chefe de polícia que ela ouviu anteriormente. Em seguida, outra coisa.

Uma repórter séria — do tipo que ela nunca poderia ter se tornado — do lado de fora do estádio falando em um microfone de mão. Clara joga os lenços de papel na lixeira, afastando-se da tela.

— E agora vamos conversar com um senhor que perdeu um adolescente no incidente — diz a repórter.

Algo faz Clara olhar para trás. Sua mão voa para o rosto.

Lá está ele.

Vivo.

O mesmo rosto, a mesma testa, os mesmos cachos, porém mais magro; o rosto, outrora rechonchudo, agora fundo.

O mesmo e não o mesmo.

— Benjamin Edwards — diz a repórter. — Por favor, nos diga quem está procurando.

— Meu filho — responde Benjamin, mais velho, diferente, mas igual. — Meu filho Aiden. Ele estava no jogo e sumiu.

Abril de 2022

19h15

BENJAMIN

ELE AINDA ESTÁ EM CHOQUE QUANDO SE AFASTA DO CINEGRAFISTA E OLHA para o estádio a poucas ruas de distância. Não é permitido se aproximar mais.

Seu filho. Seu filho pode estar lá agora, ferido ou morrendo, e eles não o deixam chegar nem perto.

Benjamin estava trabalhando em Whitley Bay quando um dos assistentes, Guy, contou o que havia acontecido.

— Alguém explodiu uma bomba no Vintage Park! Minha namorada estava trabalhando no bar da esquina e ouviu acontecer.

Benjamin conhecia a expressão "sangue gelar", mas, até aquele momento, nunca havia realmente compreendido como aquela descrição era precisa.

Alguém olhou nas redes sociais, gritou que era verdade, e tudo ao seu redor ficou preto.

Ele não conseguia ouvir nem ver, apenas balançar a cabeça, tirando o celular do bolso com tanta força que quase fez um buraco nele, os dedos tremiam enquanto tocava violentamente na tela para ligar para o filho.

Mas a ligação caiu direto na caixa postal.

Ele deixou o set sem dizer uma palavra a ninguém, e entrou no carro e dirigiu o mais rápido possível para a cidade. Já havia cordões policiais em torno do estádio, então ele abandonou o carro do lado de fora de seu antigo alojamento estudantil em Jesmond e terminou a jornada a pé.

Mas quando ele chegou, ninguém podia lhe dizer nada. Era só confusão, caos.

Em desespero, ele concordou em falar com a repórter, mas mesmo dando aquela curta entrevista, no fundo ele sabia que era inútil.

Parece aquela outra terrível noite de novo. Ele está à mercê do destino. Seja lá o que tenha acontecido, não pode ser desfeito.

Por que o telefone de Aiden está desligado?

Ele esmurra um poste de luz, mal sentindo a dor irradiando pelo braço, e então começa a chorar.

segunda parte

Novembro de 2012

CLARA

Seu casamento está duas horas atrasado. Não parou de chover a manhã toda.

Agathe, a coordenadora de eventos do hotel, diz que é sinal de boa sorte.

— Significa que terão muitos bebês — ela revela, piscando. — Mas, sim, é chato. Vou verificar com a cerimonialista. Pode haver mais casamentos depois do seu e não queremos que você se case no escuro! Deus, este tempo.

Clara se olha no espelho. Seus cabelos estão elaboradamente trançados no topo da cabeça, mas a umidade da ilha caribenha está soltando os fios finos que emolduram seu rosto.

Ela borrifa mais spray de cabelo neles, tentando colar os fiapos no resto do cabelo, e se abana com o buquê.

Foi ideia de Thom fazer isso. Fugir.

E as Bahamas? Eu nunca estive lá.

Ele adorava viajar. Para escapar.

Os pais de Thom morreram em um acidente de carro quando ele era jovem, e Clara suspeita que seja mais um motivo para ele não querer um grande casamento, algo que só evidenciaria a enormidade do que ele havia perdido.

Mas agora que ela está aqui, sente-se culpada por cortar os próprios pais de seu grande dia.

— Vai ser mais romântico, assim — garantiu Thom. — Só nós. Mais significativo. Não suporto esses grandes casamentos. Todo aquele alvoroço por um dia e o casal se separa um ano depois. Não é sobre a cerimônia, de qualquer maneira. O casamento em si é o que importa.

Ela murmurou e concordou.

Porque a verdade é que, desde que Thom se ajoelhou e ofereceu a safira mais magnífica que Clara já tinha visto — *Da cor dos seus olhos*, ele disse —, ela está em conflito.

Quatro palavras a atormentam, dia e noite.

Um peixe fora d'água.

Ela não sabia exatamente de onde as palavras vieram, mas se estivesse se sentindo sentimental ou fantasiosa diria que vieram de sua psique. De algum lugar profundo dentro dela. De um lugar que ela realmente não entendia.

Uma voz distante. A voz da verdade avisando que aquele casamento era um erro. Um engano.

Mas como dizer "não" a alguém que pede você em casamento sem romper o relacionamento completamente?

Ela não quer fazer isso.

Eles se conheceram na festa de aniversário de um colega dela chamado Chad. Thom e Chad estudaram juntos, e Chad trabalhava no mesmo grupo de jornais que Clara.

Clara notou Thom pelo canto do olho, da bancada do bar, onde estava com seu copo de gim-tônica há muito vazio, especulando quanto tempo mais esperar para poder sair à francesa.

A primeira coisa que ela notou foi o sorriso — os dentes brancos e alinhados —, depois as roupas elegantes e, finalmente, a facilidade com que ele caminhou do grupo de amigos com quem estava em direção a ela.

— Você parece preferir estar em qualquer outro lugar do que aqui — observou ele quando finalmente parou ao lado dela.

Ele apoiou um dos cotovelos na bancada.

— Está me deixando triste.

Ela achou graça de como ele puxou papo de uma forma não convencional, mas perspicaz.

— Não sou boa com grandes grupos. Também não sou muito fã de gritar para ser ouvida no meio dessa música alta.

— Eu também — ele disse, mesmo que Clara soubesse que era mentira.

Ele parecia confortável na própria pele, e ela o invejou. Talvez se ficasse ao lado dele por tempo suficiente, parte daquilo passaria para ela.

— Vamos sair daqui? É horrível. Literalmente, é a pior noite de toda a minha vida. Veja só todos esses jovens felizes se divertindo. Terrível. Como se atrevem! Nunca mais falo com o Chad.

Ela riu e permitiu que ele a levasse para fora.

Eles se sentaram em um banco na pracinha logo após a Carnaby Street, e ele contou que o local costumava ser uma vala para vítimas da peste. Clara ficou impressionada com o conhecimento de Thom sobre a história de Londres e como ela se sentia relaxada na companhia dele. Ela perguntou se ele era um banqueiro, porque supunha que alguém tão autoconfiante deveria fazer algo daquele tipo para ganhar a vida, e ele se levantou horrorizado como se estivesse prestes a ir embora. Ela sentiu seu coração parar de bater por um instante ao pensar que ele estava falando sério, depois disparar quando ele deu meia-volta e sorriu para ela.

Foi um romance turbulento, e ela não se permitiu examiná-lo em muitos detalhes. Thom era uma força da natureza, determinada e forte, e ela se deixou levar pela coragem de suas convicções.

Ele tinha confiança suficiente pelos dois, e ela descobriu que a certeza dele apaziguava um pouco a ansiedade dela. Clara pensou que eles faziam sentido: ele era o *yin* para o *yang* dela.

Com o passar dos meses, ela percebeu que o amava, de uma forma não particularmente intensa, mas fundamentada no entendimento de que ele era um homem bom e gentil que proporcionaria uma vida boa e gentil a ela. No fundo, era tudo o que ela sempre quis.

E era o máximo que ela poderia esperar depois de tudo aquilo com Benjamin.

Thom era ambicioso, criativo, apaixonado pelo que fazia da vida. Ele também era generoso e popular. Tinha uma rede de amigos que confiavam nele e, embora no início Clara achasse irritante, com o tempo passou a admirar aquilo. Admirar como ele tratava seus amigos como família.

Ele não assistia futebol.

Ele tinha uma *boa alma*. Ele era uma pessoa melhor do que ela.

E ele a amava. Ele a amava de uma forma que ela às vezes não entendia. Ele a amava com uma simplicidade que não deixava espaço para joguinhos ou dramas.

Ele a fazia se sentir segura.

E, mesmo assim, uma pontada de dúvida persistia.

Uma dúvida mais forte do que nunca, hoje, com ela ali coberta de seda marfim.

Não se pode forçar um peixe a viver fora d'água.

Clara fecha os olhos. Ela aprendeu há muito tempo a ignorar a voz da própria intuição. A voz que provou não ser confiável vezes demais.

Ela olha pela janela do pequeno bangalô de madeira, observando a areia branca como açúcar. O que quer que ela esteja sentindo, não dá para negar que o lugar é um paraíso. Thom está no bar tomando um drinque antes da cerimônia. Parece ligeiramente absurdo que eles estejam se casando hoje.

Será que concordar com aquela fuga seria uma forma de fingir que isso não estava acontecendo?

Seria apenas um casamento de fantasia? Ela está vivendo uma vida de fantasia?

Às vezes parece. Como se ela tivesse saído do jogo e estivesse deixando alguém controlar seus movimentos.

Agathe retorna com um sorriso radiante no rosto.

— Venha, minha linda noiva. O carrinho de golfe está aqui para levá-la ao templo. Pelo visto, este tempo não muda tão cedo, e você precisa se casar antes do pôr do sol!

Sua última chance se foi, então.

Clara concorda com a cabeça. Seu destino está traçado, e tudo bem. Não é um destino ruim. Ela está sendo boba.

Seu problema com a vida é que você espera muito dela, disse Benjamin certa vez. *Por que não basta estar segura, alimentada e aquecida?*

E amada não?, perguntou ela.

Sim, amada. É claro, amada. Mas você é amada, Clara.

Por tanta gente.

Um peixe fora d'água.

Cale a boca.

Clara sorri para Agathe.

— Ótimo — ela diz. — Vamos lá.

Novembro de 2012

BENJAMIN

O CARRO COMEÇA A FAZER UM BARULHO ESTRANHO DE ENGASGO ANTES DE o motor morrer completamente.

— Merda merda merda — ele grita, indo para o acostamento da estrada.

Ele sai e fica olhando para o trecho vazio de concreto à frente. É uma pequena estrada do interior e não há ninguém por perto.

Ele se senta na beira da estrada, tira o celular do bolso e manda uma mensagem para Zoe.

Meu carro quebrou. Estarei aí o mais rápido possível.

Ele levanta o capô e franze a testa. A bomba de combustível parou. Esse é o problema em ter uma caçamba enferrujada de quinze anos que ele chama de carro. Cada hora é uma peça desistindo da vida.

Seu pai dizia para dar um golpe com um martelo, mas ele não tem nenhuma ferramenta à mão.

O celular apita sinalizando uma resposta.

Ótimo.

Ele respira fundo e bate o punho fechado na bomba de combustível para tentar fazê-la funcionar novamente. Depois de seis golpes e uma mão dolorida, o ventilador finalmente entra em ação outra vez e a bomba começa a funcionar. Só deus sabe se isso aguentará até a casa de Zoe, mas é melhor do que nada.

Ele precisa de um carro novo, ele sabe, mas mal consegue pagar a pensão alimentícia de Aiden. Suas botas estão furadas e ficam encharcadas quando chove. O forro de seu casaco está rasgado e sua calça jeans está gasta nos joelhos.

Ele só precisa conseguir esse emprego. Apenas alguma coisa. Um vislumbre de esperança no horizonte — é tudo o que ele pode pedir.

Felizmente, o carro resiste ao restante da viagem e, no final, ele chega apenas vinte minutos atrasado. Zoe está do lado de fora de seu bloco de apartamentos fumando um cigarro. Aiden está ao lado segurando uma bola de futebol.

— Papai! — grita Aiden ao ver o pai acenar do carro.

Benjamin respira fundo e esboça um sorriso.

— E aí, amigão — ele diz, fechando a porta do carro e olhando para o filho. Sete anos de idade. Passou tão rápido.

Aiden corre em sua direção, sorrindo.

— Podemos ir primeiro ao parque, pai? Jogar futebol?

— Se tivermos tempo. Deixe-me só dar uma palavrinha com sua mãe. Espera no carro.

Ele olha para Zoe. Ela está pálida e tem círculos escuros ao redor dos olhos. Seu cabelo está oleoso e puxado para trás em um rabo de cavalo.

— Tudo bem?

— Eu tinha um compromisso — ela diz, se afastando.

Ele percebe que ela tropeça levemente enquanto caminha de volta para a entrada do prédio.

— Sinto muito. Meu carro...

— Sinceramente, não estou interessada, Benjamin. Arrume um carro melhor.

Ele suspira. Ele não pode alegar pobreza a Zoe, porque ela dirá o que sempre diz: é culpa dele não ter nada. A culpa é dele porque, se eles morassem juntos como uma família, teriam mais dinheiro.

Tudo é culpa dele. Até por ela beber, mesmo que tenha começado muito antes de os dois se conhecerem.

— A que horas trago ele amanhã?

Ela olha para trás e torce o nariz.

— Não muito cedo. Depois do chá ou algo assim. Eu te mando uma mensagem.

Será que ele terá notícias até lá? Ele espera que sim. Ele espera que eles liguem e ofereçam o emprego, e tudo vai melhorar.

Ele só precisa de um respiro. Desde que o call center o dispensou na última rodada de demissões, parece que a vida tem sido uma eterna luta.

— Certo.

Ele se vira para caminhar até o carro, mas faz uma pausa e olha para ela.

— Se cuide, Zo.

Ela apenas pisca para ele e dá meia-volta.

Aiden está sentado no banco da frente do carro, girando a bola de futebol entre as mãos.

— Sem chance. Suba no seu assento de elevação.

— Pai!

Aquele sorriso atrevido. É a melhor coisa no seu filho.

— Para o banco de trás. Agora.

Aiden suspira e se espreme pela lacuna entre os bancos dianteiros.

— Aperte o cinto. Só Deus sabe até onde chegaremos.

— Por quê?

Ele olha para o filho pelo espelho retrovisor. A criança o observa atentamente, como faz toda vez que Benjamin o busca. Os cachos claros, o punhado de sardas no nariz. O otimismo escancarado nos olhos.

Ele merece uma vida melhor.

— Não importa — ele diz, sentindo o coração capaz de se partir em dois. — Então, que tal almoçar no McDonald's antes do jogo?

* * *

Não importa como as coisas haviam sido difíceis em família, George sempre dava um jeito de pagar por ingressos para toda a temporada. Eles o encontram no estádio, ocupando seus assentos na arquibancada leste para o jogo em casa.

Quanto à partida em si, é bastante chata — um empate sem gols —, mas Aiden observa com fascínio os jogadores, analisando cada passe.

— O Curtis Wilson foi incrível! — ele exclama na fila para sair do estádio. — Viu aquela cobrança de falta?

George sorri.

— Vi — ele diz, bagunçando os cabelos do menino.

— Vovô?

— Sim?

— Um dia vou jogar no Newcastle City. Espera só pra ver.

— Seu pai quase jogou.

Ele olha para Benjamin, mas Benjamin olha para baixo.

— Você tem futebol na veia. Meu pai também era jogador do condado — prossegue George.

— Por que você desistiu, pai? — pergunta Aiden, puxando a manga de Benjamin.

— Ah, bem... Você sabe. É um mundo difícil. Não adianta apenas ser bom. Você tem que ser muito, muito bom. O melhor.

— Vou treinar e treinar até ser o melhor — diz Aiden, para ninguém em particular.

Benjamin sorri, depois pensa no que aquilo significa.

O uniforme. As chuteiras. As viagens de carro para os treinos.

Uma palavra. Dinheiro.

Ele tira o telefone do bolso, mas vê que não perdeu nenhuma chamada.

— Algum problema? — pergunta George.

— Não, só esperando uma notícia.

Eles estão sentados para jantar na pequena cozinha quando o celular de Benjamin toca.

Ele pega o aparelho da bancada e sai pela porta dos fundos para o frio de novembro.

Dois minutos depois, ele volta.

— Consegui o emprego. Começo na segunda-feira.

— Legal! — diz Aiden.

Ele baixa a faca e o garfo, com muito cuidado, e bate palmas.

— Muito bem, pai!

Benjamin sorri e acaricia a cabeça do filho, olhando para George.

— Pai? Eu consegui. O trabalho no bar.

— Eu ouvi — responde George, sem levantar o rosto do prato.

— Isso é ótimo, vovô! — reforça Aiden, cutucando o avô. — O papai falou que se conseguisse esse emprego, poderia me dar uma chuteira nova.

— Eu teria te dado uma se você tivesse pedido.

— Pai — diz Benjamin. — Por favor.

George baixa o garfo e levanta o rosto. Benjamin deseja, inutilmente e com familiaridade, que sua mãe estivesse presente, mesmo sabendo como ela ficaria desapontada com ele. Talvez seja melhor que ela não esteja.

— Fico feliz por você — diz George. — Tenho certeza de que ter algum dinheiro entrando de novo vai tirar um peso das suas costas.

Benjamin sorri em agradecimento, mas, por dentro, sua vontade é de chorar.

Novembro de 2012

CLARA

ELAS ESTÃO COMEMORANDO A PROMOÇÃO DE LAUREN NUM HOTEL CINCO estrelas. É a primeira vez que elas se encontram desde que Clara se casou.

Lauren havia sugerido irem ver a famosa árvore de Natal primeiro e depois seguirem para o bar do hotel. Clara mal acredita que já é praticamente Natal. Ela fará trinta e dois anos no próximo ano. Todo mundo diz que o tempo cura tudo, mas, se bobear, sua dor só piora a cada ano.

Ela tentou esquecer todas as datas, os marcos, porém sua mente não permite. Os acontecimentos passados se repetem em um loop em seu cérebro.

Hoje ela está pensando: faz onze anos que eles passaram os preparativos para o Natal juntos. O segundo, e também o último. Onze anos! É quase inconcebível.

Lauren traz as bebidas e as deixa ao lado da tigelinha de castanhas que já está na mesa. Clara conseguiu se conter e não comer a porção toda.

— Então, como vai a vida conjugal? — pergunta Lauren, enquanto as duas brindam. — Ainda não consigo acreditar que vocês simplesmente viajaram sem avisar ninguém e… *se casaram.*

— Está me dizendo que queria tanto assim ser dama de honra?

Clara sorri.

— Bem, eu não teria me importado.

— Desculpe.

— Não seja boba. Me deixa ver as alianças de novo.

Clara estende a mão e Lauren segura as pontas de seus dedos. A safira violeta cintila sob as luzes. Abaixo dela, uma fina faixa de diamantes.

— É tão linda. Foi uma jogada muito inteligente se casar com um joalheiro.

É uma piada, mas Clara olha para o copo e não responde. Ela pensa na noite anterior. Na dor. Não está ficando mais fácil. Talvez esteja ficando até pior.

Ela morde o lábio.

— O que foi? — pergunta Lauren. — Não é o Benjamin…

Lauren a conhece tão bem. Ela já a viu no fundo do poço e sabe quando Clara está tentando encobrir as coisas. Desta vez, no entanto, seus instintos estão errados.

Só que, involuntariamente, ela deu uma desculpa a Clara. Outro assunto sobre o qual falar em vez do que realmente está se apossando de sua mente.

— Mandei um e-mail pra ele — confessa ela, baixinho. — Uma semana antes do casamento. Foi burrice…

— Ah, Deus. O que você disse?

— Nada de mais. Só que… só que eu ainda o amava.

Lauren exala.

— Jesus. O.k.

— Eu sei. Foi idiotice. Mas me pareceu honesto. Eu precisava fazer isso. Caso…

— O quê?

— Não sei. Caso eu estivesse cometendo um erro.

— Cla — diz Lauren, estendendo a mão sobre a mesa. — Olha, é normal ficar com medo. Pensar nos seus ex-namorados. Claro que é. Eu também fiquei assim quando James e eu nos casamos.

— Sério?

— Claro! Eu fiquei apavorada. E foi muito difícil, sabe, ser a primeira. Vinte e nove anos não é exatamente tarde para se casar, mas eu ainda estava com medo de ser jovem demais, de estar perdendo alguma coisa ao me comprometer tão cedo. Especialmente quando a maioria das minhas amigas ainda era solteira.

— Mas não é bem isso. Às vezes sinto que em algum momento a minha vida saiu dos trilhos. Que estou vivendo a vida errada. A versão errada da minha vida.

Ela olha para a aliança novamente.

— Com a pessoa errada.

Lauren dá de ombros.

— Bem, se for o caso, sempre dá pra se divorciar.

Clara ri. Há dor e alívio na maneira brutal e simplista de Lauren ver o mundo.

— Talvez.

— Você sabe que isso é só a sua ansiedade falando, né?

Clara concorda com a cabeça. Ela supõe que sim. É o que dizem a ela. Os profissionais.

Ela tem ansiedade — *compreensível*, após o trauma.

O que as pessoas convenientemente escolhem ignorar é que ela foi assim a vida toda, desde que Cecily adoeceu. Na época, os adultos em sua vida estavam tão preocupados com sua irmã que ninguém parecia pensar em como a situação poderia ter afetado Clara também. O *trauma* veio depois. Aquilo pode ter trazido sua ansiedade à tona, mas o sentimento sempre esteve lá, colorindo tudo com um tom lamacento de roxo. Manchando tudo que era bom.

O que as pessoas também ignoram é que sua ansiedade é a razão pela qual o *trauma* aconteceu em primeiro lugar.

— O que ele disse? — pergunta Lauren.

— Quem?

— Você sabe quem. Benjamin.

Lauren diz o nome com melancolia, como se ele fosse uma criança ferida ou doente. Lauren foi a única que ficou realmente do lado de Clara depois. Que entendeu a complexidade de tudo. Clara sempre lhe será grata por isso.

— Ele disse que não era digno e que eu devia esquecê-lo. E que ele esperava que eu fosse muito feliz no meu casamento. Disse que sentiu uma grande mistura de emoções, da tristeza à culpa e ao arrependimento, mas que eu não devia perder meu tempo pensando nele ou no que poderia ter sido, que eu o confundi com uma coisa que ele não é.

As palavras se atropelam. Elas estão gravadas em seu cérebro agora; mais uma lembrança da qual ela nunca conseguirá se livrar.

Lauren fecha os olhos brevemente e sorri.

— Olha, Cla, eu te amo. E estou dizendo isso de coração e com toda a sinceridade, mas você já ouviu uma expressão que diz que quando as pessoas mostram quem são, acredite nelas?

Ela balança a cabeça.

— Bem, eu acho que Benjamin está mostrando o que ele é. E acho que você deve acreditar nele.

Ela estava errada. Lauren não entende; ela nunca vai entender.

— Mas o que ele *é* é culpa minha. É tudo por minha causa! Eu sou a razão para ele ter acabado nessa situação.

— Isso não é verdade. Você não é responsável pelo que ele fez, e você não teve escolha quanto a como as coisas terminaram. É só a vida. Não se pode controlá-la. Você acha que pode, acha que consegue fazer as coisas acontecerem do jeito que você quer apenas por querer, mas não funciona assim. A vida não é tão fácil assim.

Parece uma crítica, mas Clara sabe que Lauren está dizendo aquilo para ajudá-la a se sentir melhor. Para tentar abrir seus olhos.

— Eu só... — ela diz olhando para a tigelinha de castanhas. — O que eu não consigo superar é que eu simplesmente não acredito que tinha que ser assim.

— Você tem que dar ouvidos a ele — insiste Lauren, deixando transparecer pelo tom de voz que está ficando frustrada.

As pessoas frequentemente se frustram com ela, querendo que ela entre na linha, que aceite o status quo, seu diagnóstico, a versão que *as pessoas* têm sobre os sentimentos *dela*.

— Ele te disse que não acha vocês bons um para o outro. Devia ouvi-lo.

Lauren faz uma pausa.

— E, lembre-se, ele não será a mesma pessoa por quem você se apaixonou quando era uma garota. Clara, ele já foi *preso*.

Ela diz aquela última frase devagar e com grande ênfase, como se aquele fato não tivesse assombrado Clara diariamente desde então.

Clara fecha os olhos.

— Eu sei. Eu sei, mas não posso deixar de pensar... se eu pudesse voltar no tempo...

— Clara, sério. Às vezes com você é tipo… sei lá. Fixada ou algo assim. Você fica presa no passado, remoendo um evento sem parar, mas isso não é algo que se possa mudar. Precisa seguir em frente. Você tem uma vida maravilhosa. Você tem o Thom agora. Um bom emprego. Um futuro. Não pode simplesmente olhar para trás e encarar como, sei lá, uma de suas experiências formativas, algo bom, que lhe ensinou lições, e seguir em frente?

Clara queria que fosse tão simples, mas não é.

— Mas a culpa é minha — ela repete, baixinho. — Acho que esse é o problema. Eu arruinei a vida dele. Como superar isso?

Lauren suspira.

— Olha, Clara. O que ele fez não foi culpa sua. Precisa acreditar nisso. Você não é responsável por ele. Nunca foi. O que ele fez é responsabilidade dele. Não sua. Dele.

Clara concorda com a cabeça, mas seu lábio inferior treme. Ela quer muito acreditar. Ela quer pegar a força da convicção de Lauren e injetá-la em seu cérebro não cooperativo.

— Sinto muito — ela diz depois de uma pausa.

Há tensão demais agora. Elas deviam estar tendo uma noite agradável, só as duas. Uma noite entre amigas. Ela é tão estúpida, foi um erro ter tocado no assunto.

— Devíamos estar comemorando sua promoção, e aqui estou eu falando sobre o mesmo assunto ridículo de sempre.

Ela revira os olhos e levanta o copo.

— A você, senhorita Diretora de Recursos Humanos!

Elas brindam.

Lauren se recosta na cadeira olhando para ela tristemente. É como se ela se sentisse tão desolada a respeito do futuro de Clara quanto a própria.

— Obrigada — agradece Lauren, finalmente.

Ela estampa um sorriso no rosto e leva alguns segundos para olhar Clara nos olhos.

— Agora, pelo amor de deus, Clara Beaumont, me conta sobre seu casamento.

Dezembro de 2012

BENJAMIN

Ele sai apressado do bar e o tranca antes de correr para casa. Seu último turno antes dos três dias de recesso do Natal acabou. Ele nunca esteve tão extenuado.

Quando ele volta para casa, desmaia na cama. São quase duas da manhã. Desde que voltou a trabalhar, seu sono melhorou. Ele ainda acorda desumanamente cedo, mas não passa mais horas se revirando na cama até adormecer.

Trabalhar no bar é exaustivo, mas é melhor do que ficar preso no call center em uma sala sem janelas, com o zumbido da iluminação fria do teto lhe dando dor de cabeça enquanto passava o dia ouvindo os berros de clientes descontentes através de um fone de ouvido. E, embora ele nunca tenha sido bom em conversa fiada, poder observar as pessoas no bar, vivendo os altos e baixos de suas vidas, é um estranho conforto para ele.

De manhã, ele come seu cereal olhando para o jardim da frente coberto de neve e pensando no dia seguinte. Véspera de Natal. Claro, ele não fica com Aiden no dia de Natal em si — Zoe não aceita ceder um dia como aquele, não importa quantas vezes ele peça. Ele nunca passou um único dia de Natal com Aiden.

Sua escolha. Você foi embora. Você fez sua escolha.

Não valia a pena discutir. Quando quer, Zoe é uma adversária feroz. Benjamin não consegue explicar como alguém como Aiden, uma criança tão doce e gentil, pode ter vindo dela.

Isso o assusta também. Ele receia que exista aquela semente dentro de Aiden, que um dia ela possa finalmente brotar, e teme aonde aquilo os levaria. Ele morre de medo de que um dia o menino possa se transformar, como uma lagarta se transforma em mariposa, em algo mais *Zoe*.

Benjamin era muito quieto e comportado na adolescência, mas porque sua mãe estava doente.

Apesar de ela dificultar sua vida, ele não se arrepende de ter transado com Zoe. Se não tivesse acontecido, ele não teria seu filho.

Eles se conheceram no pub. Quando Benjamin saiu da prisão, se sentiu perdido. Desesperado para reconstruir sua vida de alguma forma, mas também sem noção de como começar. E uma noite depois de ser solto, quando não aguentou mais os olhares silenciosos do pai do outro lado da mesa de jantar, ele saiu de casa e entrou no primeiro pub que viu, e fez exatamente o que não deveria ter feito: bebeu nove *pints* seguidos.

Ele acordou no dia seguinte na cama de Zoe, sem uma única lembrança de como havia chegado lá. Depois veio a hora mais estranha de sua vida, quando ele tentou se desvencilhar dela educadamente enquanto executava sua fuga.

Zoe insistiu que ele deixasse seu número, então ele deixou, pensando que talvez pudesse levá-la para tomar um café, quando se sentisse um pouco mais restabelecido, e explicar que não estava interessado em um relacionamento agora. A culpa o consumiu durante dias.

Ela ligou seis semanas depois. Foi tanto tempo depois que ele quase esqueceu o incidente; mas, durante o telefonema, Zoe revelou que estava grávida, que desejava ter o bebê e que achava que os dois deviam tentar fazer as coisas darem certo.

Benjamin tem vergonha de admitir isso agora, até mesmo para si, mas foi o pior momento de sua vida. Ele estava começando a voltar aos trilhos e de repente... bum! Mais uma bomba, apenas no caso de a última não ter explodido as coisas o suficiente!

Ele tentou — ele realmente tentou — fazer dar certo, mas os dois não tinham absolutamente nada em comum e, após algumas semanas, ele disse a Zoe que achava melhor que criassem o bebê como amigos.

E ela tinha raiva dele desde então.

Ele levanta o rosto quando George entra na cozinha, dá um aceno de cabeça e põe a chaleira no fogo. Aos sessenta e cinco anos, George não está velho, mas Benjamin notou que ele leva cada vez mais tempo para pegar no tranco de manhã. Em algum momento nos últimos anos, seus cabelos ficaram completamente brancos.

A vida não foi fácil para George, e Benjamin só a dificultou ainda mais. Outra coisa pela qual ele se sente responsável.

— Véspera de Natal, pai.

— Pelo visto gelado mais uma vez. Pensei em tirar o trenó da garagem. De quando você era criança. Podemos levar o Aid para passear. Ele pode gostar.

— Ótima ideia — diz Benjamin, sorrindo de gratidão. — Obrigado. Ele adoraria, tenho certeza.

Aiden é o único erro pelo qual George pode perdoar Benjamin. Ele ama o neto mais que tudo. George acena com a cabeça enquanto mistura o açúcar em seu chá.

— A que horas vai buscá-lo na casa da mãe?

— Dez.

— Ótimo. Vou deixar tudo pronto para quando vocês chegarem.

Aiden está esperando do lado de fora do prédio, com uma bola de futebol enfiada debaixo do braço e a mala aos pés.

Ele parece tão pequeno parado lá sozinho.

— Cadê sua mãe? — pergunta Benjamin quando se aproxima.

Aiden dá de ombros.

— Na cama. Está com dor de cabeça ou algo assim.

Benjamin franze a testa olhando para a janela do quarto de Zoe. O vidro está rachado. Ele tem certeza de que não estava na semana anterior.

— Vou dar uma palavrinha com ela — ele diz, mas Aiden interrompe.

— Não, pai, por favor. Estou morrendo de fome. Mamãe não tinha nada pra comer. Por favor. Podemos ir logo pro vovô comer alguma coisa?

Benjamin apoia o braço no ombro do filho.

— Claro — ele diz, ignorando a sensação de desconforto no fundo do estômago. — Claro que podemos.

Em casa, Aiden devora duas tigelas de cereal e quatro torradas. George está do lado de fora espanando a poeira e as teias de aranha do trenó.

— Quando foi a última vez que você comeu, Aid? — pergunta Benjamin, observando o filho enfiar uma colherada da terceira tigela de cereal na boca.

— Ontem?

— Você tomou chá?

— Não me lembro. Talvez. Mamãe trouxe algo quando voltou da cooperativa. Um sanduíche de atum ou algo assim. Ela estava toda estranha de novo. Cantando.

Aiden revira os olhos.

— Ela se acha boa o suficiente para participar do *The Voice*, mas eu a acho péssima.

A criança faz uma pausa, como se estivesse pensando no assunto.

— Mas eu não disse isso pra ela.

Benjamin respira fundo e enche um copo de água da torneira.

— Você está magro, amigo — observa, tentando ao máximo não soar como se estivesse julgando. — Precisa comer mais, ficar forte. Especialmente se vai ser jogador de futebol um dia.

Aiden sorri de orelha a orelha. Ele quer tanto aquilo. Apesar de ter apenas sete anos, ele já quer muito mais do que Benjamin quis.

Aiden deixa a tigela de cereais vazia ao lado da pia.

— Posso ir ver o vovô e o trenó agora, pai?

— Claro. Vou lavar a louça e saio daqui a pouco.

Assim que Aiden deixa a cozinha, Benjamin dá um soco na lateral da geladeira, respirando fundo, tentando conter a ameaça de lágrimas. Ele não pode chorar. Hoje não. É véspera de Natal. Mas está tudo tão errado. Ele quer mais para o filho do que isso.

Não é culpa de Zoe, ele sabe. Ela teve uma infância bastante traumática — um pai violento que a abandonou junto dos quatro irmãos quando ela tinha apenas oito anos. Mas suas bebedeiras estão se tornando um problema novamente. Ela perdeu o emprego de camareira no Premier Inn da cidade há dois meses e agora depende do seguro-desemprego até encontrar outra coisa. E Benjamin não tem muita certeza de que ela realmente está procurando.

E, apesar disso tudo, ela dá um jeito de arranjar dinheiro para beber enquanto o filho não come direito por mais de doze horas.

Só deus sabe que caos aguarda Aiden em casa no dia seguinte. Benjamin mal suporta imaginar como será o Natal do filho.

Ele sabe que precisa fazer alguma coisa, mas o quê? Ele adoraria que Zoe concordasse em deixar Aiden vir morar com o pai e o avô; mas, mesmo que ela concordasse, seria justo? Tirar uma criança da mãe? Ele ainda sente tanta falta da própria mãe, mesmo já adulto, que a ideia parece simplesmente cruel.

Ao olhar pela janela e observar seu pai brincando com seu filho, ele se dá conta da resposta. Estava lá o tempo todo.

Ele sabe o que precisa fazer. Ele precisa fazer o que deveria ter feito quando ela estava grávida tantos anos antes: ir morar com ela. Assumir o controle. Cuidar dos dois. Convencê-la a procurar ajuda com a bebida. Sustentá-los, especialmente agora que está entrando algum dinheiro novamente.

Seria a coisa certa a fazer. Isso é ser pai. Talvez eles possam até encontrar uma forma de serem felizes juntos.

Não é a vida que ele imaginou, mas seu filho deve vir em primeiro lugar. Seu filho é a única coisa que ainda vale a pena salvar. Ele não pode decepcioná-lo.

Benjamin sente uma dor no peito, como se alguém estivesse sugando o ar de seus pulmões. Como as coisas chegaram a tal ponto?

Ele fecha os olhos, apoia a cabeça entre as mãos e se permite um momento para pensar em Clara. No passado. Na vida que nunca foi.

Ele pensa no e-mail que ela lhe enviou há alguns meses, pouco antes de se casar, e pensa na sinceridade com que expressou seu amor por ele.

Ele se lembra de como ela terminou.

O resumo deste e-mail é: eu te amo e vou esperar por você.

Aquilo o incomodou tanto que ele levou dois dias para responder. Quando o fez, só conseguiu escrever algumas palavras que, tais como ele, eram totalmente inadequadas.

Era incrível a maneira como ela o via. A maneira como ela sempre o viu, como algo melhor do que ele realmente era.

Houve momentos na faculdade em que ele achou Clara um pouco demais. Sua crença nele era ardente; sua atenção se manifestava de inúmeras maneiras: links para artigos que ela achava que poderiam interessá-lo, pequenas listas de tarefas "úteis" escritas em Post-its que ele encontrava grudados em sua mochila todas as manhãs, conselhos não solicitados e febris sobre qualquer tópico que ele levantasse.

Quando ele confessou que estava com dificuldade para administrar o volume de trabalho do último ano, foi Clara quem o convenceu a desistir do emprego na loja de departamentos para passar mais tempo estudando.

Ela estava tentando ajudá-lo porque o amava e, na maioria das vezes, sua ajuda não era reconhecida. Ele era preguiçoso demais para ver, quanto mais para aceitar.

Agora, todavia, ele gostaria de poder ser aquele homem. O homem que ela sempre viu nele. Apesar de tudo. Apesar de tudo que ele fez, e de tudo que não fez.

Enfim, Clara está casada agora. Benjamin está feliz por ela. Faz com que ele se sinta menos culpado, sabendo que ela pôde seguir em frente, ter uma vida melhor. Talvez ela venha a ter um bebê. Ele sempre achou que ela seria uma excelente mãe. Ela repararia em *tudo*.

Quanto a Benjamin: ele já tem uma família que precisa dele. Talvez ele possa viver conforme as expectativas dela em relação a ele, afinal; só que de uma forma diferente da que ela imaginou.

Janeiro de 2013

CLARA

Ano novo, vida nova.

Clara está sentada de frente para a terapeuta. Seu rosto é de um rosa suave, um rosto gentil e carinhoso. Ela é o tipo de pessoa que nunca gritaria com seus filhos.

Sua voz também é gentil.

— Então, Clara, como sabe, sou terapeuta psicossexual e fui especialmente treinada para ajudar pessoas com problemas sexuais. Que tal começarmos com você me contando por que está aqui?

— A consultora da clínica me encaminhou. Depois que fiquei chateada.

A terapeuta levanta as sobrancelhas. Clara se pergunta quantos anos a mulher tem — talvez esteja no final da casa dos quarenta.

— Eu estava fazendo um preventivo. — Clara faz uma pausa para respirar. — Foi bem difícil...

— Lamento ouvir isso.

Clara olha para a terapeuta. Seu nome é Sarah. Seu olhar ainda é gentil, mas agora parece um pouco mais confuso.

— Depois ela começou a me fazer perguntas sobre a minha vida e eu... bem, eu desmoronei e contei tudo. Não sei de onde veio, mas eu simplesmente comecei a confessar todas as coisas que me preocupavam sobre meu casamento. Estamos tendo dificuldade para...

— Vá em frente — incentiva Sarah, tomando um gole de água.

Clara torce as mãos no colo. Ela está tão envergonhada.

— Fazer sexo. Não consigo... Nós não conseguimos...

Ela ri, mas o riso logo se transforma em lágrimas. Suas bochechas queimam. Uma voz baixinha e rancorosa sussurra em seu ouvido: *fracasso*.

— Não sei o que tem de errado comigo. Só dói. Tanto. E eu não consigo fazer. Eu não suporto. Eu odeio.

Sara oferece um lenço de papel.

— Eu me sinto tão culpada. E eu sinto muito por Thom, meu marido. Ele é um homem tão adorável. Sempre tão paciente comigo, e não é que eu não o ame, porque eu amo, mas eu apenas... Eu simplesmente não quero fazer sexo com ele. Não sei por quê.

— Entendo — diz Sarah, sem nenhum julgamento no tom de voz. — E há quanto tempo você e Thom estão juntos?

— Quase dois anos. Ele me pediu em casamento depois de seis meses. Foi cedo demais, não foi? Foi rápido demais. Pra falar a verdade, eu não sabia como dizer não. Ele encomendou a aliança mais linda para mim. Ele é joalheiro. Todo mundo ficou tão emocionado por nós.

— Vamos voltar para quando vocês se conheceram. O que a atraiu no começo?

Eu estava sozinha, pensa Clara.

— Ele era tão... sensato — ela diz, em vez disso. — Ele... Bem, ele meio que me escolheu, eu suponho. Ele era simplesmente confiante, relaxado e feliz consigo mesmo. Eu tinha passado por momentos difíceis aos vinte e poucos anos. Alguém que eu conhecia morreu quando eu estava na faculdade. Foi difícil de aceitar.

Ela faz uma pausa. Ela não quer falar sobre o assunto. Ela já fez essa sessão de terapia um milhão de vezes.

— Enfim, uma amiga me convidou para um aniversário, Thom estava lá, e ele pareceu tão... a fim de mim. Não de uma forma incômoda, e sim agradável. Ele pareceu forte, eu acho, como alguém em quem eu poderia me apoiar. E ele é. Ele realmente é.

— Como era no início do relacionamento?

— Bom — ela responde, sentindo o rosto arder novamente.

Eles já foram realmente bons juntos? Ela não tem certeza agora.

— E na cama?

Clara olha para baixo.

— Era... O.k. Não ótimo, eu acho. Mas tudo bem. Quer dizer, normal. Nós transamos, e acho que eu não esperava muito. Eu não transei com muitas pessoas, na verdade. Pra ser sincera, só me lembro de realmente ter gostado com um deles. Mas o sexo em si era bom, eu acho. Ele sempre foi muito gentil. Eu não diria que eu gostei particularmente.

Ela faz uma pausa, engolindo em seco.

— Ele sempre esperava que eu tomasse a iniciativa, o que era muita pressão. Eu encarava como uma tarefa, como lavar a roupa ou limpar o banheiro. Isso é horrível? Eu ficava tão feliz quando acabava. Mais uma coisa riscada da minha lista. Eu me sentia tão aliviada, como se tivesse alcançado alguma coisa! Mas, ultimamente, não consigo mais. Eu não suporto. Fico tão tensa que não consigo...

Clara toma um gole de ar. Ela se sente quente, claustrofóbica, e apoia a testa na palma da mão, afundando o cotovelo no joelho.

— Deus, que vergonha. Não acredito que estou te contando tudo isso.

— Confie em mim, já ouvi coisas muito piores. Por favor. Falar sobre sexo é literalmente o que eu faço o dia todo.

— Eu sei, é só que... Eu acho que é algo sobre o que evito pensar ou falar o dia todo.

Sarah sorri.

— Você o acha atraente?

Clara pensa em Thom.

No corpo magro, no nariz comprimido, nos lábios finos. Na firmeza dos músculos em seu peito magro. Ele é esguio como pessoas que correm. Ele não é bonito de um jeito convencional, mas, ao mesmo tempo, também não é feio. Na verdade, quando ela o apresentou às amigas, todas pareceram considerá-lo atraente.

— Eu... Eu não sei como responder a isso.

Sarah a olha como se ela tivesse dito a coisa errada.

— Quer dizer, eu o amo.

— Isso é ótimo. O que você ama nele?

Clara respira fundo.

— Adoro o entusiasmo dele pelo trabalho. Amo sua natureza calma. Ele nunca fica irritado ou estressado. Ele é sempre equilibrado. Ele geralmente está alegre. Ele é forte. Ele só é...

Do nada, uma palavra surge em sua mente.

Chato.

— Ele é seguro — ela diz, por fim. — Thom é simplesmente muito seguro. E, no passado, estive em um tipo diferente de relacionamento. Não exatamente perigoso, mas um relacionamento em que eu me sentia mais vulnerável. Mas quando você se permite ser vulnerável, o que acontece? Você se machuca.

— Então você se machucou? No passado?

Ela afirma com a cabeça, mordendo o lábio.

— Eu não... Acho que não consigo falar a respeito. Desculpa.

— Tudo bem, Clara. Você não precisa me contar nada que não queira.

Sarah escreve alguma coisa em um caderninho, sobe os óculos de volta pelo nariz e olha novamente para Clara.

— Já tratou algum problema de saúde mental? Algum trauma passado? — ela pergunta em um tom de voz cuidadoso, como se estivesse falando com uma criança pequena.

— Sim — ela diz, ignorando as implicações da palavra *trauma*. — Terapia cognitivo-comportamental. Na adolescência. Tive alguns problemas com ansiedade. Minha irmã, Cecily, ficou muito doente quando eu era pequena. Pensei que ela ia morrer. Desde então, acho que me tornei preocupada demais com tudo. E você sabe, é aquela velha história... Eu era a filha mais velha, a melhor da classe em uma escola de muita pressão, cheia de gente me dizendo como eu era brilhante. Quer dizer, isso não é tão horrível, eu não quero reclamar. Meus pais esperavam muito de mim. Eles eram sutis, mas a pressão estava lá. Sempre esteve lá. Para ser forte. Para ser alguém que lidava com as coisas, alguém que conseguia se defender sozinha.

Ela faz uma pausa e fecha os olhos com força.

— Quando eu era mais jovem, sentia que não podia dizer a ninguém como estava me sentindo, especialmente aos meus pais. Eles tinham passado por tanta coisa com Cecily, eu não queria sobrecarregá-los ainda mais. Sei que parece loucura, mas eu sempre senti como se o chão fosse instável de alguma forma. Como se estivesse sempre se mexendo sob meus pés. Não sei se isso faz sentido.

Sarah afirma com a cabeça e pestaneja.

— Consegui ter apoio na escola, para meus nervos. Foi quando fiz terapia. Mas acho que meus pais nunca perceberam de fato como era grave. Eles não são de dar muita importância ao conceito de saúde mental. Eles são mais de manter a compostura, na verdade. *É muito pior para muita gente, então agradeça a sorte que tem,* esse é o mantra do meu pai.

Sarah acena com a cabeça mais uma vez.

— Vou receitar uma coisa para você, um anestésico local chamado lidocaína. Eu gostaria que você o aplicasse em sua vulva, a área externa da entrada da vagina, vinte minutos antes de quando supor que vai ter relações. Deve ajudá-la a relaxar um pouco, além de eliminar qualquer desconforto.

Clara endireita as costas.

— Um *anestésico*?

— É só uma solução temporária. Uma forma de quebrar a associação do sexo com a dor. O mais importante aqui é que eu quero que você tente *não* fazer sexo. Você precisará ir para casa e conversar com seu marido a respeito.

Explicar que Sarah, sua terapeuta mandona, lhe pediu para jurar não fazer sexo. Abraços, beijos, massagens, toques — tudo isso é bom. Mas sem sexo.

— Mas se não vamos fazer sexo, então por que preciso do gel?

— Precisamos tirar seu medo da situação. Quebrar essa conexão. O gel significará não sentir nada físico, nenhum desconforto físico. O mais importante, no entanto, é tirar a pressão. É por isso que estou lhe dizendo agora para não fazer sexo. Mas eu gostaria que passasse um pouco de tempo com seu marido. Apenas relaxando com ele, conversando. Celulares desligados, televisão desligada, só os dois juntos, onde quer que fiquem mais à vontade. Na cama, no banho ou mesmo deitados no sofá. Agora, conte-me sobre o seu trabalho. — Ela olha para o caderno que tem no colo. — Você é jornalista. É estressante?

Clara balança a cabeça, confusa com a mudança abrupta de assunto. Que técnica Sarah está usando? Ao longo dos anos, ela parece ter experimentado todas. Ela percebe tudo.

— Não, não particularmente. É agitado, mas não estressante. Eu gosto. Tenho muita sorte. Estou no mesmo jornal desde que saí da faculdade. É um ótimo lugar para trabalhar.

— Que bom. Parece que você tem muitos pontos positivos em sua vida, Clara. Um ótimo trabalho, um marido gentil e compreensivo. Tenho certeza de que poderemos ajudar você a superar isso. Quero que leve essa receita à farmácia e se lembre do que eu disse. Depois, gostaria que você voltasse em um mês, e continuaremos a partir desse ponto.

Março de 2013

BENJAMIN

Zoe se mostrou menos interessada na ideia de Benjamin morar com os dois do que ele imaginou; mas, por fim, concordou.

E nos primeiros meses realmente fica tudo bem. Zoe se inscreve no AA — relutantemente — e frequenta as reuniões toda semana. Ela faz amizade com seu patrocinador, Dan, um homem de quarenta e poucos anos que mora a menos de um quilômetro. Eles fazem longas caminhadas juntos, e ela se torna obsessiva com sua contagem de passos.

A obsessão é o calcanhar de aquiles de Zoe, mas é melhor que ela esteja obcecada em andar do que obcecada em beber.

E Aiden está feliz. Benjamin pode ver, de um milhão de pequenas maneiras. Ele não faz mais birras quando lhe pedem para se vestir de manhã, não explode mais em choros falsos sempre que é repreendido, seus pesadelos desaparecem poucos dias depois de Benjamin se mudar.

Não é uma utopia, mas é um tipo de contentamento com o qual Benjamin acha que poderia se acostumar. Ele não pode esperar muito, afinal. Não depois do que fez.

Ele é grato por essas migalhas. E, aliás, são mesmo migalhas? Ter um filho feliz, contente, saudável e bem alimentado o torna incalculavelmente sortudo.

— Você parece tanto a minha mãe — ele observa um dia, enquanto os dois escovam os dentes diante dos próprios reflexos no pequeno espelho acima da pia.

— Sua mãe? — pergunta Aiden com a boca cheia de pasta de dente.

— Sim. Sua avó, June. Mesmos cabelos claros.

— A mamãe diz que eu puxei isso dela — argumenta Aiden, enrugando o nariz.

Benjamin sorri.

— Talvez.

Os cabelos de Zoe são descoloridos a maior parte do tempo. Ele não tem certeza se já o viu no tom natural.

— Minha mãe teria amado você, Aid. Agora vamos logo com isso, senão vai se atrasar para a escola.

Depois do turno no bar, Benjamin quase sempre chega em casa tarde. Zoe geralmente já está dormindo. Desde que parou de beber, ela dorme melhor, e é raro acordar quando ele chega em casa. Como o covarde que é, ele fica grato por poder se deitar de fininho ao lado dela na maioria das noites, sem ter que conversar.

Zoe costuma passar o dia fora. Ele não sabe onde, porque ela não diz. Certamente não para trabalhar. Ela não fez nenhum esforço para substituir o emprego no hotel, e ele é medroso demais para tocar no assunto.

Eles são basicamente colegas de apartamento e, mesmo que ele tente, não consegue criar qualquer afeto ou faísca entre ambos. Ela não o entende.

Não o acha interessante de forma alguma. Mal presta atenção nas raras ocasiões em que ele tenta iniciar uma conversa.

Ele supõe que a magoou, muito profundamente, quando disse que não achava que os dois dariam certo, e desde então ela se fechou para ele. Benjamin não pode culpá-la por isso, é claro.

Ele devia se sentir aliviado, mas a situação é desconcertante, e ele teme que não seja sustentável. Aiden está bem agora, enquanto ainda é criança, mas seguramente vai perceber o constrangimento entre os próprios pais mais cedo ou mais tarde, não? E aí o que Benjamin fará?

Para evitar que aquelas perguntas se repitam sem cessar na sua cabeça, ele tenta se manter ocupado. Ele se oferece para fazer hora extra no bar, cobrindo qualquer ausência de funcionários com gratidão. Nos fins de semana, leva Aiden para o treino e para as festinhas de aniversário das outras crianças e cuida de toda a parte administrativa da vida: cozinhar, comprar, lavar. Depois, o restante, como ver se Aiden tem uma roupa limpa para o Dia Mundial do Livro, ajudar na arrecadação de fundos da escola, criar algo que possa passar como uma decoração de Páscoa... Há uma lista interminável de coisas que precisam de atenção quando se tem um filho.

Ele tenta envolver Zoe nas tarefas mais divertidas, mas ela se mostra cada vez mais distante e desinteressada. Como se a vinda dele tivesse permitido que ela partisse — pelo menos mentalmente.

— Você está bebendo de novo? — ele pergunta numa quinta-feira à noite em que está de folga.

Aiden já está dormindo.

Zoe está usando legging preta e um moletom com capuz que quase engole seu corpo pequeno. Enormes argolas douradas balançam em suas orelhas. Seu pescoço está torto de mexer no celular, mas ela o endireita ao ouvir a acusação.

— O quê? Não, claro que não.

Ele se senta na pequena poltrona oposta. As persianas da sala bagunçada estão fechadas e está escuro demais para notar qualquer mudança no semblante dela.

— Pode me contar — ele encoraja, tentando soar o menos agressivo possível. — É muito comum, eu acho. Ter uma recaída.

— Vai se foder — ela esbraveja.

Benjamin fecha os olhos.

— O.k., mas se houver... se houver algo que eu possa fazer. Você sabe. Estou sempre aqui pra você. Pra você e para o Aiden. Quero ajudar, se puder.

— Sim, São Benjamin — ela diz, revirando os olhos. — Eu sei.

Ele franze a testa. O que ela quer dele?

— Não sou nenhum santo — ele murmura, ficando de pé e se virando para ir até a pequena cozinha e começar a lavar a louça.

— Eu é que sei — ela sussurra.

Ele para por uma fração de segundo, mas decide que mereceu e não responde.

Na noite seguinte, Benjamin está no bar fechando o caixa quando seu celular toca, estridente e alto. Irritado com a interrupção, ele atende, sem olhar quem está ligando.

— Alô?

— Oi, Benjamin — diz uma mulher na linha. — É a Margaret do apartamento 5A. Estou com seu menino aqui. Ele veio porque está preocupado com a mãe. Ela não voltou pra casa, e ele não sabe onde ela está. Você pode voltar? Ele está exausto, coitadinho. O menino não devia estar sozinho, não na idade dele.

— Cristo — responde Benjamin, olhando para o relógio de pulso. É 00h34. — Claro. Chego em vinte minutos. Obrigado.

Ele desliga sem esperar uma resposta, pega a jaqueta e tranca o bar, nem mesmo parando para fechar o caixa.

Quando chega ao prédio, ele sobe a escada de concreto de dois em dois degraus e logo está na porta do 5A, o apartamento em frente ao de Zoe. Como sempre acontece a esta hora da noite, a escada fede a urina, e seu coração se parte novamente por ver o filho crescendo ali.

Ele tem uma breve lembrança daquele verão em Londres, quando o chefe de TI da empresa do pai de Clara disse que ele tinha um talento único para resolver problemas, e balança a cabeça decepcionado consigo mesmo. É uma ferida que nunca cicatriza. Ele não permite.

Ele bate de leve na porta do 5A. Em algum lugar, em outro apartamento do quarteirão, um cachorro late.

Margaret abre. Seu rosto está vermelho e ela usa um vestido rosa-choque com as lapelas manchadas.

— Sinto muito — ele diz, sorrindo. — Não consigo imaginar onde a Zoe se meteu.

— Tudo bem.

Ela faz uma pausa.

— Ela tem saído muito ultimamente. E esse novo sujeito dela... Não sei não, pra falar a verdade.

Benjamin funga bruscamente. Que sujeito? Zoe tem recebido Dan à noite enquanto ele está no trabalho?

— Vou ter uma palavra com ela — ele assegura, sem jeito.

— Certo.

Um gato aparece e se enrosca nos tornozelos de Benjamin.

— Seu filho está logo ali. Ele apagou no sofá depois que lhe dei uma tigela de cereal. O pequeno estava morrendo de fome. Eu me lembro dos meus meninos nessa idade. Sacos sem fundo, costumávamos chamar.

A sala de estar é apinhada de móveis grandes demais com um ornamento em todas as superfícies, mas é limpa e quente. Enroscado como uma bola no sofá de couro murcho está seu filho, debaixo de um cobertor. Ele parece tão em paz que Benjamin fica com pena de acordá-lo.

— Obrigado. Por cuidar dele.

Margaret quase reluz, e Benjamin se lembra de alguém lhe ter dito uma vez que não existia nada como altruísmo. Teria sido o pai da Clara? Parece uma frase do feitio dele. Agora, pensando bem, Benjamin gostaria de ter passado mais tempo com ele naquele verão. Ele era o tipo de homem que Benjamin esperava ser. Sábio, realizado, calmo.

— É um prazer — ela garante. — Eu não durmo bem hoje em dia. Ele sabe que pode vir e me encontrar se estiver preocupado. Mas talvez... Bom, não é da minha conta, mas eu não gosto da aparência daquele homem.

— Ele é padrinho dela no AA, mas não devia vir aqui.

Margaret balança a cabeça.

— Padrinho no AA? Eu não sabia que eles permitiam padrinhos do sexo oposto.

— Ah.

De repente, tudo faz sentido. Como ele tem sido tolo.

— Bem, como eu disse, não é da minha conta, mas já o vi algumas vezes. E não posso deixar de sentir pena do menino. Ele é tão pequeno. É confuso pra ele.

— Vou resolver — diz Benjamin, se abaixando e pegando Aiden no colo. — Sinto muito, e obrigado novamente.

Maio de 2013

CLARA

ELES ESTÃO DE FÉRIAS NOVAMENTE. UM FERIADO DE PRIMAVERA NA ILHA de Cefalônia.

Thom gosta de férias. Ele gosta da boa vida: trabalhar e se divertir na mesma medida.

Mas tudo parece carregado. A pressão aumenta assim que eles embarcam no avião. Está claro o que ele espera do feriado; embora, naturalmente, ele não tenha dito nada. Ele nunca tentou forçá-la a fazer algo que ela não quisesse fazer e, de alguma forma, isso piora a situação.

Toda a iniciativa recai sobre ela.

Clara guardou o gel bem no fundo da mala, por baixo das roupas íntimas. Ela mal suporta olhar para o tubo branco. A coisa parece provocá-la. *Aberração.* Que tipo de aberração precisa usar um anestésico para fazer sexo?

Eles o usaram algumas vezes com algum grau de sucesso; mas, depois de cada vez, ela tinha que se esconder no banheiro para chorar enquanto limpava o corpo.

Ela tem um diagnóstico oficial agora: *vaginismo*. Até o nome é horrível. Ela tentou explicar tudo para Thom, mas seu rosto ardia de vergonha e sua garganta ficou apertada, ela mal conseguia dizer as palavras. Foi humilhante.

Ela não sabe se ele entendeu de verdade como é terrível para ela.

Não é culpa dele — Clara nunca contou o que aconteceu com ela. Como ela poderia? Ele ficaria arrasado se soubesse. Ela só ficou esperando que, com o tempo, as coisas ficassem mais fáceis.

Quatro meses depois, só resta mais uma sessão com Sarah, e ela não parece ter progredido muito. Sua mala está cheia de livros. Livros são uma das únicas coisas que lhe oferecem um tipo descomplicado de prazer, e sua parte favorita das férias até agora foi ir à livraria do aeroporto e comprar um estoque da sessão pague dois, leve três.

— Que diabos você colocou aqui? — brincou Thom quando levantou a mala dela.

— Desculpe. Livros.

— Não seja boba. É ótimo. Se você quer escrever um romance, precisa ler alguns.

— Eu leio muito — ela respondeu com rispidez, antes de perceber que não era uma crítica. Por que ela estava tão na defensiva? — Eu devia comprar um Kindle. É só que... existe algo a mais em páginas de verdade.

Esta manhã, eles pagam vinte euros por suas espreguiçadeiras e passam dez minutos ajustando o guarda-sol para ambos terem a dose ideal de sombra. Ela não gosta de expor o rosto ao sol; faz com que se sinta fraca.

Thom sai para remar e Clara fica lá, ouvindo o som das ondas quebrando. Pensando, como tantas vezes faz quando permite à sua mente vagar, em Benjamin.

Nas férias dos dois juntos. Eles foram para Marmaris, na Turquia, na Páscoa do último ano juntos.

Eles passaram a maior parte da semana na cama, acordando ao meio-dia e vagando até a praia para algumas horas de banho de sol. Compravam donuts do homem que os vendia na praia e dormiam ao sol a tarde toda, e ela não se lembra de outro momento em que se sentiu tão relaxada.

A faculdade estava quase acabando. Eles tinham feito planos. Benjamin se mudaria para Londres, eles encontrariam um lugar para morarem juntos e arranjariam empregos e começariam suas vidas adultas. Direito. Juntos.

E então tudo deu errado.

Thom e Clara almoçam no restaurante à beira-mar, a almofada da cadeira sob suas pernas está cheia de areia. Clara pede *halloumi*, pães sírios e *tzatziki* fresco. A comida é deliciosa, a temperatura perfeita.

— Então — diz Thom, mergulhando um pouco de seu pão na pequena tigela de azeite sobre a mesa. — Já pensou mais sobre o seu livro?

Havia sido a resolução de Ano-Novo de Clara: começar a escrever para valer.

Já é maio. Ela abandonou tudo o que começou. Tudo parecia banal, sem sentido, superficial. E ela vinha sendo assombrada por uma pequena voz na cabeça que compunha parágrafos inteiros e brilhantes quando menos esperava, só que a respeito do único assunto sobre o qual ela sabe que não poderia — ou não deveria — escrever: Benjamin.

Thom está demonstrando interesse em sua escrita, e ela devia ficar grata; mas, novamente, parece um desafio. Uma crítica.

— Na verdade, não.

— Que tal os que você comprou no aeroporto? Algum que eu deva ler?

Ela zomba um pouco da pergunta, mas logo se sente cruel. O gosto literário de seu marido é diferente do dela, mas isso não torna o dela melhor. Ela se recompõe.

— Um deles é ótimo. Chama-se *Depois que você foi embora*, de uma autora chamada Maggie O'Farrell. Nunca li nada dela.

— Do que se trata?

— É sobre... corações partidos. Segredos de família. A personagem principal perde o marido, e é sobre como ela luta para lidar. — Ela faz uma pausa. — É sobre a vida, na verdade. Todas as partes.

Seus olhos ardem de lágrimas.

— Deus — ela diz, fungando e usando o guardanapo para secá-los. — É muito comovente.

— Parece ser.

— Enfim. Eu adoraria poder escrever alguma coisa... qualquer coisa assim. Mas não sei se conseguiria.

— Bem, nunca se sabe até tentar. Você vai?

— Vamos mudar de assunto? Você sabe que eu odeio falar sobre a minha escrita.

Ele sorri melancolicamente e gesticula para o garçom pedindo mais uma cerveja.

Ao longe, Clara vê dois homens de bermuda ajeitando um casal em um enorme anel inflável. Eles estão rindo de medo e emoção.

Thom segue a direção de seu olhar.

— Devíamos experimentar — ele sugere. — Se estiver disposta.

Ela observa a lancha disparar, puxando o casal em seu rastro. A mulher está gritando alto, o som é transportado por toda a praia.

— Parece aterrorizante. Não, obrigada.

— Ah, Clara — ele diz, cutucando-a. — Seria divertido. Nunca se sabe. Você pode gostar.

Ele sorri para ela, que amolece ligeiramente. Nos últimos tempos, ela se sente culpada sempre que está com ele. Culpada por puni-lo todos os dias só por amá-la. Não é culpa dele, é, que ela seja tão confusa?

Mas, novamente, Thom a escolheu. Ela não o forçou. O que ele gosta nela? Clara muitas vezes se pergunta isso.

Seria seu desejo de escrever? Seu trabalho, que a maioria das pessoas parece achar impressionante e interessante? A maneira como ela o vê mais claramente do que ele se vê?

Ou é apenas por ela ser bonita e vir de uma boa família?

Talvez fosse simples assim para ele: ver alguém que achou fisicamente atraente e decidir que aquela era a pessoa certa, como escolher uma casa ou um carro.

E então, quando começou a dar errado — como um problema no encanamento ou um vazamento no teto —, ele simplesmente decidiu fazer o melhor possível.

— Experimente você — ela diz. — Se sobreviver, talvez eu dê uma chance.

— Feito.

Ele se recosta na cadeira, toma um gole da cerveja.

— Este lugar é um paraíso, não é? Acho que eu poderia morar aqui. Montar um pequeno ateliê na cidade. Aposto que eu seria um sucesso com todos esses turistas. Esses navios de cruzeiro trazem centenas de americanos ricos todos os dias.

Ela sorri e revira os olhos.

— Não, é sério — ele rebate, se debruçando sobre a mesa. — O que você acha? Viveríamos como reis aqui. Você poderia escrever seus livros, eu poderia abrir uma loja. Imagine quanto receberíamos pelo nosso apartamento em Londres! Um imóvel aqui deve ser baratíssimo.

Ela sente uma sensação de pânico tomando conta. Sua *ansiedade*. Ela tenta reprimi-la se concentrando na respiração.

Então ela se lembra: ninguém pode obrigá-la a fazer nada que ela não queira fazer.

— Eu amo Londres — ela responde, com o máximo de firmeza possível. — Minha família está lá, todos os nossos amigos estão lá. Eu não quero ir embora.

Thom dá de ombros, toma outro gole da cerveja.

— Foi só uma ideia.

Um peixe fora d'água.

Depois do almoço, eles voltam para as espreguiçadeiras e ela continua a ler um dos livros do estoque que fez no aeroporto. Este não é tão bom; seus olhos ficam pesados enquanto ela lê. Ela está quase dormindo quando sente Thom cutucá-la levemente no ombro.

— Vou lá experimentar — ele informa.

Ele pegou sol e há uma nova coleção de sardas em seu nariz. Clara vê o próprio rosto refletido nos óculos de sol do marido.

— Experimentar o quê?

— Andar naquela boia.

Ela se apoia sobre os cotovelos.

— Sério? É seguro?

— Claro.

Ele lhe entrega a câmera.

— Toma, não deixe de tirar algumas fotos.

Ela o observa caminhar até os homens à beira da lancha. Eles conversam brevemente e, em seguida, Thom veste um colete salva-vidas e se acomoda no anel inflável.

Ele é louco, mas ela também fica feliz por ele estar feliz. Ele está se divertindo. Quando ele está feliz, Clara se sente mais como a esposa que deveria ser.

A lancha dá partida e decola em um ritmo espantoso, arrastando o anel inflável junto. Ela vê Thom segurar as alças de plástico da boia com força, mas ele logo está longe demais para ser visto, sendo jogado e girado em meio à espuma das ondas conforme a lancha corta a água em zigue-zague. Está indo tão rápido que ela se sente desconfortável.

Ela olha pela praia até ver a garota que ouviu gritando no passeio mais cedo. A moça está sentada em uma espreguiçadeira, de topless, lendo uma revista.

Evidentemente, não é perigoso, é apenas sua ansiedade dando o ar da graça mais uma vez.

Clara levanta a câmera e tira algumas fotos, mas o barco e a boia estão indo tão rápido que ela só registra um borrão. Ela usa a lente para dar zoom e consegue capturar o rosto de Thom; sua boca escancarada naquele momento peculiar entre o pavor e o êxtase, seus cabelos encharcados.

Uma vendedora de pulseiras de tecido se aproxima da espreguiçadeira, bloqueando a visão de Clara do oceano. Clara recusa educadamente e, quando a senhora passa para a próxima espreguiçadeira, o sol está bem nos seus olhos.

Ela ouve um grito. Após alguns segundos apertando os olhos para enxergar, ela encontra a lancha, ainda girando o anel inflável preso à parte de trás.

Mas quando ela olha para ele, percebe que o anel agora está vazio.

E Thom não está em lugar nenhum.

Maio de 2013

BENJAMIN

Zoe não volta para casa naquela noite. Nem na manhã seguinte. Ou na noite seguinte. Ela deixou o telefone em casa e só levou uma pequena bolsa com alguns pertences.

Passadas mais de vinte e quatro horas desde que ela saiu, Benjamin chama a polícia. Sem muita dificuldade, eles a rastreiam até um vilarejo do outro lado da cidade; mas, quando a questionam, ela diz que não tem um filho.

— Lamento muito, senhor — diz o policial, dando de ombros desajeitadamente. — Mas não podemos forçá-la a voltar. Ela se recusou a vir conosco e ficou bastante agitada quando sugerimos que ela conversasse com você. Receio que estivesse sob a influência de álcool na hora.

Benjamin fica aliviado por Aiden estar na escola.

— Ela estava sozinha?

O oficial balança a cabeça.

— Não, havia um senhor lá com ela.

Dan.

— Mas ela não pode simplesmente abandonar o filho. Isso não é... crime ou algo assim?

— Ficaremos felizes em encaminhá-lo para os serviços sociais, se estiver preocupado com sua habilidade de cuidar de...

— De forma alguma.

Benjamin sente o rosto ardendo de raiva.

— Ele vai ficar bem comigo. Sou o pai dele.

O policial abre a boca como se fosse comentar alguma coisa, mas apenas dá um breve aceno de cabeça. Benjamin o acompanha até a saída e fecha a porta assim que ele sai.

Como dar a notícia a Aiden?

Desculpe, amigão, mas sua mãe é uma cadela egoísta que mentiu sobre frequentar o AA, fugiu com um sujeito aleatório, e você não vai mais vê-la.

Na verdade, o que mais o preocupa é a ideia de Zoe voltar em algumas semanas, meses... anos... E depois? Será que ela esperará continuar de onde parou e pronto?

Ele telefona para o pai.

— Eles a encontraram.

— Morta?

— Não. Do outro lado da cidade. Com Dan. Mas aparentemente ela não quer voltar.

Há um silêncio demorado na linha. Benjamin está exausto. É demais essa vida. Sempre foi demais. Ele tem fracassado nela desde que nasceu.

— Bem, já vai tarde — diz George finalmente. — Ficaremos todos melhor sem ela.

Benjamin quer concordar, mas depois pensa na mãe. No papel seminal e fundamental que ela desempenhou em sua vida. Se já foi difícil perdê-la aos dezenove anos, ele não podia imaginar como teria sido sua vida se tivesse acontecido aos oito.

No entanto, para ela, ser mãe era algo natural. Ela adorava ser mãe, e está claro agora que Zoe nunca gostou.

Benjamin olha pelo apartamento. O lugar nunca pareceu sua casa de verdade, e agora ele mal pode esperar para dar o fora dali.

— Mas pai. Eu não sei... Como é que eu vou... Como cuidar dele e trabalhar ao mesmo tempo?

George respira fundo.

— Você terá que voltar pra cá.

— Mas...

— Mas nada. Somos uma família, ficamos juntos. E eu amo esse menino.

É verdade, pensa Benjamin. Aiden dá alegria a George, um propósito.

— Eu queria... — ele começa.

Mas seu pai já desligou, indisposto a ouvir os desejos de Benjamin. Ele não quer lidar com as emoções ou os sentimentos do filho.

Passe tempo demais pensando no que sente e você se afogará. A vida é para viver, não para ruminar o tempo todo.

É como dizer a Benjamin para ser o oposto do que ele é. E ele não sabe como fazer isso.

* * *

Naquela noite, enquanto acomoda Aiden na cama do quartinho no fundo da casa do pai, Benjamin diz ao filho que sua mãe não voltará.

— Mas por quê?

— Sua mãe…

— Tinha demônios — completa Aiden.

Benjamin sorri tristemente e se pergunta onde o menino teria ouvido aquela expressão.

— Não tem nada a ver com você. Precisa sempre se lembrar disso. Ela não está… bem.

— Ela é uma *alcólata* — diz Aiden, conscientemente.

— Quem te disse isso?

— O Dan a chamou disso — responde Aiden, baixinho. — Uma noite, quando eles estavam brigando. Ele a chamou de uma *alcólata* maldita.

Benjamin fecha os olhos. Eles ardem de lágrimas.

— Sinto muito por você ter tido que ouvir coisas assim. Eu queria… Sinto muito por trabalhar tanto e por deixar você sozinho com eles. Mas as coisas serão diferentes agora. Eu prometo.

— Tudo bem, papai — diz o filho, com um olhar distante. — Mamãe sempre quis estar em outro lugar. Ela será mais feliz agora. E eu tenho você. E o vovô.

— Você tem — ele reforça, segurando-o com força. — E eu nunca te deixarei. Entendeu? Eu prometo a você. Eu nunca vou deixar você.

Aiden sorri. Benjamin sabe que a intensidade daqueles sentimentos é demais para um menino. Que ele só quer calma e tranquilidade, saber que haverá cereal de chocolate na manhã seguinte, estabilidade, cuidado.

— Boa noite, Aid — ele diz, se debruçando e beijando a testa do filho. — Vamos comer uma tigela de cereal de chocolate de manhã, tá bom?

— Mas não é domingo!

— Eu não conto pra ninguém se você também não contar.

Aiden arfa discretamente e depois se aconchega debaixo do edredom, murmurando um boa-noite.

Maio de 2013

CLARA

Ela está sentada ao lado da cama de hospital dele, segurando sua mão, quando ele acorda. O rosto dela está manchado e inchado de tanto chorar.

— Graças a Deus — sussurra ao vê-lo abrir os olhos.

— Clara? — ele pergunta, embora seu olhar esteja perdido.

— Estou aqui — ela diz, se inclinando para perto. — Estou aqui. Você está bem. Os médicos realizaram vários exames e você está bem. Você bateu a cabeça em algumas pedras quando caiu daquela boia idiota, mas o salva-vidas o tirou da água logo e você ficará bem.

Ele sorri. Há uma contusão roxa escura cobrindo metade de seu rosto.

— Minhas costas doem — ele diz, franzindo a testa.

— Não estou surpresa. Você está coberto de hematomas da cabeça aos pés, mas vai se recuperar. Quanto a mim, não sei mesmo se algum dia consigo. Pensei que fosse ter um ataque cardíaco.

Era para sair como uma brincadeira, mas Clara percebe que está chorando de novo.

— Ei — ele diz, com a voz rouca. — Sinto muito.

— Sinceramente, eu pensei... Pensei que era o fim. Que você havia morrido.

— E não ficou feliz com isso? Eu tenho um bom seguro de vida, sabe.

— Thom — ela adverte. — Nem vem. Fiquei com tanto medo.

— Sinto muito — ele repete, apertando a mão de Clara. — Prometo nunca mais praticar esportes aquáticos.

Ela concorda com a cabeça, secando os olhos.

— Espero mesmo que não.

Thom se ajeita ligeiramente na cama, sentando-se um pouco.

— Bem, pelo menos é uma boa história para contar aos netos, eu acho.

* * *

Faltam três dias para o voo de volta para casa e Clara os atravessa se sentindo mais livre.

Thom ainda sente muita dor e cansaço após a concussão, então passa quase todo o tempo deitado na sombra na praia, totalmente vestido. Ela está sentada na espreguiçadeira ao lado dele, observando-o de canto de olho, pensando no tubo de gel dentro da mala e no fato de ter escapado sem ter que usá-lo novamente.

Por enquanto.

Quando Clara supôs que Thom havia se afogado, ela quase vomitou de medo. Ela sabe agora, com uma certeza que não sabia antes, que o ama. Que Thom é importante para ela, que não é que ele era o homem errado na hora certa. Que ele importa, mesmo que o que ela sente por ele seja completamente diferente do que sentia por Benjamin.

Ela não está morta por dentro. Apenas da cintura para baixo, talvez, como ela uma vez brincou com Lauren.

Mas continua não sendo justo com ele, não?

Ela vê como outras mulheres olham para seu marido magro e atraente. A maneira como os outros turistas no hotel olharam para os dois durante o jantar, pensando que casal perfeito eles são. Ela com sua cintura fina e cabelos loiros claros. Ele com sua pele bronzeada e olhos gentis.

As pessoas os veem e imaginam, assim como Thom, os bebês que terão. Está tudo bem por enquanto — ele tem trinta e três anos, ele quer ter filhos, mas ainda não começou a ficar obcecado. Apesar disso, o tempo está passando. E depois? Como ela poderia engravidar com sua condição?

No avião para casa, ele ouve música, de olhos fechados, contente. Ela olha pela janela para a terra lá embaixo. Seus olhos doem ao lembrar do voo de volta de Marmaris com Benjamin, tantos anos antes.

Eles transaram no banheiro — um desafio estúpido proposto por Lauren. *Aposto que você é medrosa demais para transar no banheiro de um avião!* Benjamin não se mostrara particularmente interessado — ele era alto e aqueles banheiros não são exatamente espaçosos, mas ela o convenceu facilmente.

É surpreendente — agora que ela pensa naquilo — que um dia havia sido ela importunando alguém para fazer sexo.

Os pensamentos culpados a deixam enjoada. Ela estende a mão e aperta a do marido. Os pelos no braço dele ficaram dourados de sol. Apesar do acidente, ele gostou do feriado. Ele se divertiu, ele dirá aos amigos como foi bom dar uma escapada.

Mas a ideia de sussurrar em seu ouvido agora, sugerindo que ele a encontre no banheiro, é quase cômica.

Ela se acomoda na poltrona e tenta dormir.

Eles estão desfazendo as malas naquela noite quando Clara toca no assunto. É como uma panela de pressão que ela não pode mais tampar.

— Sinto muito — diz ela, enquanto Thom abre o zíper do saco de roupas sujas e tira o conteúdo.

— Pelo quê? — ele pergunta, olhando confuso para ela.

Ela morde o lábio com força.

— Sinto muito por não termos transado nas férias — desabafa Clara, começando então a chorar alto.

Ele suspira.

— Tudo bem, querida. Sua terapeuta disse que não devemos...

— Ela disse isso no começo. Meses atrás! E ela estava usando a psicologia reversa. Ela acha que se me disser para não fazer alguma coisa, eu vou querer fazer, mas não funciona. Meu cérebro não funciona assim. Eu pude ver por trás das intenções dela, e ela disse que devíamos fazer outras coisas, sabe, com o gel e alguns toques e que o feriado teria sido o momento perfeito e... nós não... Nós nem nos beijamos.

Thom desvia o olhar, relutante em falar sobre o elefante branco no meio do casamento. Ele prefere continuar fingindo não haver problema. Continuar se deleitando no chuveiro para eliminar qualquer necessidade física que possa chamar a atenção para o grande vazio no relacionamento entre os dois.

— Clara, eu quase me afoguei na praia. Ainda estou todo roxo. Minhas costas estão me matando. Transar também não está exatamente no topo da minha lista de prioridades.

— Sinto muito — ela repete, porque o que mais há a dizer?

— Está tudo bem — ele garante, olhando-a com uma ternura que faz o coração de Clara querer partir. Ele não a entende e nem se dá conta disso. — Estamos ambos cansados. Vamos dormir um pouco. Podemos falar mais sobre isso amanhã.

* * *

No entanto, claro, eles não falam mais a respeito no dia seguinte. Nem no outro.

Uma semana e meia depois, Clara está sentada diante de Sarah, a terapeuta, se sentindo um fracasso.

— Suponho que seja melhor simplesmente deixá-lo — ela constata, como uma criança triste. — Não é justo com ele, é?

Sarah respira fundo. Ela parece distraída esta semana. De certa forma, Clara supõe que a terapeuta também fracassou.

— Como acha que Thom se sente quanto à situação?

— Ele diz que não se importa, que não é grande coisa, mas está mentindo, não está? Ele só está sendo gentil porque me ama.

— Talvez ele não esteja mentindo — sugere Sarah.

Enquanto ela fala, contudo, Clara supõe que seria uma ótima solução para a terapeuta; encerrar as sessões com Clara a informando de que seu problema não é realmente um problema, afinal.

— Talvez ele realmente não veja isso como um problema. Muitas pessoas têm relacionamentos felizes e saudáveis sem relações sexuais. O mais importante é que as pessoas no relacionamento estejam felizes com isso.

— Mas ele não está feliz com isso — discorda Clara, se sentindo ainda mais infantil. — E eu também não.

Ela é pega de surpresa pelas próprias palavras. Ela está tão concentrada em Thom, em como ela o está privando, que só agora percebe que *ela* também se privou. Ela gostava de sexo com Benjamin. Será que aquilo fora arruinado para ela para sempre?

Seria a punição dela por seu crime?

— Talvez ajudasse se você e Thom fizessem terapia juntos. Ajudaria vocês a resolverem a questão como um casal, em vez de você individualmente. Ele parece ser um homem muito solidário. Acha que seria algo que ele estaria preparado para fazer?

Clara levanta as sobrancelhas.

— Não sei, mas acho que eu posso perguntar.

Maio de 2013

BENJAMIN

Ele está de pé ao lado do campo, pensando que devia ter escolhido um casaco mais quente. Mesmo sendo quase junho, é o nordeste do país. Ele viveu ali a vida toda e já devia saber como era.

Benjamin bate um pouco os pés no chão, sopra nas mãos para aquecê-las.

Estar ali o leva de volta à sua infância. Lembranças da mãe e do pai o assistindo jogar nas manhãs de domingo. Antes de ficar doente, ela não perdia um jogo. Ela era sua maior fã, convencida de que ele iria até o fim.

Seu pai era menos otimista, mais realista, embora o apoiasse mesmo assim. Foi ele quem mais ficou chateado quando o treinador lhe disse que Benjamin não tinha força mental para conseguir. Mas Aiden é diferente. Aiden está mais forte do que nunca.

E agora Benjamin está aqui, para apoiar o filho. Apoiar o amor absoluto e inabalável do filho pelo belo jogo.

De alguma forma, Benjamin já sabe que Aiden se sairá melhor do que ele jamais se saiu. Ele vai se certificar disso.

Na semana anterior, saiu um artigo no *The Guardian* sobre trauma intergeracional: a ideia de que os eventos que você experimenta de fato afetam seu DNA e são transmitidos em seus genes para seus filhos. Ele chegou à metade do texto antes de fechar a página.

Pode ser verdade, mas se não há nada que possa ser feito, por que se torturar com esse tipo de conhecimento?

— Continua, filho! — ele grita, enquanto Aiden dá a volta em direção ao gol. — Pra cima!

Os pés de Aiden se movem com destreza enquanto ele tenta marcar, mas ele é frustrado pelo zagueiro do outro time, um garoto ágil com joelhos que parecem grandes demais para suas pernas magras.

O grupo de pais solta um gemido coletivo.

Benjamin sorri ao ver o rosto do filho. Seu querido rostinho. Ele não desiste, parecendo alheio à plateia. Está franzindo a testa, pensando profundamente, atento a outra oportunidade.

E outra oportunidade vem, apenas dez minutos antes do apito final. Desta vez, a bola passa pelo goleiro direto para o fundo da rede.

Os pais explodem. Benjamin descobre que seus olhos estão cheios de lágrimas. É a melhor sensação do mundo; ver seu filho alcançar alguma coisa.

— Muito bem — ele diz quando a partida termina, batendo nas costas de Aiden e o levantando do chão para um abraço de verdade. — Foi incrível. Estou orgulhoso de você.

Aiden sorri; um sorriso tímido e modesto, e Benjamin lhe entrega sua garrafa de água. O garoto bebe avidamente.

— Vamos pra casa agora?

— Podemos, mas pensei…

Benjamin olha para as chuteiras do filho. Elas estão imundas de aglomerados de lama grudados nas laterais.

— Fiquei pensando em como um atacante de verdade precisa de chuteiras apropriadas. O que me diz?

E então, um sorriso enorme. De orelha a orelha.

— Sério, pai? De verdade?

— Que tal a Vapor da Nike?

O rosto de seu filho desaba.

— Mas, pai, custa cinquenta libras.

— Eu sei. Você merece.

No dia seguinte, ele recebe um telefonema do treinador de Aiden, Kenny.

— Acho que ele tem talento de verdade. Você precisa levá-lo a sério.

— Ele tem apenas oito anos — responde Benjamin, embora seu coração esteja transbordando.

— Sim, mas eu queria que você já se preparasse. É importante que os pais estejam do lado. Eu acho que seu menino pode ir longe. Apenas garanta que ele não pare de treinar. Ele fica um pouco pensativo demais às vezes. Precisa desenvolver a parte do trabalho em equipe, mas com o treinamento certo, ele estará na equipe juvenil do condado logo, logo.

Benjamin agradece, desliga e olha pela janela.

Aiden está no jardim, dando repetidas cabeçadas em uma bola que o avô pendurou em uma árvore. A bola balança para trás e para a frente enquanto ele a rebate com a testa. Ele é jovem demais para estar cabeceando bolas, mas não há como impedi-lo. E a bola é macia, não como uma bola de futebol de verdade.

Naquela noite, durante o jantar, Benjamin pergunta a Aiden o que ele tanto ama no futebol.

Aiden dá de ombros antes de responder.

— Sei lá, eu simplesmente amo — declara, enfiando uma garfada de feijão na boca.

Benjamin inveja a simplicidade da resposta. Ele não parece ter herdado o neuroticismo do pai, algo pelo que Benjamin é grato. Muito grato.

No entanto, ainda naquela noite, quando Benjamin está colocando Aiden na cama, o filho o puxa para baixo e diz baixinho:

— Quando estou jogando futebol é o único momento em que me sinto sendo eu mesmo.

Benjamin entende.

— Faz sentido, pai? Ou me torna estranho?

— Faz todo o sentido — ele responde, afastando os cachos de Aiden da testa. — Agora descanse um pouco, campeão.

George se deitou cedo. Ele tem ficado cada vez mais cansado. Benjamin pediu para ele providenciar um check-up no médico, mas George dispensou a ideia.

George evita médicos desde que a mãe de Benjamin morreu.

Benjamin está sentado sozinho na pequena sala de estar nos fundos da casa, pulando de canal em canal sem muito interesse. Não há nada passando que o atraia.

Ele se pergunta onde Zoe está, e se ela nem sequer pensa nele e no filho. Ela nunca demonstrou muito interesse na paixão de Aiden pelo futebol. Ela nunca demonstrou muito interesse em Aiden, na verdade.

Benjamin se lembra de uma época, quando Aiden ainda era muito pequeno, em que Zoe mostrou algum potencial de ser uma mãe dedicada. Ela gastou uma fortuna em roupinhas para ele, e adorava mostrá-las para as pessoas, falando sobre o menino constantemente. Mas Benjamin logo percebeu que ela o tratava mais como um acessório bonitinho do que como um ser humano de fato.

Depois, ela começou a reclamar que estava perdendo sua juventude. Ela tinha apenas vinte e três anos quando o teve.

Foi quando seu problema com a bebida começou a piorar.

Ele procurou Zoe na internet desde que ela foi embora; mas, visto que ela não usa redes sociais, é impossível descobrir como ela está.

Naquele dia, depois que a polícia foi embora, ele dirigiu até o subúrbio sujo onde disseram tê-la localizado, mas não conseguiu encontrá-la. A polícia se recusou a revelar onde exatamente ela estava morando, o que parecia absurdo, embora pelo visto fosse legal, já que os dois não eram casados.

Ele poderia ter acionado a Justiça exigindo pensão dela, mas aquilo não parecia fazer muito sentido, considerando que ela claramente não conseguia nem se sustentar direito.

Benjamin foi lá em quatro ocasiões, cada vez vagando pelas ruas por horas, sem sucesso. Ele queria que Aiden soubesse que ele havia tentado, mesmo que, no fundo, não quisesse encontrá-la. De uma forma egoísta, ele estava feliz por ela ter partido.

Depois ele voltou ao apartamento dela, encheu duas malas com as coisas deixadas para trás, e entregou as chaves ao conselho. Ele deixou alguns chocolates do lado de fora do 5A para agradecer a Margaret por cuidar de Aiden. Ele nunca havia se registrado oficialmente como morador do apartamento de Zoe, então não podia ficar com o lugar. Não que ele quisesse, de qualquer forma.

Ainda assim, esta noite ele se sente abatido por não ter ninguém com quem dividir as boas-novas do treinador de Aiden. Por estar uma vez mais ali, morando com o pai.

De volta à estaca zero. Talvez seja seu destino — viver uma vida que nunca progride. Dois passos para a frente, dois passos para trás.

Ele vai até a geladeira e pega uma cerveja. Depois que termina, ele pega outra. E outra, e outra, e outra.

Então ele pega o celular e faz uma coisa que só se permite fazer ocasionalmente.

Ele procura Clara no Google.

Maio de 2013

CLARA

HÁ UM E-MAIL EM SUA CAIXA DE ENTRADA QUE NÃO FAZ SENTIDO.

O nome dele. Ela precisa olhar para a tela duas vezes. Ela se pergunta brevemente se pode ser spam. Alguém falsificando seu endereço, afinal isso acontece, certo? As pessoas fazem essas coisas.

Ela está no jornal, e é um turno agitado. Três meninos foram esfaqueados no East End durante a noite. O prefeito de Londres chamou o incidente de terrível, mas a verdade é que essas ocorrências se tornaram tão comuns que as pessoas estão ficando quase entorpecidas com elas.

Ela quer escrever um artigo de opinião sobre o assunto, mas é tímida demais para abordar o editor. Não é realmente sua área.

A equipe da noite acabou de sair com os olhos marejados.

Matt, seu chefe, está debruçado sobre a divisória entre suas mesas, conversando com ela, e Clara pisca algumas vezes para ele, tentando se concentrar no que ele está dizendo. No entanto, o tempo todo, seu estômago está se revirando com algo que parece emoção, mas que na verdade pode ser pavor.

É isso? O começo do fim? Por favor, que seja o começo do fim.

Matt finalmente termina a lista de instruções para o dia — ela não absorveu nada — e olha de volta para a tela de seu computador. A dela está no modo hibernar.

Talvez seja tudo um sonho. Ela toca na barra de espaço para despertar a tela.

Não, ainda está ali: Benjamin Edwards.

Do nada, as lágrimas vêm e, antes que ela se dê conta, está chorando.

Clara sabia, ela simplesmente sabia que um dia ele voltaria para ela. E aqui está ele.

Ela corre para o banheiro, pois não há nada mais humilhante do que a ideia de Matt vê-la chorar. Dentro da cabine, as lágrimas jorram. Ela chora por Benjamin, por Thom, por si mesma, pelos anos desperdiçados.

Ela pensa na resposta dele quando ela contou que ia se casar — o e-mail que ela sabia que ele tinha levado horas para escrever, dizendo que não era bom o suficiente e que ela merecia mais.

Ela pensa em todos os e-mails que escreveu para ele desde então, tentando convencê-lo de que ele estava errado. Que ela estava arrependida. Que ela era uma idiota, que deveria ter confiado nele e era tudo culpa dela.

Que ela o amava.

Dezenas deles; mas, no final, ela se sentia orgulhosa demais — ou seria envergonhada? — para enviá-los.

Ela se permite chorar até que todas as lágrimas sequem e, em seguida, enxuga os olhos diante do espelho, lava as mãos, retorna à sua mesa e olha novamente para o e-mail.

Não há nada escrito no assunto.

Com os dedos trêmulos, ela clica para abri-lo. Benjamin o enviou tarde da noite anterior. Uma ideia vem a sua mente: ele devia ter bebido.

Clara arregala os olhos.

Apenas duas palavras. Um passo hesitante. Cauteloso, mesmo quando embriagado.

É tão ele. Mas também tão surpreendente.

Apenas duas palavras, um aperto de mãos hesitante vindo do outro lado.

Duas palavras, dele para ela:

Tudo bem?

Maio de 2013

BENJAMIN

Ele não devia ter enviado aquilo.

Quando acorda na manhã seguinte, Benjamin escuta Aiden no andar de baixo com o avô, tomando café da manhã. Sua cabeça está martelando. É sábado e ele precisa estar no trabalho às onze, mas a primeira coisa em que pensa é no e-mail.

Tudo bem?

Foi egoísta. Ele está com vergonha. Às vezes, contudo, ele se sente tão frustrado com a resolução das coisas que só gostaria de poder voltar e ser a pessoa que foi um dia.

Ou melhor, a pessoa que ela pensou que ele poderia ser.

Engraçado, descontraído. Aquela pessoa sem antecedentes criminais.

Não é a primeira vez que ele escreve um e-mail para ela, mas é a primeira vez que realmente envia um.

Ele já tentara muitas vezes. Tentara colocar um pouco da bagunça e do ruído de sua cabeça em texto. Mas escrever nunca foi fácil para ele — não como era para ela —, e quando ele lia o que havia escrito, nunca parecia certo.

Ele tinha raiva dela, mas ainda mais raiva de si por não ver o que deveria ter sido tão óbvio.

Ele pega o celular e, mal se atrevendo a respirar, verifica sua caixa de e-mails. Não há novas mensagens, mas a que ele enviou pouco depois da meia-noite, tendo bebido mais do que bebera em meses, está lá, nos enviados. Então ele definitivamente enviou, não foi um pesadelo.

Merda.

Bem, podia ser pior. Ele clica na pasta de rascunhos.

Entre as outras variadas mensagens que ele abandonou no meio do caminho, estão todos os e-mails que ele escreveu para Clara desde que saiu da prisão, mas que nunca enviou.

Ele abre um dos primeiros, de 2005. Logo depois que Zoe revelou que estava grávida, quando parecia que toda a esperança estava perdida. Ele arregala os olhos ao ler o conteúdo agora. Ele estava tão zangado quando escreveu aquilo. Mesmo naquela época, ele sabia que nunca o enviaria — aquilo a teria matado.

Mesmo agora, relembrar os pensamentos que um dia o atormentaram é excruciante.

> Eu te amava tanto. E agora? Odeio isso, mas pareço estar com tanta raiva de você. Mas como posso lidar com ter raiva de você? De você, minha melhor amiga, minha **pessoa**?
>
> Como foi capaz de não me contar sobre ele, Clara? Como conseguiu esconder isso de mim todo esse tempo? Não consigo entender. Não faz sentido para mim. Não com o que tínhamos. Você me contava tudo. Ou era isso que eu pensava. Fui um idiota. E se eu soubesse, tudo teria sido diferente.

Deus.

Só aquela última frase a teria destruído. Ele abre outro rascunho.

> Não culpo você. Parece que sim, às vezes, mas sei que não é isso. Apesar de tudo, eu te amo. Mas eu gostaria que você pudesse me contar o que precisamente aconteceu naquela noite. De antemão, quero dizer. No clube, e depois. O que aconteceu de fato. Isto é, exatamente. Segundo a segundo. Ajudaria. Preciso que isso faça algum sentido, senão minha cabeça nunca mais volta ao lugar.
>
> Estou morrendo aqui, CDC. Você me deixou aqui para morrer.

E então, um e-mail de alguns anos depois, em um tom totalmente diferente.

> Feliz aniversário, CDC. Não sei onde você está agora nem o que está fazendo, mas espero que esteja feliz.
>
> Sonho conosco frequentemente, com a vida que poderíamos ter tido. Vinte e poucos anos, morando em Londres juntos: você escrevendo seu romance, eu ganhando o suficiente com meu trabalho em TI para te sustentar da maneira com a qual você se acostumou. Talvez eu nunca pudesse ter feito isso, mas enfim. Férias. Jantares em bons restaurantes, programas depois do trabalho. Experimentando vieiras novamente, e não nos sentindo intimidados dessa vez. Talvez aprendêssemos juntos sobre vinho. Ou fizéssemos uma longa viagem à Tailândia, só de mochila. Talvez você aprendesse a amar o futebol, e eu começasse a ler romances. Eu não sei.
>
> Só sei que quando acordo desses sonhos e você não está ao meu lado, é como se alguém tivesse me dado um soco no peito, e é difícil lembrar como respirar.
>
> Mas se estiver feliz agora, torna tudo mais fácil. Você está feliz?

Há pelo menos mais dez mensagens. Nenhuma delas enviada. Congeladas no tempo.

Ele está melhor agora. Aquela raiva feroz e gutural de quando saiu da prisão acabou se transformando em tristeza. Arrependimento. Culpa. Frustração.

E na noite anterior ele estava bêbado, farto e inquieto.

Tudo bem?

Ele se lembra do *foda-se* que disse em voz alta ao clicar no botão de enviar.

Mas ela não respondeu.

Tudo bem. Talvez ela não o faça. Especialmente depois que ela lhe disse explicitamente, pouco antes de se casar, que ainda o amava, e que ele havia fechado a porta para ela.

Precisa me esquecer, Clara. Eu não sou digno. Eu sinto uma grande mistura de emoções, da tristeza à culpa e ao arrependimento, mas você não deve perder seu tempo pensando em mim ou no que poderia ter sido. Você me confundiu com algo que eu não sou. Espero que você seja muito feliz no seu casamento.

Ele se lembra bem. Talvez depois daquele mísero e-mail que ele enviou, ela nunca mais queira falar com ele. Seria mais fácil assim.

Seria muito mais fácil para os dois se ela simplesmente nunca respondesse.

Ele bate a cabeça, uma vez, com força, na cabeceira da cama.

Ele é um idiota. Ele estraga tudo. Toda a sua vida é um fiasco, e é tudo culpa dele, porque ele tinha tanto potencial, tantas chances, todas as oportunidades do mundo, e ainda assim...

Ainda assim, ele é um homem de trinta e dois anos que mora com o pai, tem um emprego sem futuro que não o levará a lugar nenhum e cria um filho sozinho.

Seus olhos ardem.

Ele se senta e enfia o braço debaixo da cama. Há uma caixa de sapatos ali que ele não abre há muito tempo. Ele puxa a caixa, que vem acompanhada por uma nuvem de poeira, e tira a tampa. Lá estão. As únicas lembranças tangíveis que ele tem. Um punhado de fotografias — reais, impressas em papel, porque são de uma época anterior aos smartphones.

Clara e ele em Londres, a torre em que trabalhavam ao fundo. Ele se lembra de como ela o provocava quando ele ficava animado com o hambúrguer do dia que os dois comiam. De uma vez que transaram em uma escada nos fundos do escritório, tão apavorados e frenéticos que nem aproveitaram muito. Ele nunca se sentira tão vivo.

Há fotos dos dois naquelas férias na Turquia — a primeira e a última vez em que ele andou de avião. Benjamin pegou tanto sol no rosto que inchou. Clara caçoou dele por semanas, mas ele não se importou. Ela lhe abrira tantas portas; ele experimentara tantas coisas pela primeira vez com ela.

Então, embaixo das fotografias, há as cartas que ela escreveu e os cartões, tantos cartões — não só de aniversário ou Dia dos Namorados, mas muitas vezes sem motivo algum, porque eles não conseguiam parar de dizer o quanto se amavam.

No fundo da caixa há uma pequena pulseira de couro trançado. Ele se lembra de quando Clara comprou a pulseira para ele em Marmaris, prendendo-a em torno de seu pulso bronzeado e dizendo que ele nunca deveria tirá-la.

Só quando estiver usando nossa aliança de casamento em vez disso, instruiu ela. Então os dois se beijaram e, embora ele tivesse apenas vinte e um anos e a maioria das pessoas de sua idade encarasse o casamento como algo muito, muito distante e futuro, se é que o cogitavam, as palavras não o deixaram nem um pouco nervoso.

Mas o fecho quebrou na semana anterior ao término da faculdade, e ele nunca contou a ela.

É isso. Nesta caixa. Todos aqueles sentimentos, todas aquelas emoções, tão intensas e desgastantes. Como eles puderam ser compactados até restar apenas isso? Uma pequena caixa de lembranças. O amor juvenil em toda a sua tolice. No entanto, de alguma forma, muito mais puro do que qualquer coisa que ele tenha sentido desde então.

Na noite anterior, quando pesquisou o nome dela na internet, Benjamin viu que ela havia sido promovida no jornal em que trabalha.

Ele teve uma sensação de orgulho e propriedade que sabia que não merecia ter. Mas era o máximo que ele poderia esperar ter: vê-la alcançando seus objetivos. Vê-la tendo sucesso, fazendo algo da vida. Vivendo de acordo com o potencial que possuía, quando ele falhou tão miseravelmente em viver de acordo com o dele.

Aquilo fez com que ele se sentisse melhor também — saber que sua estupidez não havia arruinado a vida dela tal qual arruinou a dele. E, embora Benjamin não suportasse pensar no homem com quem Clara se casou, ele ficava feliz em saber que ela era amada e cuidada.

Ele é um bom homem, Clara escrevera naquele e-mail antes do casamento. *Você gostaria dele, eu acho. Ele é descomplicado e vê a vida de forma positiva, na maior parte do tempo. Mas eu não o amo. Não como eu te amei. Não com paixão ou convicção. É um tipo diferente de amor. Talvez seja mais seguro. Talvez vá me manter segura.*

Ele gostou da ideia. De que ela estava segura. Ele se ancorou naquele parágrafo e ignorou o que vinha depois, quando Clara afirmou que se sentir segura era como se sentir morta.

Ela sempre foi intensa. As brigas que eles tinham! Benjamin muitas vezes precisava contê-la fisicamente enquanto ela o atacava com os punhos minúsculos, o rosto transbordando raiva. Ele pensou, perversamente, que a amava ainda mais quando ela era daquele jeito, apesar de o deixar frustrado.

Agora, é claro, aquele comportamento seria visto como abusivo. Zoe muitas vezes perdia a paciência com ele também, xingando-o e ofendendo-o. Mas a diferença era que a raiva de Zoe era direcionada para ele, enquanto ele sabia, no fundo, que a raiva de Clara era na verdade direcionada para dentro. Que ela o via como uma extensão dela.

Ele nunca poderia amá-la o suficiente para fazê-la se amar. Clara havia decidido que sua vida seria de uma certa maneira, que ela alcançaria certas coisas e que, portanto, quaisquer falhas de sua parte eram prova de que ela era imprestável.

Ele tampa a caixa de volta e a desliza para debaixo da cama. *Não olhe para trás, você não está indo naquela direção.* Ele não se lembra de quem disse isso. Alguém na prisão provavelmente.

A pessoa tinha razão, é claro.

O problema é que ele também não está indo para a frente.

Maio de 2013

CLARA

Ela trabalha duro naquele dia, sentindo como se tivesse uma vela acesa dentro dela. O e-mail é um segredo, um elogio, e oferece algum tipo de poder ou sensação de que ainda existe magia no mundo. É perigoso.

Faz com que ela se sinta amada. Apesar disso, ela não escreve de volta.

A verdade é que ela não responde porque, de alguma forma, tiraria um pouco do poder que lhe foi dado. Mas ela não responde também porque não sabe o que dizer.

Quando seu turno termina, Clara encontra Lauren na entrada do restaurante favorito das duas, no Soho. É um bar de tapas, onde três pratos compartilhados não são suficientes, mas quatro são demais. Ela ainda se preocupa, estupidamente, com o próprio peso, mesmo que ser atraente pareça não importar quando se é casada com alguém que a vê como uma personalidade e não como uma pessoa física.

Lauren está tentando engravidar, então não bebe nada.

— Vou querer um tinto da casa, então — diz Clara ao garçom. — Obrigada.

— Sinto muito por ser chata.

— Sabe o que é chato? Pedir desculpas por não beber.

— Sinto muito de novo, então.

— Cala a boca!

— Como você está? Algum progresso?

Ela se refere à questão do sexo, claro.

Clara balança a cabeça. Ela queria nunca ter contado a Lauren a respeito. Ela queria nunca ter contado a ninguém.

Ela já teve sua última sessão com Sarah, mas ainda não juntou coragem para sugerir a Thom que os dois fizessem terapia juntos. Instintivamente, ela sabe qual seria a reação dele. *Falar com uma estranha sobre a nossa intimidade está fora de questão!*

Desde o acidente, ele não parecia interessado em sexo, de qualquer forma. Ele está se recuperando bem, mas a dor na lombar persiste mesmo com analgésicos.

— Não, mas... recebi um e-mail hoje. Do Benjamin.

Lauren se recosta na cadeira, mantendo um semblante neutro. Clara a conhece tão bem: Lauren ficará em parte animada com a notícia, em parte irritada e em parte nervosa pela amiga.

— O que dizia?

Clara respira fundo antes de responder:

— Dizia: "Tudo bem?".

Lauren bufa.

— Só isso?

O garçom deixa um copo de água com gás diante de Lauren e o vinho diante de Clara, que de repente deseja que não estivesse bebendo, afinal. Ela sabe o que vai acontecer. Ela vai ficar bêbada e, mais tarde, vai se esconder no banheiro com o celular enquanto Thom está na cama, e ela vai digitar alguma resposta estúpida e vai perder esse presente mágico que Benjamin lhe deu — de poder e de amor, e de saber que ele está pensando nela.

— Legal da parte dele fazer o esforço — diz Lauren, olhando para o copo de água. — Isso é muita sacanagem.

Ela parece realmente zangada. Clara se endireita na cadeira.

— Ah, você...

— Que diabos ele está tentando fazer? Depois daquele e-mail de merda que ele te mandou no ano passado?

— Acho que ele não está tentando nada.

Benjamin não faz joguinhos.

— Acho que ele provavelmente estava bêbado, triste e...

— É egoísmo. Ele não está pensando em como isso pode te afetar.

Clara esfrega o nariz.

— Não está me afetando.

— Claro que está! Olha só para você. Você está toda... eu não sei... radiante e empolgada ou algo assim.

Clara abaixa a cabeça. Ela não pode negar.

— Bem, eu só...

— O quê? O que acha que vai acontecer agora? Sério mesmo? Você responde e o que acontece depois? Nada muda. Ele nunca mais será aquele garoto de vinte anos por quem você pensou estar apaixonada de novo; sabe disso, né?

— Eu sei — ela responde, mas suas palavras secam. — Não posso simplesmente ignorar a mensagem, posso? Seria cruel.

— Por que já não respondeu então?

— Porque...

Ela para, tentando desenterrar a verdade do emaranhado de sentimentos em sua cabeça.

— Porque estou com medo.

— Você está com medo de que ele te decepcione de novo. Assim como ele fez tantos anos atrás. E me escute bem, Clara: você está certa. Ele vai.

Maio de 2013

BENJAMIN

QUANDO TRÊS DIAS SE PASSAM E ELA NÃO RESPONDE, BENJAMIN FICA ALIVIADO. Ele pode fingir que não aconteceu. É bem fácil se ele se manter ocupado — e ele está sempre ocupado, já que fica com Aiden em tempo integral agora, além de haver muita coisa para organizar.

A escola tem sido ótima, oferecendo sessões com um conselheiro interno para Aiden poder falar sobre a partida da mãe, embora Benjamin não tenha certeza de que o filho fale muito nessas sessões. Depois delas, quando Benjamin lhe pergunta como foram, o menino encolhe os ombros, responde que foram "boas", e depois pergunta se pode jogar bola no parque antes da hora do chá.

É ao mesmo tempo reconfortante e desconcertante. Poderia ser tão fácil assim esquecer o que se sente pela própria mãe? Mesmo que essa mãe seja tão inconsistente e pouco confiável quanto Zoe?

Benjamin está tirando a roupa da máquina quando sente o celular vibrar no bolso. Instintivamente, ele sabe que é ela, que ela respondeu.

Quando eles estavam juntos, Benjamin muitas vezes sentia que ele e Clara tinham algum tipo de conexão psíquica. Ele podia estar indo para uma aula, por exemplo, de repente pensava nela, e logo em seguida ela lhe enviava uma mensagem.

Uma vez, ele estava matando tempo na cidade durante um intervalo entre as aulas e pegou o celular para ligar para Clara e perguntar se ela queria encontrá-lo — e literalmente esbarrou nela vindo do outro lado.

Não é, portanto, surpresa ler a notificação na tela, exibindo o nome dela como remetente do novo e-mail recebido.

Benjamin ergue as sobrancelhas involuntariamente e sente aquela onda familiar de sangue nas bochechas. Ele puxa uma cadeira da mesa da cozinha e se senta, tocando na notificação para abrir o e-mail.

> Oi, sumido...

Ele faz uma pausa, relaxando. Então ela não está zangada.

> Se está tudo bem? Nada de novo, além do meu novo emprego. Agora ocupo um cargo muito alto e importante em um grande jornal, pode imaginar?
>
> Ainda moro no mesmo apartamento em Shepherd's Bush. O que mais?
>
> Bem, eu ainda sinto sua falta.
>
> Bjs, CDC

Benjamin engole o nó na garganta, apoiando um cotovelo na mesa.

Ele se sente oco, exausto. Ele nunca deveria ter enviado aquele e-mail. Foi burrice, como arrancar a casquinha de uma ferida. Ele observa que Clara não lhe perguntou nada. Ele a conhece — se ela não lhe perguntar nada, não se sentirá rejeitada se ele não responder. Ela fechou a porta da conversa, mas deixou uma pequena abertura, por precaução.

Ela é tão inteligente, ele pensa, e ele a ama de novo.

Ele relê o e-mail mais três vezes, fecha-o e guarda o telefone de volta no bolso. Então ele se levanta, pega a cesta de roupa lavada e vai até o quintal para pendurá-la para secar.

Alguns anos depois que sua mãe morreu, seu pai começou a assistir a muitos filmes. Aquilo veio do nada — George nunca expressara muito interesse por televisão ou cinema antes. De repente, ele estava pagando todos os canais da TV a cabo. Agora, todas as noites, depois que os dois jantam, às 18h, George se acomoda em sua poltrona na sala de estar e rola pelos canais por alguns minutos até encontrar algo que o atraia, e começa a assistir.

Benjamin costuma estar no bar à noite, mas em vez de tentar ter qualquer tipo de vida social em suas duas noites de folga por semana, se junta ao pai na sala de estar, e os dois escolhem algo juntos.

Esta noite, estão assistindo *Ilha do medo*, um filme sobre um homem que investiga um desaparecimento em uma clínica psiquiátrica.

— É uma homenagem a Hitchcock — diz seu pai enquanto rolam os créditos iniciais.

Ele não quer rir da paixão do pai pelo cinema, mas a ideia de imaginá-lo dizendo algo do tipo quando sua mãe ainda estava viva... Bem, era impensável.

Tudo que Benjamin consegue focar é que o ator principal é Leonardo DiCaprio. Ele se lembra dos pôsteres no quarto de Clara na casa dos pais dela, na primeira vez que foi lá. É como se tudo tivesse alguma ligação com ela — como se ela, de muitas maneiras, fosse como outra mãe para ele.

Afinal, foi ela quem realmente o apresentou ao mundo.

Mas isso soa errado.

O filme é interessante o suficiente, e ele gosta de ver o pai tão relaxado sentado em sua poltrona, tomando goles periódicos de vinho tinto. Parece que a partida de Zoe também tirou um peso dos ombros de George.

No final, Benjamin pensa sobre o que o filme está tentando dizer, mas não é fácil. Seria apenas uma história sobre um homem sendo destruído pouco a pouco? É sobre um homem que não pode viver com a culpa do que fez, e assim se entrega aos outros para que decidam seu destino?

Depois que o filme termina, um silêncio desconfortável recai na sala. Benjamin olha para o pai.

— O que achou?

— Meio besta — decreta George, se levantando e pegando sua taça de vinho. — Boa noite, então.

Benjamin segura uma risada.

— Boa noite, pai.

Ele fica de pé por alguns minutos, olhando pelas portas francesas para o pequeno jardim dominado por parafernálias de futebol: um pequeno gol na extremidade oposta, cones dispostos ao longo do gramado em distâncias iguais, a bola murcha pendurada na árvore no fundo.

Ele se pergunta sobre o futuro do filho, o que vai se passar pela cabeça de Aiden quando se lembrar da infância que teve. Quando conhecer alguém e se apaixonar pela primeira vez e contar que foi criado pelo pai e o avô em uma casinha no meio de um antigo vilarejo de mineração.

Pelo menos ele tem o futebol. Benjamin tem a sensação de que é possível sobreviver a qualquer coisa que a vida apresente quando se tem uma paixão para levá-la adiante. Uma razão de ser.

Quanto a ele, sua paixão é seu filho. Aiden é o que o impede de quebrar, de desmoronar, de acabar com tudo.

Mas há outra coisa também. Uma esperança, que ele afasta repetidamente, mas que continua subindo de volta à superfície. Um desejo, há muito tempo suprimido, que ele gostaria de não ter. Que ele se esforça tanto para não ter.

Vê-la novamente.

Ele pega o telefone e começa a digitar.

Maio de 2013

CLARA

> Olá. Desculpe pela mensagem tarde da noite. Um momento de nostalgia que eu provavelmente deveria ter ignorado. Fico feliz em saber que as coisas estão indo bem para você no trabalho, embora nada surpreso. Mas e o seu romance? Espero que não tenha desistido da ideia de escrevê-lo. Eu certamente não desisti da ideia de entrar em uma livraria um dia e ver seu livro na frente, com seu nome na capa.
>
> Sobre o que vai escrever?

Quando ela lê o e-mail pela primeira vez, sente raiva. Benjamin parece estar a repreendendo sobre escrever, mesmo que, é claro, não esteja. Ele está sendo gentil, como sempre foi. Pensando nela, e não em si. Lembrando-a de sua ambição. Da coisa pela qual ela era tão apaixonada. Além dele.

Para onde foi essa paixão?

Thom entra no quarto e coloca uma xícara de café sobre a penteadeira. Ele vai para o aeroporto em cerca de uma hora, com destino a uma exposição de joias em Dubai. É uma grande oportunidade e ele está se preparando há meses. Ele ficará lá por uma semana.

A cada semana que passa, o tubo de gel fica cada vez mais enterrado na gaveta de calcinhas.

— Arrumou tudo? — ela pergunta, baixinho. — Obrigada pelo café.

— Quase — responde Thom, sorrindo. — O táxi chegou. Adiantado.

— Ah, certo.

De repente, ela não quer que ele vá. Ela não quer ficar sozinha consigo mesma. E se ele não voltar?

E se ele finalmente perceber que merece mais que isso? O que ela faria? Ele é sua âncora, quem dá sentido à sua vida.

— Como estão suas costas hoje?

Thom torce o nariz e respira fundo.

— Estão bem. Tenho codeína suficiente para aguentar a viagem toda.

— Você vai passar muito tempo em pé na exposição.

Ele tenta esconder a dor, mas Clara sabe que, sem os remédios, ele morre de dor. Ela o ouviu conversando com o fisioterapeuta no telefone. Ninguém consegue chegar à raiz do problema. A dor nas costas é uma condição comum, repetem, como se isso a tornasse mais suportável.

— Lembre-se de se sentar o máximo que puder.

— Tente não se preocupar comigo. — ele fala.

Ela se levanta e o abraça sem jeito. É tão raro os dois se tocarem por mais tempo; é como abraçar um estranho.

— Se você... enquanto estiver lá... se você conhecer alguém, uma jovem e glamourosa joalheira e achar que talvez... bem, eu não sei. Se você tomar um drinque a mais depois do evento e se empolgar...

— Clara — ele interrompe, incisivo.

— Estou falando sério. Por favor, não pense em mim. Não pense em mim por um instante sequer.

— Eu não faço nada além de pensar em você. Você é minha esposa e eu te amo.

Ela morde o lábio.

— Eu também te amo.

— Eu sei — ele diz, e a beija na testa. — Te vejo daqui a uma semana. Ligo assim que chegar lá.

— Tchau, então. Espero... espero que tudo corra bem.

Graças a Deus pelo trabalho dele, ela pensa diante da penteadeira, quando ele sai e fecha a porta do quarto. *Graças a Deus pela dedicação dele, pela distração, pela capacidade de lidar com praticamente qualquer coisa. Graças a Deus por ele.*

Ela relê o e-mail de Benjamin e, em um surto de alguma coisa, escreve uma resposta e a envia sem ler.

> O romance nem começou. Sobre o que escrever? Eu não sei. Não escrevo ficção há muito tempo. Ando tão ocupada com o trabalho que não tenho tempo, mesmo que quisesse escrever. Mas sabe como é. Um dia. Genialidade leva tempo, afinal.
>
> E você? O que anda aprontando hoje em dia?

Ela se sente uma boba, mas também mais segura agora. Ela ignorou a seriedade dele e pisoteou em suas tentativas de ser ponderado ou profundo. Está falando com ele como se fosse apenas um velho amigo com quem ela perdeu contato, não como a pessoa mais importante que ela já conheceu.

Mas a resposta vem mais rápido do que o esperado dessa vez. Quase como se eles estivessem enviando mensagens de texto, não e-mails.

> Você vai chegar lá. Nunca conheci uma pessoa determinada como você.
>
> Quanto a mim, estou trabalhando em um bar chamado Ocean no centro da cidade. É bem novo — não existia na época da faculdade. Você se depara com gente de tudo quanto é tipo em um sábado à noite. As histórias que tenho para contar dariam um livro!

Ele está respondendo na mesma moeda. Falante, jovial, como se o peso da história compartilhada entre ambos tivesse desaparecido.

Sem arriscar.

Não é suficiente.

As axilas dela começam a suar enquanto ela continua ali, sentada, se perguntando o que diabos está fazendo. Porém, mesmo assim, seus dedos digitam o que ela realmente quer dizer antes que tenha a chance de contê-los.

Eu imagino! Bem, se quiser se aventurar pelo sul para contá-las a mim, eu seria toda ouvidos.

Falando sério, senhor BE, eu adoraria rever você.

Nada escuso. Sem segundas intenções, prometo. Eu simplesmente gostaria. Parece errado não estarmos na vida um do outro.

Clara deliberadamente usa o apelido que deu a ele — um pequeno gesto que escancara uma intimidade que ela não merece mais.

Ela quer dizer: *EU AINDA SOU SUA*, mas aquelas iniciais são o mais próximo que ela pode chegar.

Ela fica parada ali, com o coração batendo forte, esperando uma resposta, os dedos automaticamente atualizando o aplicativo de e-mail a cada poucos segundos. Mas nada chega.

No final, ela fica lá por uma hora, a xícara de café pela metade agora gelada, e ainda assim nada chega.

O que ela esperava? Lauren tinha razão.

Ela imagina uma porta sendo fechada, mergulhando-a em uma sala escura.

Por fim, ela se levanta e, com a frustração se agravando, chuta o pequeno cesto de lixo sob a penteadeira para o outro lado do quarto, espalhando discos de algodão e cotonetes pelo piso de madeira.

terceira parte

Abril de 2022

20h39

BENJAMIN

Ele ligou para Aiden sessenta e duas vezes, mas o telefone continua desligado.

A polícia o encaminhou a um hotel na esquina do estádio para aguardar notícias. O oficial chamou o lugar de Centro de Recepção de Parentes e Amigos, como se fosse um casamento.

Enquanto caminha, Benjamin passa por semblantes chocados segurando flores, indo em direção ao cordão policial. Ele vê que as pessoas começaram a colocar buquês e velas na rua que leva ao estádio.

Ele balança a cabeça. Flores? De que adiantam flores numa hora dessas?

No hotel, ele não consegue ficar parado, então fica andando pelo saguão, recusando diversas ofertas de bebidas da simpática equipe.

Ele usou tanto o celular que o aparelho está pelando e a bateria está quase no fim. Está tão quente que ele tem medo de que o objeto desligue sozinho ou algo assim.

O que seu pai aconselharia? Ele diria para se acalmar. Confiar que Aiden é um rapaz sensato. Que ele vai ficar bem.

Mas haverá centenas de pessoas sensatas afetadas pelo que aconteceu hoje.

Centenas de pessoas sensatas que agora devem estar feridas ou coisa pior no hospital, enquanto seus entes queridos esperam por notícias.

Não importa o quão sensato se é quando alguém quer explodir você.

Junho de 2017

CLARA

Suas mãos tremem enquanto ela lê o primeiro trecho de seu romance para o grupo de escritores do qual participa.

Ela não consegue olhar para eles, mesmo que a tutora do grupo tenha dito que é importante levantar a cabeça ocasionalmente para estabelecer algum contato visual com os ouvintes.

Ajuda a transmitir sua mensagem, disse ela.

Mas Clara tem medo de olhar nos olhos deles e ver o que realmente pensam de sua escrita. Quando termina, ela por fim arrisca um olhar para cima.

É difícil ler as expressões no rosto deles. Eles parecem tão sérios que ela quase quer rir.

Por sorte, Elaine, a tutora, quebra o gelo.

— Obrigada, Clara. Foi muito forte. Emocionante também. Muito bem. O que todos os outros pensaram?

Esta é a parte que ela odeia. Ela odeia mesmo quando eles falam do livro de outra pessoa, e agora que é a vez dela, sua vontade é sair correndo da sala e se esconder no banheiro.

— Para mim, foi como a personagem, Sadie… a culpa que ela sentia… achei muito poderoso — opina Mark, o crítico mais gentil de todos. — Considerando, é claro, que a culpa não foi dela. Pelo que ele fez. Mas deu pra entender por que ela se sentia culpada por associação.

— Sim, também a forma como foi escrito, e a reação dela a isso foi muito bonita — concorda Elaine. — A decisão de não pontuar, de apenas ter aquele longo monólogo fluindo enquanto ela conta aos pais o que aconteceu, foi ótima.

Clara abaixa a cabeça de novo e sorri timidamente.

É um clichê, mas é verdade — expor sua arte para o mundo é como ficar nua na frente de estranhos e pedir que comentem.

— Também achei que o sentimento de ódio próprio apareceu com muita força neste trecho. Você imediatamente espera que ela encontre algum tipo de redenção, ou, no mínimo, consiga se perdoar — acrescenta Elaine.

Clara não sabe se deve responder, mas mesmo que quisesse, não consegue. É humilhante como suas bochechas se inflamam e sua voz seca quando ela tenta falar sobre sua escrita. Os outros parecem muito mais confiantes discutindo o próprio trabalho.

— Alguém tem alguma crítica, alguma coisa que gostaria de compartilhar construtivamente? Podemos, de alguma forma, ajudar Clara a tornar o início de sua história mais forte?

Clara engole em seco. No fundo da sala, Marta, a ex-cantora de cabelos escuros que a aterroriza, fala:

— Pra falar a verdade, eu achei que ela precisa se dar um desconto. Toda essa autoflagelação é justa, mas sabe de uma coisa? Merdas acontecem. Ela precisa seguir em frente. Superar e parar de sentir pena de si mesma. E eu acho que se você escreve um personagem como esse, se você tiver esses traços em excesso, bem... uma hora o leitor fica irritado com ele e já era. Você o perdeu. Acho que só precisamos ver um pouco mais de proatividade, talvez, no próximo capítulo? Um livro inteiro da perspectiva dela, nesse estado de espírito, poderia se tornar bem cansativo para o leitor.

Ela faz uma pausa antes de continuar.

— Desculpe, Clara, não quero ser cruel; mas, no final, eu queria dar uma boa sacudida nela. Acho que podando isso um pouco, porém, poderia ficar muito mais forte. O que fica por dizer é mais impactante do que soletrar tudo, não acha?

A sala fica silenciosa. Marta dá de ombros.

— Bem, é só minha opinião — ela termina, sua voz mais baixa agora.

— Certamente é uma consideração interessante — diz Elaine. — Podemos discutir o narrador antipático em outra sessão, é um tópico bastante controverso. Mas acho que sem dúvida podemos concordar que o uso da linguagem por Clara nesta peça foi realmente poderoso, muito bem-feito. Vamos todos bater palmas.

Eles batem palmas e ela se sente juvenil e inútil, como se todos estivessem agora fingindo que estão impressionados, quando na verdade acharam sua escrita uma merda.

Quando as torturantes palmas terminam, Elaine anuncia que é hora do intervalo, e que eles devem voltar em uma hora.

Ela fica para trás enquanto o restante do grupo se dirige para o sol de Southwark. Elaine abriu seu notebook e está escrevendo, parecendo não perceber que Clara ainda está lá.

— Posso dar uma palavrinha com você? — pergunta Clara, finalmente.

Elaine levanta a cabeça.

— Claro. Parabéns por hoje, sua escrita promete. De verdade.

— Obrigada.

Estranhamente, no fundo, apesar de todos aqueles longos períodos de inatividade, Clara sempre acreditou naquilo. Mas ouvir alguém como Elaine — indicada ao prêmio literário Booker Prize, aliás — confirmando pode ser uma das melhores coisas que ela já experimentou.

— Eu só...

Elaine sorri.

— Estou um pouco nervosa. Sobre o livro que estou escrevendo. É meio autobiográfico. Isto é, o incidente no livro, o que manda Jonathan para a prisão, é algo que aconteceu uma vez. Com alguém que eu conhecia.

Elaine assente.

— E estou preocupada. Não sei quais são as regras. Obviamente, mudei os nomes e alguns detalhes, mas eu acho que, se ele lesse, esse homem, cuja história estou contando indiretamente... Há alguma chance de eu ter problemas? Sabe, se um dia fosse publicado ou algo assim?

Elaine respira fundo.

— Bem, é sim algo a considerar. Dito isso, muitos primeiros romances são, de alguma forma, autobiográficos. É normal. E talvez este livro não seja seu primeiro a ser publicado, de qualquer maneira. Não quero desiludir você, mas é muito comum primeiros romances não resultarem em contratos e direitos autorais comprados.

Clara sente vontade de chorar. Elaine nota sua decepção.

— Não quer dizer que não vai acontecer. Eu só quis dizer que não deve se preocupar com isso agora. Pode atravessar essa ponte quando chegar a ela. Você é uma escritora talentosa, mas acho que ainda está tentando descobrir o que realmente quer dizer. Portanto, continue escrevendo e conte a história que quer contar. E tente não se preocupar com aonde isso a levará.

Julho de 2017

BENJAMIN

NATURALMENTE, ELE NUNCA CHEGOU A SE FORMAR NA PRIMEIRA VEZ. Devido a um erro que cometeu, entregando um projeto final incompleto, ele tecnicamente nunca terminou seu curso. E ele não voltou depois que saiu da prisão. Era papelada demais, e ele tinha vergonha demais.

Benjamin não se lembra de se sentir particularmente triste a respeito na época. De todas as coisas que ele perdera, parecia a menos significativa. Contudo, com o passar dos anos, aquilo começou a incomodá-lo um pouco. Ele não aprendia com muita rapidez e parecia precisar se esforçar muito mais do que todo mundo. Ele ficou chateado por ter passado três anos se esforçando tanto só para, no final, todo o trabalho ter sido basicamente jogado fora.

Quando Aiden completou oito anos, no entanto, Benjamin tomou a decisão de voltar para a faculdade, de recomeçar, e agora aqui está ele, em um prédio municipal perto da praça da cidade, com seus colegas graduados, comemorando sua formatura com honraria em Produção de filmes digitais.

Não Computação para empresas — aquele assunto vago que ele estudou há tanto tempo, quando a tecnologia digital ainda estava engatinhando —, e sim Produção de filmes digitais, uma habilidade tangível que leva a uma carreira real, ainda que competitiva.

Quando ele encontra George na multidão após a cerimônia, o pai lhe entrega uma cerveja e dá um tapinha em suas costas.

— Muito bem, Benjamin. Eu fiquei... bem, fiquei muito orgulhoso em te ver lá em cima na sua beca. Sua mãe...

Benjamin sabe. Ambos sabem. George sorri, mas seus olhos estão lacrimejando.

— Eu não teria conseguido sem você — responde Benjamin baixinho. — Então, obrigado. Sério, obrigado.

— Você fez todo o trabalho. Tudo o que fiz foi me sentar e assistir filmes com você. Não foi exatamente uma grande contribuição.

As palavras borbulham para a superfície, mas ele não consegue deixá-las sair. Tudo o que ele quer dizer ao pai. O agradecimento e a gratidão que ele sabe que nunca conseguirá expressar adequadamente.

George fez tanto por ele.

Ele o acolheu, o perdoou pelo que fez, o apoiou quando ele não tinha nada e, acima de tudo, foi um avô incrível para Aiden.

Benjamin sabe que não poderia estar — e não estaria — ali agora se não fosse pelo apoio de George.

Mas eles não falam sobre essas coisas, então, em vez disso, Benjamin apenas sorri e apoia a mão no braço do pai. George está de terno, e sob o tecido grosso é possível sentir a leveza de seus ossos.

Quando a curta celebração oficial chega ao fim, Benjamin recusa as ofertas dos colegas para ir a um pub e, em vez disso, vai para casa com o pai. Os outros graduandos estão quase todos na casa dos vinte, e ele se sente ainda mais deslocado no grupo do que quando fez faculdade pela primeira vez. No entanto, pela primeira vez em muito tempo, ele está animado para o futuro. Ele já tem vários projetos em andamento e mal pode esperar para divulgar seu portfólio. Ele sabe que será difícil, mas quando pensa no que já passou, também sabe que vai ficar tudo bem.

Em casa, seu telefone toca. É Emily, a garota com quem ele está saindo.

— Oi, gato, como foi? — ela pergunta com sua voz tipicamente otimista.

— Foi bom, obrigado. Nem acredito que terminei. Quer vir aqui amanhã? Comemorar?

— Feito. Vou levar um bolo. Estou muito orgulhosa de você.

Aiden escolhe o filme da noite: *Jurassic Park*, o original, mesmo que já o tenham visto incontáveis vezes.

— Irado — comenta Aiden quando o velociraptor devora um dos guardas, e Benjamin sorri.

Esta vida é boa, pensa ele. Pela primeira vez, ele tem certeza disso.

No dia seguinte, Emily traz vinho e bolo, como prometido. Os quatro se sentam no jardim ao redor da mesa de metal que George pintou com spray tantas vezes que a superfície criou bolhas.

— Felicidades pra você — ela diz, levantando um copo e sorrindo. — De Newcastle a Hollywood.

Ele sente o pescoço vermelho.

— Não sei, não, quanto a isso, mas obrigado.

Ela se inclina e o beija de leve na boca.

— Eca — bufa Aiden atrás deles.

— Atrevido — diz Emily.

Aiden sorri de orelha a orelha. A cobertura do bolo escorre, pingando na blusa dele.

— Aiden!

— Ugh, que melado — diz Aiden, limpando a roupa com a mão.

— Deus, Aid, não esfregue. Você está piorando!

Emily ri.

— Eu estava pensando — ela diz, olhando de lado para Benjamin. — Talvez eu possa levar Aid ao Metrocentre semana que vem? Não quero ser indelicada, mas talvez ele goste de umas camisetas novas.

Aiden está, como sempre, usando sua camiseta do City.

— Isto é, não que suas roupas de futebol não sejam adoráveis, Aiden, mas talvez dar uma variada de vez em quando? É por minha conta.

Benjamin olha para Aiden.

— Podemos ir ao KFC depois?

— É, eu acho que sim.

— Maneiro — diz Aiden, enfiando o último pedaço de bolo na boca. — Tô dentro.

Benjamin sorri. Emily é tão boa com ele. Com os dois.

— Pai? — pergunta Aiden, colocando o prato sobre a mesa.

— Sim, campeão?

— O Kenny, meu treinador, me chamou para ir à casa dele depois do treino amanhã. Tudo bem?

— Aid, você tem aula no dia seguinte. E eu não sei...

— Por favor! O Gary vai, o Jonny também. É a primeira vez que o Kenny me convida. É importante!

Benjamin olha para Emily, que levanta uma sobrancelha como quem está achando graça. Ele conhece aqueles meninos das caronas para os treinos, assim como conhece seus pais. Ele não gosta muito do jeitão do pai de Gary, que parece achar perfeitamente aceitável xingar o filho de treze anos na frente de todo mundo.

Esse aí bate por qualquer coisa. Pobre garoto, observou um dos outros pais enquanto assistiam ao pai de Gary o repreendendo. Benjamin estremeceu. Ele achava muito difícil ver aquele tipo de coisa.

Pelo menos Gary tinha no futebol uma fuga de sua vida em casa.

— Não, amigo, desculpe. Não em dia de semana.

Aiden bufa dramaticamente.

— Mas! Mas todo mundo pode ir! Não é justo.

— Eles são mais velhos que você. Fica pra uma próxima.

— Que porra — exclama Aiden, saltando da cadeira do jardim.

— Olha a língua, Aiden! — grita Benjamin, sendo ignorado pelo filho, agora fazendo embaixadinhas no gramado.

Para onde foi seu menino? Ele ainda está lá, em algum lugar, sob a bravata de um homem.

Benjamin observa como o menino acerta com o joelho a bola no ar, depois a cabeceia diretamente para o gol no fundo do jardim.

— Ele está ficando tão bom — observa George. — Realmente bom. Já está melhor do que você era, e olha que você era bom. Quando ele vai saber se entrou ou não na equipe juvenil?

— Em breve, imagino, mas eu não sei, isso está cobrando um preço dele. O menino tem só doze anos. Está sempre exausto. O professor dele receia que esteja afetando seu desempenho escolar.

— Pfff — menospreza George, dispensando o comentário com um gesto. — Ele não vai precisar de desempenho escolar se for jogar pela Inglaterra, vai?

Benjamin pensa na postura do pai em relação à educação e, não pela primeira vez, se pergunta de onde aquilo veio. É arrogância por não ter tido a chance de estudar muito? Seu pai é inteligente à própria maneira. Prático. Mas largou a escola aos dezesseis anos para começar a trabalhar como aprendiz de eletricista e foi isso. Carreira escolhida e firmemente seguida.

— Pai — ele responde, cauteloso. — Você sabe tão bem quanto eu que ele precisa de um plano B. Caso o futebol não dê certo.

— Claro que dará certo, o menino é um gênio. Olhe para os pés dele. Leves como uma pena.

— Mas e se for demais para ele? E se ele se machucar?

— Bem, se ele se machucar, então ele pode treinar. Tal qual o treinador dele faz. O menino está feliz, está fazendo o que ama. — George se inclina e abaixa a voz. — Apenas seja grato. Depois de tudo que ele passou. Seja grato por ele ter se saído bem assim.

Naquela noite, Benjamin observa Emily enquanto ela se despe e escorrega para a cama, ao lado dele, nua. Ela é seis anos mais nova. Ele sempre foi inseguro quanto à própria aparência e se sente feio e velho ao lado dela.

— Adorei o dia — ela diz, baixinho, acariciando seu peito.

— Eu também. Obrigado pelo bolo.

Eles fazem amor em silêncio — ele ainda acha desconfortável fazer aquilo no quarto em que cresceu, sabendo que o pai e o filho estão a paredes finas de distância. Depois, ela olha para ele, com a testa úmida, o rosto radiante.

— Eu te amo, Benjamin.

Ele fica tão assustado com aquilo que congela.

— Ah. Obrigado.

Então, vendo uma sombra de mágoa atravessar os olhos dela, ele a puxa de volta para si e a beija com força, fechando os próprios olhos.

Julho de 2017

CLARA

ELA COMPROU PARA LAUREN DOIS COFRINHOS DE CERÂMICA DA TIFFANY'S. Thom disse que era um pouco extravagante, mas dinheiro é a única coisa com a qual eles não precisam se preocupar, portanto Clara não vê problema algum em gastar. O negócio de joias de Thom tornou-se incrivelmente bem-sucedido — ele tem ganhado prêmios em todo o mundo por seu trabalho inovador e está planejando abrir uma nova boutique em Mayfair.

Thom cuida de todas as contas, assim como cuida de tudo na vida dos dois. Consequentemente, o modesto salário que ela ganha no jornal é dela para gastar como quiser.

Dinheiro para se divertir, Thom uma vez chamou. Ela sentiu sua mandíbula se contrair depois. Quando foi a última vez que ela se divertiu?

Ela aperta com força a campainha da casa geminada de Lauren e James, em Wimbledon. Há alguns balões que parecem ter sido caros amarrados ao pilar da varanda. Clara lê as palavras impressas neles.

Chá de bebê! São meninas!

Ela engole em seco. Lauren esperou tanto tempo por aquilo — cinco anos, na verdade —, e agora: gêmeas.

Quando Elizabeth, irmã de Lauren, abre a porta, Clara não sabe se é imaginação sua ou se ela desfaz um sorriso momentaneamente. De qualquer forma, ela recebe Clara com um sorriso duro.

— Estão todos na sala da frente. Lauren está do tamanho de uma casa, coitada!

Gêmeas. Clara não consegue imaginar. Ela não proporcionou a Thom nem um orgasmo nos últimos quatro anos.

— Olá — diz Clara quando Lauren a vê e tenta se levantar. Ela realmente está do tamanho de uma casa. — Não se levante, boba! Eu me abaixo.

Ela se inclina e beija Lauren nas bochechas. Há outras três mulheres na sala, que ela reconhece vagamente do casamento e das festas de aniversário de Lauren.

— Oi, oi — diz, sorrindo para todos.

Ela já está se perguntando quanto tempo precisa ficar até poder ir embora.

— Champanhe — oferece Elizabeth, segurando uma taça.

— Nossa, obrigada — diz Clara.

Ela coloca as duas caixas cuidadosamente embrulhadas no banquinho capitonê na frente delas.

— Acho que não falta mais ninguém, então — diz Elizabeth, radiante. — Que comecem os jogos!

Os jogos, ao que parece, envolvem competições para ver quem consegue trocar a fralda de uma boneca mais rápido, e um jogo excruciante de perguntas no qual descobrem que Lauren e James tinham ideias completamente diferentes sobre a criação de suas futuras recém-nascidas.

Apesar de tudo, o álcool ajuda. E Lauren parece estar se divertindo. Depois das primeiras brincadeiras, Elizabeth traz sanduíches cortados com capricho em uma bandeja e depois serve um bolo gigante.

É tudo muito pomposo, mas Clara está imensamente feliz pela amiga. Lauren tem endometriose e suportou anos de tratamento, além de duas operações dolorosas, para chegar ali. Elas passaram por tanta coisa juntas, ambas lutando à sua maneira; mas, enfim, acabou o sofrimento para uma delas.

Clara está enfiando mais uma garfada da sobremesa na boca quando Sadie, uma das amigas de Lauren, se aproxima.

— Clara, como está? Não te vejo há séculos.

Clara afirma com a cabeça, a boca ainda cheia de doce.

— Bem, bem.

— Acertei em pensar que você também teve um bebê? — pergunta Sadie.

Clara engole o último pedaço.

— Ah, não... não, desculpe, eu não tive.

Por que ela está se desculpando? Ela se censura por aquilo.

— Ah.

Clara repara quando Sadie olha para sua aliança. Às vezes, ela odeia aquela aliança. Diferente dela, aquela aliança adorava chamar atenção.

— Não tem vontade?

Clara a observa. A tentação de responder *Sim, eu adoraria ter um filho, mas sou incapaz porque não consigo fisicamente fazer sexo e, mesmo que pudesse, meu marido está com dor crônica e não gosta muito* é tão forte que ela precisa fingir um acesso de tosse e sair da sala.

Por fim, todas vão embora — visto que todas têm os próprios bebês esperando-as em casa — e sobram apenas Lauren e Clara na sala de estar, cercadas por papel de embrulho e migalhas.

— Graças a Deus. Isso foi exaustivo — diz Lauren, recostando-se.

Ela adquiriu três queixos novos desde a última vez em que Clara a viu, e parece bastante desconfortável na própria pele. Literalmente.

Clara ri.

— Que bom que você gostou. Falta pouco, hein!

— Sim, a cesariana está agendada para o dia 21. Eu realmente não acredito, mas acho que as pessoas já sobreviveram a coisa pior. É difícil, sabe. Todo mundo espera que eu esteja tão grata o tempo todo, uma gravidez milagrosa e tudo mais. Eu não confessaria isso a mais ninguém, mas... a questão é que eu realmente não queria gêmeos.

Clara sorri outra vez e aperta a mão da amiga.

— Está nervosa?

Lauren faz uma pausa, respira superficialmente, o que parece ser o único tipo de respiração que ela consegue ter com dois bebês empurrando sua caixa torácica.

— Estou mais nervosa sobre o que vem depois, na verdade. Como isso vai nos afetar enquanto casal. Lidar com todos os meus problemas de saúde já tem sido difícil o suficiente nos últimos anos. Além disso, bem, todo mundo diz que ter gêmeos é exaustivo. Eu odeio a ideia de...

— O quê?

— Algo chegar e desordenar nosso pequeno ecossistema. Acha isso estranho? É que somar dois bebês à equação... Só Deus sabe como isso será.

— Será uma grande mudança, mas vocês ficarão bem. James te adora. Ele sempre adorou. Desde a faculdade...

Clara não termina, pensando em Richard, melhor amigo de James. Elas nunca falam sobre ele. Sobre o que poderia ter sido.

— Eu sei — admite Lauren. — Tenho muita sorte.

Mas é tarde demais. Há palavras não ditas no ar. Clara sabe que, por aquele breve segundo, antes que alguém mude de assunto, ambas estão pensando a mesma coisa.

Que Lauren está vivendo a vida que Clara poderia ter vivido. Apenas se.

Julho de 2017

BENJAMIN

Os pesadelos voltaram.

Ele não consegue entender por que ou de onde vieram, já que achava que os havia banido para sempre, mas todas as noites é a mesma coisa. O aperto no peito como se alguém o estivesse sufocando. O rosto dela, aqueles olhos que ele tanto amava, o encarando, enormes e confusos.

E suas palavras para ele.

O que você fez?!

É uma pergunta que ele ainda está tentando responder tantos anos depois. Ele se senta na cama, ofegante, o suor escorrendo da testa. Felizmente, Emily voltou para casa e Benjamin está sozinho esta noite. Ele não contou a ela a verdade e sabe que isso é errado.

Emily sabe que ele esteve preso, mas não os detalhes. E ele sabe que, mais cedo ou mais tarde, terá que se sentar com ela e explicar tudo. Mas quando?

Ele se levanta e desce silenciosamente para a cozinha, enche um copo de água e olha para o relógio do forno piscando: 3h23. Ele provavelmente não voltará a dormir, mas tudo bem. Sua experiência de vida o ensinou que é possível sobreviver com muito menos sono do que se imagina.

Benjamin se senta à mesa da cozinha e começa a fazer algumas anotações sobre sua ideia para um curta-metragem. Ele tem trabalhado meio período para uma instituição de caridade local, ajudando-os a criar vídeos sobre sua missão e, embora venha sendo gratificante, ainda é preciso trabalhar no bar para pagar as contas.

Um dia, porém, ele vai trabalhar em longas-metragens, ele tem certeza. Levará tempo e persistência.

Ele pensa em Aiden, na dedicação inabalável do menino ao futebol. É sempre surpreendente pensar no quanto seu filho lhe ensinou sobre a vida. É o presente que você não espera quando se torna pai.

Ele escreve até o sol nascer — desenhando diagramas e rabiscando qualquer ideia que surja. Mesmo que pareça uma bagunça incompreensível, é um progresso.

Ele acha que se puder contar sua história por meio de um filme, talvez os pesadelos parem.

No entanto, é mais do que isso e ele sabe: é uma forma de falar com ela, sem de fato falar com ela.

Seu telefone está na mesa, ao seu lado. Ele o pega. Pesquisa o nome dela na internet.

Clara Davies-Clark

Ela dizia que odiava o próprio nome — *ugh, é composto e pretensioso* —, mas ele sempre amou. Combinava com ela. Era diferenciado. Único.

Excessivo. Como ela.

E facilita muito na hora de vasculhar sua vida on-line.

Ela tem uma conta no Instagram agora, algo recente. Não estava lá a última vez que ele a procurou. Benjamin clica no link, o coração martelando no peito.

Após alguns segundos para carregar, lá está ela. Sua vida atual em fotos cuidadosamente selecionadas. As fotos do seu perfil são em grande parte da natureza e de ambientes abertos, o que o surpreende: mudanças de estação no parque Hampstead Heath, janelinhas coloridas enfileiradas, uma coroa de flores secas pendurada em uma elegante porta da frente, o ocasional arranjo dramático de flores.

Clara sempre teve um olhar estético, traço que herdou da mãe. Ele se lembra do enorme vaso de lírios no corredor da casa de sua família, de como cada superfície parecia ser enfeitada com *coisas* bonitas, cuidadosamente escolhidas e criteriosamente dispostas. Ele não entendia muito bem o que as tornava o que eram, mas sabia que eram de bom gosto. Impressionantes.

Ele clica em uma das imagens que o atrai: a silhueta gigante de um carvalho contra o sol.

Perdido entre gigantes, diz a legenda, seguida por uma série de emojis de estrelas e folhas.

Espalhadas entre as fotos de natureza há um punhado de selfies, a maioria tiradas no espelho, o próprio telefone jogando uma sombra em suas feições. Há uma foto de Clara abraçando a irmã, Cecily, no Natal. Elas parecem felizes juntas, o que o deixa feliz. Benjamin sabia como o relacionamento entre as duas era importante para Clara, e ele sempre esperou que elas se aproximassem mais com o passar dos anos, ao invés de se afastarem.

Ele se vê arfando quando amplia o rosto de Clara na pequena tela. Está mais magra do que ele se lembrava. Em vez de florescer com a idade, parece ter encolhido.

Ela não está sorrindo em nenhum dos registros. Pelo contrário, parece pensativa e séria.

Apesar disso e da expressão tensa em seu rosto, ela ainda é a coisa mais bonita que ele já viu.

Não há fotos do marido, embora Benjamin saiba quem ele é. Há cerca de um ano, em uma noite escura, ele bebeu meia garrafa de uísque e leu cada detalhe que conseguiu encontrar sobre Thom Beaumont, o joalheiro das estrelas.

Ele toca em outra imagem, mas uma janela abre e diz que ele precisa instalar o aplicativo para ver mais fotos. Ele larga o telefone, grato pela mensagem. É um aviso. *Muito disso não é bom para você.*

Ele pensa no último e-mail dela, de quatro anos antes, o tom provocador com que o convidou para visitá-la, e a sua covardia em simplesmente não escrever de volta.

Ele quis muito responder, mas o que poderia dizer? *Não, não é uma boa ideia*? Ela teria encarado como um desafio; um convite para fazê-lo mudar de ideia. Depois teria se sentido rejeitada quando percebesse que não conseguiu.

Ele a amava o bastante para ser o sensato da história.

Ele esperava, em algum nível, que seu silêncio fizesse sentido para ela. Que ela entendesse o que significava: ele queria ir, mas não podia. Faria mais mal do que bem aos dois. Ele estava parando por ali, para o bem de ambos.

Seus olhos estão marejados. Ele funga, se levanta e pigarreia, olhando para as anotações à sua frente.

Ele anda muito introspectivo ultimamente. É a Emily. Ele gosta dela. Muito. Mais do que qualquer uma das poucas garotas que ele namorou nos últimos dez anos. Mas o assusta a ideia de ela se aproximar. A ideia de ela descobrir a verdade sobre ele, de tentar explicar tudo para ela.

E a ideia de ter que dizer a ela que a ama, mesmo sem ter certeza de que ama.

No café da manhã, Aiden aborda o convite do treinador Kenny novamente.

— Pai, você não entende — argumenta o garoto, sua voz é estridente. — Faz parte da iniciação. Se eu não for, não entro na equipe juvenil do condado. Eles darão o meu lugar a outra pessoa!

Benjamin olha para o filho, uma lembrança vem à tona: sua própria e terrível iniciação. Ele se escondeu no banheiro depois e chorou querendo a mãe.

— O que acontece exatamente nessa iniciação?

— Eu não sei — Aiden diz, dando de ombros, como se o pai fosse um idiota. — É segredo. Essa é a ideia. Você não sabe até chegar lá.

Benjamin suspira. Será algo nojento como beber uma xícara do cuspe de seus companheiros de time. Ou comer comida de cachorro. Ou ser encharcado por um balde de água gelada.

— Aid...

— Por favor, pai. Você não entende o que isso significa pra mim. É *tudo*.

A questão é que Benjamin sabe. Ele entende exatamente como Aiden se sente. Ele quer proteger o filho e também garantir que o garoto não se sinta deixado de fora como ele se sentiu.

— Muito bem — concede Benjamin, desafiando seu bom senso. Pelo menos só resta apenas uma semana de ano letivo. — Mas não vai dormir lá. Sei que o treinador deixa alguns dos garotos mais velhos dormirem na casa dele, mas isso eu não vou permitir. Você é jovem demais pra ficar acordado a noite toda bebendo e jogando sabe Deus o que no Xbox.

Os olhos de Aiden brilham de emoção.

— Obrigado, obrigado, obrigado! Vou te deixar orgulhoso, pai. Você não vai se arrepender!

Julho de 2017

CLARA

— Clara, querida, você está sumindo.

Eleanor a puxa para um abraço. Clara sente as notas de Chanel nº 5 na pele da mãe, o cheiro do laquê em seus cabelos. Os aromas de sua infância.

— Estou bem — diz Clara, sentando-se à mesa de frente para a mãe.

Eleanor tira o celular da bolsa vermelha estreita, olha para a tela e faz um som de reprovação.

— O que foi? — indaga Clara, desdobrando o guardanapo no colo e olhando para o cardápio à sua frente.

Chá da tarde com as minhas meninas, que delícia, dissera Eleanor quando Clara sugeriu o encontro há algumas semanas. Agora, aqui estão elas.

— Cecily está atrasada — responde Eleanor, estalando a língua nos dentes novamente. — Ela disse para começarmos sem ela.

— Santo Deus — rebate Clara, irritada. — Ela é tão previsível.

Clara inveja a irmã.

Cecily não se lembra muito de quando adoeceu. Ela não sabe sobre as noites em que Clara ficou sentada no topo das escadas ouvindo a mãe chorando de medo, quando deveria estar na cama. O ar vago e desatento nos olhos do pai sempre que Clara lhe fazia uma pergunta, a resposta murmurada e inadequada que ele dava, ou a forma como Eleanor afastava Clara quando a filha tentava confortá-la, deixando-a ainda mais confusa do que antes.

Cecily não se lembra do que todos eles passaram, por causa dela e por ela. Ela não pensa nas cicatrizes que restaram neles também.

Em vez disso, ela trata o assunto como uma piada, uma anedota divertida para contar em festas. *Sabia que eu quase morri quando tinha quatro anos? É verdade!*

É enfurecedor ver alguém que chegou tão perto de perder sua *vida* agora se comportar como se não tivesse nada a perder.

— Não seja cruel, querida — repreende Eleanor. — Ela passou por um momento difícil.

— Ela passou por um momento difícil? — Clara repete, tomada por uma fúria inesperada. — Sim, pobre Cecily. A vida sempre foi *tão* difícil pra ela. Não vamos perturbar a preciosa e frágil Cecily!

— Clara!

A boca de Eleanor forma um oval perfeito.

— Estou farta disso. Há outras pessoas nesta família também, sabe? Não apenas Cece. E quanto a ela ter passado por um momento difícil, como é isso exatamente? A última vez que eu soube, ela estava curtindo a vida loucamente com o novo namorado.

— Clara, você sabe que ela perdeu uma grande parte da primeira infância...

— Ela não se lembra de quando estava doente. É como se ela nem acreditasse no que aconteceu. Ela não se importa por ter sido tão traumático para mim que continuei indo ao quarto dela à noite durante anos depois, *durante anos*, mãe, só pra ver se ela não havia morrido enquanto dormia!

— Clara — diz Eleanor, desta vez com mais delicadeza.

Seu rosto ficou branco, e agora, é claro, Clara se sente culpada.

Ela toma um gole de água.

— Sinto muito, mãe, mas Cece não foi a única a passar por um momento difícil. As coisas também não foram exatamente fáceis pra mim. E às vezes parece que eu sou a única que se lembra de como foi assustador. Todos vocês parecem ter seguido em frente, deixado tudo pra trás. Fingido que nunca aconteceu.

— Nunca se deixa algo assim para trás — discorda Eleanor, ríspida, depois de um silêncio pesado. — Mas não queríamos continuar vivendo aquilo. Você era tão pequena. Pensamos que seria melhor para a família mirarmos no futuro.

— Mas você *continuou* vivendo aquilo. Você continua. Você continua o tempo todo, toda vez que trata Cecily como se ela fosse feita de cristal.

Clara para e morde o lábio, se perguntando se foi longe demais. Ela sabe que os pais sempre fizeram o melhor que podiam. É tudo o que todo mundo faz: o melhor, com o que se tem.

— Eu não tinha ideia de que você ia até o quarto dela para ver como ela estava. Eu não sabia. Você era tão fechada, Clara. Nunca queria compartilhar nada conosco.

Eleanor tem razão, é claro.

— Eu não sabia expressar o que estava sentindo. Eu tinha apenas seis anos.

Então as lágrimas começam a ameaçá-la, porque esse sempre foi o problema dela, não foi? É a raiz de tudo. Sua incapacidade de se comunicar. Seu medo de sentir e de *ser* demais.

— Devíamos ter nos esforçado mais para conversar com você. Sinto muito, Clara.

Clara desvia o olhar. Não adianta mais, na verdade. Não há o que fazer a respeito. Mesmo assim, ela se sente melhor por ter finalmente dito alguma coisa. Por forçar a mãe a de fato ouvir.

O garçom coloca um suporte de bolo na mesa, cada andar repleto de irretocáveis doces em miniatura e *scones*.

Clara perdeu completamente o apetite.

— Obrigada — diz Eleanor ao garçom, olhando em seguida de volta para Clara. — Estou preocupada com você, querida.

— Sinto muito pelo desabafo. Estou um pouco cansada. Só isso. Tenho trabalhado muito ultimamente. No meu livro. Eu acho...

Ela para e respira fundo.

Aqui, algo bom. Algo que ela *pode* compartilhar.

Eleanor levanta as sobrancelhas. Ela sempre ficou intrigada com os esforços literários da filha — por nervosismo ou esnobismo, Clara não sabe ao certo qual. *É um pouco deselegante escrever um romance, não acha, querida? Espero que não seja sobre nós!*

— Acho que pode estar pronto — conta Clara.

— Ah, certo. Para a editora?

Clara franze os lábios e balança a cabeça.

— Não, mãe, eu lhe disse, não se pode simplesmente enviar um livro para uma editora. Você precisa de um agente literário primeiro. São eles que enviam para os editores por você. É muito difícil conseguir um. Há muita concorrência.

Eleanor torce o nariz.

— Bem, é impressionante. Contanto que você seja feliz. Seu avô ficaria orgulhoso. Ele adorava ler. E Thom, como está? Como foi a última exposição dele? Temos tanto orgulho dele. Imagine só, um genro cujas joias são usadas nos prêmios BAFTA!

Clara divaga enquanto a mãe se derrama em elogios sobre seu marido perfeito e maravilhoso. Um marido que, sim, é basicamente perfeito e maravilhoso, então ela não pode nem ter raiva disso. De todo modo, ela fica satisfeita com a mudança de assunto.

Quando volta para casa mais tarde, seu marido perfeito e maravilhoso está sentado no chão da sala com as cortinas abertas. Ela se aproxima na ponta dos pés, confusa sobre ele estar sentado no escuro.

— Está tudo bem? — pergunta, fazendo com que ele levante subitamente a cabeça.

Thom estava vendo alguma coisa no celular. Mesmo sob a luz opaca, ela percebe que seus olhos estão úmidos.

— Estava chorando? — ela pergunta, atordoada.

— O quê? — ele pergunta, fungando. — Não, claro que não.

— São as suas costas? Doeram muito hoje?

Ele balança a cabeça. Thom não diz o que Clara sabe que ele está pensando: *elas sempre doem muito*. Embora o médico não encontre nenhuma causa específica, Thom permanece debilitado pela dor. Mesmo tomando analgésicos controlados e já tendo se consultado com quatro fisioterapeutas diferentes, em alguns dias é tão grave que ele nem consegue sair da cama.

— Foi só uma dor de cabeça. Essa obra ao lado... eles usaram uma furadeira o dia todo, e este é o único cômodo da casa em que consigo me ouvir pensar.

Ele dá uma risada. Forçada. Então se levanta, caminha até ela e a beija no rosto.

— Espero que tenha se divertido com sua mãe. Como vai a Cece?

Ela o olha com cuidado. O que ele está escondendo?

— Ela não foi.

— Oh, querida, espero que sua mãe não tenha ficado muito chateada.

— Ela teve algum contratempo, não sei. Ficou presa do outro lado da cidade e não queria sair na chuva.

Thom inclina a cabeça de forma compreensiva.

— Bem, aposto que sua mãe gostou de você ter feito o esforço. Vou começar a preparar o jantar. Quer um vinho?

Clara o segue até a cozinha e o observa cortar uma cebola. Ela fica em silêncio, esperando que isso o instigue a falar.

— Rory ligou — ele diz, finalmente. — Abigail está grávida de novo.

Rory é o melhor amigo de Thom, e Abigail é o tipo de esposa que Clara deveria ser.

— Ah — ela diz, permitindo-se um minuto. — Que bom para eles.

Thom olha para ela. Quando ele sorri e as rugas nos cantos de seus olhos se aprofundam, Clara o vê como ele é: um homem de trinta e poucos anos cheio de tristeza no coração.

— Sim, eles estão emocionados. Rory realmente não queria que Margot fosse filha única.

Ela sente o corpo ficando tenso. Eles ficam em silêncio de novo.

— Como está Hamish? — ela pergunta.

Clara raramente vê aquela gente, amigos de Thom que muitas vezes não socializam com outros casais. Todos se tornaram muito mais ocupados nos últimos anos. Filhos, carreira...

Mas ela sabe das fofocas. Hamish acaba de deixar sua esposa. Crise da meia-idade, segundo Thom.

Thom revira os olhos ao ouvir o nome de Hamish. É um terreno mais seguro, ela sabe. Falar sobre isso vai deixá-lo com raiva, não triste.

— Não sei mais o que fazer com ele. Diz que está apaixonado. A menina tem vinte e dois anos, santo deus. É constrangedor.

Clara sorri.

— Ah, bem, acho que se ele está feliz...

Ele a olha de cara feia.

— Não sei se sou o único que levou a sério os votos do meu casamento, mas às vezes parece.

Clara engole em seco. Não é uma alfinetada, ela supõe, mas ela esquece como Thom pode ser tradicional. Como pode ser *bom*.

Ela muitas vezes se pergunta se as coisas seriam diferentes se ele fosse um canalha.

Depois do jantar, Thom escolhe um filme de James Bond, mas Clara decide dormir cedo.

— É um clássico! — ele alega, com os olhos arregalados. — Reconhecidamente não um dos melhores, mas... vamos lá, você vai gostar.

— Eu já vi umas dez vezes.

É mentira, ela só o viu uma vez. Anos atrás, com Benjamin. Eles passaram a maior parte do filme dando amassos, as mãos serpenteando por baixo das roupas um do outro.

— E estou um pouco exausta depois de hoje. Mamãe. Você sabe o quanto ela me cansa.

— Boa noite, então — ele diz, se voltando em seguida para a tela.

No andar de cima, ela se senta na cama com o notebook em cima de um travesseiro no colo e trabalha na carta para possíveis agentes. Escrever tem sido sua melhor terapia. Ela trabalhou incansavelmente nos últimos seis meses, imaginando que o romance é uma forma de transmitir seus sentimentos a Benjamin. Porque ela não pode entrar em contato com ele, não outra vez. Não depois da última vez, quando ele não respondeu.

Há quatro anos.

Seu coração está fragilizado demais.

Ela passa os dedos sobre o trackpad do notebook e observa as palavras — tantas palavras — rolarem diante de seus olhos. Ela fez isso. Ela criou isso. Seja lá o que aconteça, mesmo que Benjamin nunca o leia — porque, verdade seja dita, pensar nele *realmente* lendo a obra a apavora —, ela realizou o que sempre quis.

Ela escreveu um romance e está orgulhosa de si mesma. E ela sabe que ele também estaria.

Julho de 2017

BENJAMIN

George está servindo o chá quando o telefone de Benjamin toca. É Aiden.

— Ei, campeão — diz Benjamin, surpreso.

Acaba de dar oito da noite.

— Tudo bem?

— Pode vir me buscar?

A voz de seu filho soa pequena, distante.

— Por favor, pai.

A iniciação, pensa Benjamin, sorrindo consigo mesmo. Pobrezinho. Um rito de passagem, mas não torna aquilo menos merda.

— Claro — ele diz, contendo uma risada. — Estou indo.

* * *

Kenny mora na mesma rua do campo de treino.

O treinador é uma lenda na área, conhecido como um dos principais caça-talentos do nordeste. Não é o homem mais fácil de lidar, e definitivamente não é célebre por seu charme, mas nada disso importa quando se tem um histórico como o dele.

Ele também foi um bom jogador no passado, antes que uma lesão encerrasse sua carreira, mas depois se dedicou a ser treinador e nunca olhou para trás.

Benjamin sabe como Aiden tem sorte de estar na equipe de Kenny. Benjamin nunca esteve na casa do treinador antes, e fica surpreso por ser naquela parte da cidade.

Quando ele era criança, sua mãe não o deixava andar por ali.

Há um barulho estrondoso quando ele para do lado de fora da pequena casa de tijolos vermelhos. Ele olha para cima e vê um trem passando por uma ponte no final da rua. Algumas das casas têm janelas tapadas com tábuas.

Benjamin flexiona a mandíbula quando bate à porta. Não era isso que ele esperava. Aiden atende quase imediatamente. Ele está pálido, com os olhos arregalados, e parece mais jovem do que quando Benjamin o viu pela última vez, naquela mesma manhã antes da escola.

— Tudo bem com você, campeão? — pergunta Benjamin de novo, mas Aiden apenas balança a cabeça e passa por ele em direção ao carro.

Benjamin espreita brevemente dentro da casa. Está escura, mas dá para ouvir um jogo de videogame na TV da sala da frente — algum tipo de corrida de carros — e meninos gritando de deleite. Em frente à escada velha, há uma lixeira de plástico verde repleta de latas de cerveja vazias.

Ele balança a cabeça.

A maioria dos garotos do time tem quinze ou dezesseis anos, mas mesmo assim não deveriam estar bebendo em uma noite de semana. Ou em qualquer noite, na verdade.

Na equipe de Benjamin, no entanto, era a mesma coisa. Ele era tão jovem que nem se lembra da primeira latinha. Parecia normal na época, mas agora que é pai, vê como era errado.

Aiden já está de cinto no banco da frente quando Benjamin se senta ao seu lado.

— Não precisa se despedir?

— Podemos simplesmente ir, pai? Por favor.

Benjamin franze a testa, liga o motor.

— Não é a mais bonita das casas — ele observa baixinho, olhando para o filho.

— Ele só está alugando por um tempo — diz Aiden, com a voz entorpecida. — Enquanto a dele está em obras. Ele está construindo uma piscina.

— É mesmo?

Benjamin vira à esquerda no final da rua e volta para a cidade.

— Como foi a iniciação?

Mas Aiden não responde. Em vez disso, ele vira o rosto e fica olhando pela janela.

Seu coração se parte pelo filho. Ele entende. Ele também foi aquele garoto sensível um dia.

Beber ajuda, mas Aiden é jovem demais para isso. Benjamin olha para ele de novo. Ele não acha que o filho andou bebendo, mas não consegue ter certeza.

Amanhã, Benjamin vai ligar para o treinador e descobrir exatamente o que se passou.

Quando chegam em casa, George pergunta a Aiden se ele está com fome.

— Não, já comi uma pizza. Obrigado, vô. Eu vou me deitar.

— Boa noite, filho — diz Benjamin, bagunçando os cabelos do garoto.

— Boa noite, pai. Boa noite, vô.

Benjamin olha para George e dá de ombros.

No dia seguinte, depois da escola, Aiden tem mais um treino, mas está extraordinariamente quieto quando Benjamin vai buscá-lo.

Quando ele entra no carro e puxa o cinto de segurança, suas bochechas estão vermelhas.

— Tudo bem? — pergunta Benjamin, o observando de cima a baixo.

Aiden não responde. Ele apenas se vira e olha pela janela.

Hormônios, pensa Benjamin enquanto dirige. Ou então o treino não foi bom. Talvez o treinador o tenha repreendido por alguma coisa. Quando chegam em casa, Aiden sai do carro sem dizer uma palavra e vai para o quarto. Benjamin encontra George na cozinha, preparando o jantar.

— Aid te disse alguma coisa quando entrou?

— Não, ele deveria ter dito?

— Ele está de mau humor.

Mais tarde, no jantar, Aiden permanece calado. Ele come tudo — Aiden sempre limpou o prato sem reclamar, e Benjamin tem certeza de que é porque a mãe o deixava sem comer por horas —, mas assim que termina se levanta e anuncia que está cansado.

São 20h30.

— Não está se sentindo bem?

Aiden balança a cabeça e responde:

— Não, eu só não dormi muito bem ontem.

— Aid, você quer me contar alguma coisa? Sobre a iniciação?

O rosto de Aiden fica vermelho.

— Não, não seja bobo. Boa noite, pai. Boa noite, vô.

— Boa noite, filho.

Benjamin acorda no meio da noite com o barulho de alguém no banheiro. Isso não é muito incomum — seu pai tem problemas com a próstata há anos, mas se recusa a consultar um médico a respeito. Desta vez, contudo, não é a descarga do vaso que ele escuta.

Aiden está chorando.

Benjamin se senta na cama, esfregando os olhos, e tenta ouvir. Será que ele está falando com alguém ao telefone? Não parece.

Ele só escuta soluços baixos.

Ele se levanta e caminha em direção ao banheiro. A porta está fechada, mas a luz se infiltra sob a fresta.

Ele bate levemente na madeira.

— Aid — diz, com o maior cuidado possível.

Benjamin não quer envergonhá-lo acordando George também.

— Tudo bem aí?

Mas Aiden não responde. Os soluços ficam mais altos.

— Deixe-me entrar. Seja o que for, posso ajudar.

Há um silêncio e então a fechadura é destrancada. Benjamin gira a maçaneta. Seu filho está sentado no chão, com os joelhos dobrados sob o queixo, e uma pilha de papel higiênico úmido ao lado.

Ele parece ter sete anos novamente. Aquilo parte o coração de Benjamin: se dar conta de que seu filho nunca mais terá sete anos. Que seu menino se foi para sempre, e que esse homem cada vez mais crescido tomou seu lugar.

— O que foi? Você não é disso.

Sua preocupação muitas vezes sai assim: acusatória. Benjamin tem ciência disso, de que não vai saber lidar se Aiden não estiver bem. Ele lidou com muita coisa na vida, mas Aiden não estar bem é demais. Ele não é forte o bastante para isso.

É apenas seu medo falando, mas, em vez de soar solidário, ele soa como se estivesse o repreendendo.

Você não é assim. Controle-se.

— Quer dizer, me deixa ajudar — ele conserta, embora tarde demais.

Aiden levanta a cabeça e o olha fixamente nos olhos.

— Tomei uma decisão: eu não vou mais jogar bola.

A declaração é tão inesperada que Benjamin não consegue pensar em uma resposta.

— O que... Por quê?

— Não quero falar sobre isso. Só não vou mais jogar. Nunca mais.

Benjamin se senta no chão de linóleo ao lado do filho.

— Aconteceu alguma coisa? Na casa do treinador? Algo te chateou?

— É uma carreira idiota — argumenta Aiden, fungando. — Quase ninguém consegue viver direito disso.

— Mas...

A mente de Benjamin está fazendo aquela coisa de novo: conversando com ele, tentando decifrar qual é a melhor coisa a dizer.

— Você é bom. Você é muito bom. Liguei para o seu treinador mais cedo e...

— O quê?

— Eu só queria saber se você estava bem depois da iniciação. Não gostei de como você estava chateado quando te busquei na casa dele.

Aiden olha para o pai.

— O que ele disse?

— Ele disse que você é um dos melhores jogadores do time.

Aiden vira o rosto.

— Ele só está falando por falar. Não sou melhor que nenhum dos outros. De qualquer forma, como você disse, e se eu me machucar e tiver perdido todo esse tempo, todas essas horas treinando, quando poderia estar tendo uma vida igual meus colegas de classe?

— Mas você é melhor do que eles! — exclama Benjamin, chocado com a própria e súbita onda de emoção. — Aiden, você tem um dom. Um talento. Uma habilidade. Não pode simplesmente jogar isso fora por uma suposição!

— Você não pode me obrigar a continuar! — esbraveja Aiden, levantando a voz, quase histérico. — Só porque você fodeu com a própria vida, não significa que eu tenha que vivê-la para você!

Benjamin respira fundo.

— Eu nunca fui bom como você — protesta Benjamin, olhando para o filho. — Nunca tive suas habilidades. Isso não tem nada a ver comigo. Eu simplesmente odiaria que você jogasse fora todos esses anos de treino. É tão raro o que você tem. Um talento de verdade. A maioria dos jovens mataria por isso.

— Bom, que façam bom proveito — vocifera Aiden. — Porque pra mim acabou.

Ele se levanta e joga o papel higiênico na privada.

— E não importa o que você diga, nunca vai me fazer mudar de ideia.

Julho de 2017

CLARA

> Você escreve bem, mas temo que o mercado para esse tipo de livro seja incrivelmente pequeno e, portanto, não é algo que eu possa pegar.
>
> Desejo-lhe toda a sorte em sua carreira.

Clara marca um X na coluna "rejeição" de sua planilha.

É a primeira, e veio tão rápido que ela leva um susto.

Ela sabe o que seu grupo de escritores diria — que não foi uma rejeição ruim, que ela não deve desanimar, que qualquer feedback personalizado deve ser considerado um sucesso.

Mesmo assim. Ela não esperava que doesse tanto.

Ela fecha o notebook e desce as escadas na ponta dos pés.

Thom está na sala de estar assistindo rúgbi.

— Estão ganhando? — ela pergunta, estreitando os olhos para o placar na tela.

Thom tira o som da TV e olha para ela.

— Você está bem? Parece triste.

— Recebi um e-mail de recusa. Para o livro.

— Em um sábado? — ele pergunta, surpreso.

Ela confirma. É adorável como Thom a apoia, mas, ao mesmo tempo, ela odeia aquilo. Alguém saber sobre sua ambição, seu desejo de publicar um livro. Agora que ela está finalmente o enviando para agentes, aquilo a deixa se sentindo exposta e vulnerável.

— Sinto muito. Mas é normal, não é? Aquela moça do seu grupo, a que conseguiu o contrato do livro, quantas rejeições ela recebeu no total?

— Dezenove.

— Aí está, então. Um passo mais perto do sim.

Ela sorri, por ele.

— O que quer jantar? — ela pergunta. — Acho que tem um frango na geladeira...

— Nós íamos sair para jantar, para comemorar meu novo comissionamento. Lembra? Eu falei. Ontem.

Ela esqueceu, é claro.

— Meu deus, desculpe. Eu me esqueci completamente.

— Tudo bem. Reservei uma mesa naquele lugar de curry.

Ele volta a atenção para a TV, se ajeitando no sofá, esfregando a lombar. Eles tiveram três sofás diferentes desde o acidente, mas Thom ainda não encontrou um confortável.

— Falta só meia hora aqui e depois nós vamos, tudo bem? E podemos afogar suas tristezas e celebrar ao mesmo tempo?

Clara concorda. Ela se sente como uma criança pequena e imprestável.

Ela não consegue esquecer o rosto dele quando, alguns dias antes, contou sobre o novo bebê de Rory e Abigail. Do desejo em seus olhos, a maneira como o engoliu.

E sua reação quando descobriu que Lauren estava grávida de gêmeas. *Que incrível para eles,* comentou Thom, falando do coração.

Ela sabe o que ele quer. Uma família. Uma família de verdade. Uma família para retribuir seu amor na mesma medida.

É tudo o que Thom sempre quis. Ser amado. *Realmente* amado. E o que ela quer?

Ela quer ter dezenove anos de novo, estar deitada no gramado do Hampstead Heath com o homem que a fez se sentir verdadeiramente viva. Que a olhou de uma forma que a fez se sentir vista a fundo.

Clara sobe as escadas e se olha no espelho do banheiro. Ela não consegue mais encontrar um só vestígio da garota que foi. Da garota que chegou à faculdade tomada de uma energia elétrica que parecia deter todo o poder do mundo.

A energia foi toda consumida. E no quê? Em viver esta não vida, esta existência sem sentido.

Sua vida real, a vida que ela pensou que teria, terminou naquela noite muitos e muitos anos antes — por causa de uma falha de comunicação, por causa da juventude, por causa de uma diferença entre duas pessoas que estava diminuindo naturalmente (e tão perfeitamente, era essa a parte mais trágica!) —, mas ainda assim não rápido o suficiente.

Ela não pode mais fazer isso. Não é justo com Thom.

Ela prende o cabelo em um rabo de cavalo e desce as escadas.

— Thom — ela diz, e ele acena para trás, pedindo silêncio.

Ela olha para a tela da TV. Os homens corpulentos rugindo pelo campo de rúgbi.

— Thom — repete, mais alto desta vez.

— Já está acabando — ele promete, embora ainda de frente para a tela.

Ela não aguenta. Ela não aguenta mais nem um segundo.

Ela marcha em direção a ele, pega o controle remoto e desliga a televisão.

— Thom — insiste, e ele a olha confuso. — Acho que devemos nos divorciar.

Ele franze as sobrancelhas e depois ri.

— Estou falando sério — ela diz, as palavras se atropelando. — Sinto muito, mas não posso mais fazer isso; sabendo o que você realmente quer. A única coisa que você realmente quer é algo que nunca poderei te dar. Não é justo com você e não é justo comigo, e serei a mais forte aqui, a corajosa, a que finalmente diz isso em voz alta, senão continuaremos assim pelo resto de nossas vidas até a morte. E um dia você vai olhar para trás e se perguntar o que aconteceu com todos os sonhos que tinha e a vida que queria viver e como você acabou infeliz e ressentido, com uma esposa que falhou com você, e eu não quero essa culpa.

A tristeza que atravessa os olhos dele ao absorver as palavras é quase insuportável. Ela sabe que ele vai sentir que ela o está abandonando, assim como os pais dele fizeram.

Clara se ajoelha diante dele e segura o rosto dele entre as mãos. Ela beija sua testa, respirando o cheiro reconfortante e familiar de seu xampu, e percebe que está chorando.

— Sinto muito, Thom — diz, incapaz de conter a maré de lágrimas. — Sinto muito.

Ele a empurra para longe e fica de pé, estremecendo com a dor nas costas que sempre o acompanha agora. Ele balança a cabeça. Dá uma risada confusa.

— Eu não entendo. Tem...

Ela consegue vê-lo cogitar a possibilidade, dolorosa como uma faca no peito.

— É outra pessoa?

— Não — afirma ela, balançando a cabeça. *Só a pessoa que sempre esteve lá.* — Não, não, não.

— O que é então?

Ele também está chorando agora, e ela teme vomitar com aquele peso.

— Eu já falei. Não posso mais fazer isso. Eu te amo demais.

Ele franze a testa, uma faísca de raiva despertando.

— Do que está falando? Não estou entendendo.

— Você quer um bebê — ela grita, e a liberação é um alívio. — Seja sincero! Você quer um bebê, e eu não posso lhe dar um porque não consigo... *você sabe*, e estou desperdiçando seu tempo, desperdiçando sua vida, e eu não posso... Eu não consigo lidar com a culpa, o sentimento de estar decepcionando você o tempo todo. É exaustivo.

Ela fecha os olhos.

— Foi assim que fiz você se sentir? — ele pergunta, entre lágrimas. — Que você está me decepcionando?

— Não! Não. Sou *eu* que estou me fazendo sentir assim.

— Eu te amo, Clara — ele diz, e seu rosto está vermelho do esforço de conter as lágrimas.

Thom não chora. Ele não é de chorar. É angustiante observá-lo agora.

— Eu te amo e eu amo a gente. Eu amo a nossa vida.

— Mas você quer um bebê. Admita.

— Eu quero você — ele corrige, com o lábio inferior tremendo. — É tudo que eu quero. Temos uma vida boa, não temos? Nenhum casamento é perfeito, mas nós nos amamos. Você é minha melhor amiga. Pelo amor de deus, Clara. Não desista. Não desista de nós.

— Você também é meu melhor amigo.

— Pois bem. E eu não sou exatamente um partidão com meu trabalho e essas minhas costas estúpidas.

Ela vê agora, talvez pela primeira vez, que ele também é vulnerável. Que ele também se vê como alguém de segunda categoria, uma decepção.

— Suas costas não são culpa sua.

Ele respira fundo.

— Nem as suas questões sobre sexo.

A palavra é como um rojão explodindo na sala. Ela fica sem fôlego. Tudo o que ela consegue fazer é olhar para ele.

— Eu sei que aconteceu alguma coisa com você na faculdade, Clara. Alguém se aproveitou de você, e a culpa não foi sua. Entendo que você não quer falar a respeito, mas eu *sei*. Acha que eu não me importo? Acha que eu sou tão egoísta que prefiro ficar sem você, só por causa disso?

— Não. Eu...

— Nós somos dois ferrados, não somos? Eu com as minhas costas. Você com o que quer que tenha te machucado, tantos anos atrás. Nossa vida não é perfeita, mas é nossa. E se você acha que eu prefiro jogá-la fora só para transar duas vezes por semana com outra pessoa, está enganada. Está redondamente enganada.

Julho de 2017

BENJAMIN

SÃO DEZ DA MANHÃ DO DIA SEGUINTE E AIDEN AINDA NÃO SAIU DO QUARTO. Benjamin bate de leve na porta em três ocasiões distintas, mas, quando as batidas ficam sem resposta, resolve não o perturbar mais.

— Ele vai sair quando estiver pronto — observa George, que está no jardim podando as rosas que a mãe de Benjamin plantou antes de morrer.

— Não é do feitio dele.

— Ele deve ter brigado com um dos outros rapazes — responde George, deixando de lado a tesoura. — Vai passar.

— Não sei, não. Ele parecia estar falando sério.

— Ele é quase um adolescente. Você não se lembra como é, mas eu lembro.

Há um som dentro da casa e George e Benjamin se viram para olhar. Por trás da porta de correr envidraçada, eles veem Aiden de pé no centro da sala de estar, de calça.

Benjamin entra.

— Oi, filho. Está se sentindo melhor? Vou preparar seu café da manhã. Vovô vai fazer churrasco no almoço, já que o tempo está bom.

Aiden acena. Seus olhos estão inchados, como se ele tivesse passado a noite chorando.

— Quer chá?

Ele aceita e segue Benjamin até a cozinha. Eles ficam em silêncio enquanto a chaleira ferve.

— Ouça — diz Benjamin, por fim. — Eu não quero colocar nenhuma pressão, sabe, mas se quiser conversar sobre o que aconteceu, estou aqui. Eu sou seu pai. Sei que não estou a par de muita coisa, mas...

Ele olha para Aiden, cujos olhos estão vermelhos novamente.

— Você é o melhor pai que existe — diz Aiden, fungando. Ele esfrega a sobrancelha e continua: — Mas não tenho nada para conversar. Já tomei a minha decisão. Vou parar os treinos e me concentrar na escola. Eu quero ir para a faculdade como você e fazer algo da minha vida.

Há uma pausa dolorosa enquanto ambos tentam ignorar o significado carregado por trás da última frase. O que Benjamin fez da própria vida, se não uma bagunça total?

— Aid, isso é ótimo, mas...

— Pai, eu já falei, não quero falar sobre isso. Está feito.

— Bem, feito não está.

Benjamin diz aquilo tomado subitamente por aquela raiva irracional dos pais, o sentimento decorrente de saber que você não pode controlar, proteger, enjaular a pessoa que significa mais para você do que qualquer coisa no mundo. De que você realmente precisa parar e deixar que ela cometa os próprios erros. De que precisa deixá-la bagunçar a própria vida, mesmo que assistir seja angustiante.

— Isto é, você fez uma promessa. À equipe. Ao seu treinador. Não sei se pode simplesmente largar tudo.

— Existem cem outros querendo o meu lugar naquela equipe — diz Aiden com o semblante sombrio. — Ele provavelmente já colocou alguém novo no meu lugar, de qualquer maneira.

Aiden para, olhando para um ponto no jardim, atrás do pai. Benjamin observa o rosto do filho atentamente, pensando em como ele mudou ao longo dos anos. Como perdeu as feições rechonchudas e o rosto sardento de criança e como esse rosto se alongou, os olhos aumentaram de certa forma, o maxilar se tornou mais definido. Apesar disso, sob a ameaça da vida adulta, ele ainda é apenas um menino. Seu menino. E Benjamin sabe que ele está à beira das lágrimas.

Aconteceu alguma coisa para ele se sentir assim. Ele tenta uma tática diferente.

— O.k. Vou deixar você desistir. Mas antes de tudo, precisa me dizer por quê.

Aiden abre a boca e faz uma pausa, depois balança a cabeça.

— Cara, eu já te disse! Eu só não quero mais.

O problema é que Aiden é parecido demais com Benjamin. Portanto, Benjamin sabe que o filho está fazendo exatamente o que ele fez, muitos anos antes. Pegar uma coisa ruim e guardá-la em algum lugar profundo dentro de si, em algum lugar que ninguém mais pode alcançar.

Mas Benjamin também sabe que não importa o que seja, vai corroê-lo por dentro. Vai crescer e se tornar um câncer purulento, virando-o lentamente do avesso.

Ele ia visitar a mãe de Emily esta tarde. É aniversário dela, e Emily queria apresentá-los. Mas ele não tem como lidar com aquilo.

Ele envia um pedido de desculpas para ela. Emily é compreensiva — compreensiva demais. Ele não a merece.

Em vez disso, Benjamin resolve dar uma longa caminhada pelos pântanos atrás de casa. Sozinho. O vento fica mais forte, o sol desaparece atrás de uma nuvem e ele sente frio, então aperta o passo até estar marchando, ofegante. Pensando em uma maneira, qualquer maneira, de romper a casca de Aiden.

Tentando descobrir o que teria sido preciso para, anos antes, contar a verdade para Clara: que ele desapareceu por três semanas porque sua mãe estava morrendo.

Por que era tão difícil contar uma coisa tão simples?

Do que ele tinha tanto medo?

Da ideia de ser alvo de pena. Da ideia de ser visto de um jeito diferente. Como uma vítima, em vez de um herói.

Ele já se via como inferior aos colegas, inadequado em comparação a eles. E aquilo era mais uma coisa que ele não queria que fosse estampada nele, como um rótulo.

O garoto cuja mãe morreu de câncer quando ele tinha apenas dezenove anos. Em se tratando de destino, não era o pior. Algumas crianças perdem ambos os pais antes daquela idade. Para todos os efeitos, Aiden perdeu a mãe com apenas sete. Benjamin teve quase duas décadas com a mãe. Sua maravilhosa mãe, que significava o mundo para ele.

Então por que ele odiava a ideia de falar sobre ela? Na prisão, ele conversou com um terapeuta que observou que talvez contar a outras pessoas fizesse parecer real. Mas aquilo era besteira, porque, para ele, era real todos os dias. Todos os dias em que acordava e lembrava que sua mãe não estava mais lá.

Ele se recorda de quando finalmente contou a verdade para Clara. Foi no verão entre o primeiro e o segundo ano.

Era sábado e eles estavam no lugar favorito dos dois, Hampstead Heath, deitados lado a lado tomando sol.

— Você nunca fala sobre a sua mãe — ela comentou, deixando-o tenso imediatamente.

— O que você quer saber?

— Bem, eu sei que ela não está mais conosco — ela respondeu, e ele notou o tremor em sua voz.

Clara sabia, instintivamente, que era um assunto delicado. Ela sabia tanto sobre ele sem que ele nem sequer tivesse que contar. Era uma das coisas que ele mais amava nela.

— Ela era a melhor mãe do mundo — confessou Benjamin, porque era o mais seguro a dizer, se concentrando apenas nos pontos positivos.

— Eu sei.

— Como?

— Por como você é. Você só pode ser do jeito que é porque alguém realmente te amou.

Ele pensou no assunto.

— As pessoas também te amam, Clara. Seus pais. Eu.

Ela respirou fundo.

— Sim. E *eu* sou do jeito que sou, apesar do amor deles. Enfim. O que aconteceu com ela? Por que você nunca fala sobre ela?

— Porque... Porque é muito triste e dói demais.

Ele imediatamente se arrependeu. Parecia que ele havia se aberto, e Clara, não importa o quanto o amasse, inevitavelmente tentaria cutucar para ver o que havia lá dentro, não importa o quanto fosse doloroso para ele.

Mas ela nada disse por um tempo. Então:

— Sinto muito.

— Tudo bem — disse ele, a ansiedade passando. — Ela teria te adorado. Eu contei sobre você, na verdade, logo antes...

Foi um deslize, um deslize descuidado. Antes que ele soubesse o que estava acontecendo, Clara estava apoiada nos cotovelos.

— Você contou a ela sobre mim? — perguntou, a confusão distorcendo seu belo rosto. — Quando? Eu pensei... Eu pensei que ela tinha morrido anos atrás.

Ele fechou os olhos.

— Benjamin! Fale comigo. Que diabo? Quando... quando foi que ela morreu?

Ele abriu os olhos e viu que ela estava chorando. Sua mão tremia ao enxugar as lágrimas do nariz.

— Sinto muito. Ela morreu em abril. Eu não me sentia pronto para...

Ela se afastou dele.

— Na Páscoa? — perguntou, franzindo a testa. — Quando você desapareceu?

Ele afirmou com a cabeça.

— Ela estava doente há muito tempo. Anos.

— Por que... Por que você não me contou?

Ela estava praticamente gritando agora. Ele não entendia a ferocidade da raiva, mas, de certa forma, estava feliz com isso, porque o impedia de ter que pensar — ou falar — sobre os próprios sentimentos, que eram dolorosos demais e os quais ele preferia manter enterrados.

Isso era muito melhor. Ele podia lidar com isso. Podia brigar por isso, seria uma distração bem-vinda.

— Eu apenas... A gente tinha acabado de se conhecer. Pensei que era um pouco demais para lidar, já que estávamos namorando há poucas semanas.

— Faz sentido agora!

Sua voz ainda estava estridente e ela mal olhava para ele.

— Seu chá de sumiço! Eu pensei... Não sei o que pensei, mas por que... por que diabos não contou o que o fez ir pra casa? Eu pensei que você tinha outra namorada ou algo assim. Alguém do passado com quem precisava terminar...

— O quê? — ele perguntou, evidentemente chocado. — Não, de forma alguma. Eu te disse...

— Mas você era tão estranho quando nos conhecemos. Você não queria dormir comigo. Eu praticamente tive que forçar você, e aí você desapareceu sem dar uma palavra e, quando voltou, tudo estava diferente.

— Eu só gostava de você — ele confessou, baixinho. — E, bem, as coisas estavam difíceis em casa, com meu pai. Ele não ficou bem nos primeiros dias. Ele não lidou bem com a perda dela. Jesus. Você pensou que eu tinha outra namorada? Sério?

— Eu não sei. Simplesmente não fazia sentido. Mas sua mãe estava morrendo e você não me contou! E o funeral? Quando foi?

— Enquanto eu estava lá. Tudo aconteceu enquanto eu estava lá. Quando voltei, eu só queria deixar tudo pra trás. Eu sinto muito.

Ele não sabia se estava realmente arrependido, mas aprendera há muito tempo o poder daquelas palavras para apaziguar e acalmar.

Clara respirou fundo e pareceu amolecer.

— Não. *Eu* sinto muito. Sinto muito por nunca ter percebido. Eu devia ter sacado. Devia ter feito mais perguntas.

— Clara. O que está feito, está feito. E tudo o que posso dizer é obrigado. Pelos últimos seis meses. Porque você... você tem sido tudo para mim. Eu sei, eu sou esquisito e não gosto de falar sobre as coisas, mas sem você não sei o que teria acontecido. Como eu teria lidado com tudo. Você me deu algo pelo que esperar. Uma razão para continuar. Foi como...

Ele para, ciente do calor no rosto. Era como escancarar a alma, mas precisava ser dito. Ela merecia ouvir.

— Às vezes parecia que minha mãe tinha planejado, de alguma forma. Que a gente se conhecesse. Que ela estava olhando por nós dois, garantindo que eu estava bem. Foi o destino, não foi? Já tínhamos nos visto uma vez, depois nos reencontramos... Eu pensei que era o jeito dela de garantir que eu seria cuidado depois que ela se fosse. Sei que parece bobagem, mas é por isso que também sei que vamos nos amar pra sempre. E que posso lidar com qualquer coisa, desde que eu tenha você.

Benjamin estava sem fôlego após a confissão, como se tivesse corrido dois quilômetros a toda velocidade.

Ele levantou o rosto para ela na esperança de ver a compreensão de volta em seus olhos, mas havia algo mais lá.

Algo que ele não conseguia interpretar. Algo que o assustou.

Algo que não fazia sentido. Ele franziu a testa e examinou mais de perto.

Parecia culpa.

Julho de 2017

CLARA

Quando ela acorda na manhã seguinte, leva alguns momentos para descobrir por que sua cabeça está martelando. E então, é claro, tudo volta. O que ela disse.

Eles não conseguiram sair para jantar em comemoração.

Thom está sentado na cama ao lado dela, e lhe entrega uma caneca de chá.

— Como está se sentindo? — pergunta baixinho.

— Péssima. Minha cabeça está me matando.

Uma ressaca de todas as lágrimas derramadas.

— Eu também.

Ele pega a mão dela e a aperta.

— Fiquei acordado a noite toda. Mas pensei em uma coisa — diz, seu tom de voz ainda cuidadoso.

Ela toma um gole do chá, apreciando o contato do líquido quente no interior de suas bochechas.

— Sim?

— O que você disse sobre filhos, ontem. Você nunca me disse que queria ter. Eu não sabia que estava pensando nisso.

Foi isso que ela disse? Que ela quer ter filhos?

A única vez que ela pensou em filhos foi no segundo ano da faculdade, quando ela e Benjamin falaram sobre quantos teriam e quais seriam os nomes. Foi uma conversa tão vívida que Clara ainda a revivia em seus sonhos, anos depois.

De alguma forma, parecia inimaginável depois daquilo — a ideia de querer ter um filho com qualquer outra pessoa.

Mas agora ela pensa na possibilidade novamente. Ter filhos. É isso que as pessoas fazem, não é? Elas têm filhos e assim não têm mais tempo para se preocupar com a própria estupidez egoísta. É altruísmo, mas não realmente. É uma fuga. A maneira inteligente da natureza de quebrar sua vida, de modo que não seja uma longa e monótona sequência de decepções e metas fracassadas.

Talvez seja aí que ela esteja errando. Thom continua:

— Eu pensei... Bem, podemos ir a uma clínica.

— Thom. Isso é um passo muito grande.

— Eu sei, mas eu não sabia. Eu gostaria que tivesse falado comigo a respeito antes. Que tivesse confiado em mim.

Ele a olha, mordendo o lábio. Suas sobrancelhas estão erguidas, como se ele estivesse tentando expressar algo com elas.

A promessa de que ela pode confiar nele.

Ele está tentando, como sempre faz. Está se esforçando tanto. Mas sua tentativa é exaustiva.

Clara entende agora: ela é um desafio para ele, e talvez seja por isso que ele fica. Porque ele ainda não a entendeu. Ele ainda não resolveu o quebra-cabeça que ela representa.

Thom tem uma nova energia esta manhã, e Clara percebe que o que ela fez na noite anterior aumentou a aposta. Tornou-a um desafio ainda maior.

Seu marido a ama mais esta manhã do que na noite anterior, e parece tão ridículo que o universo sempre se oponha tão fortemente às suas ideias sobre como as coisas deveriam ser, que ela decide, mais uma vez, ceder.

— Você é uma esposa incrível do jeito que me atura.

— Não há nada para aturar.

Embora tenha refutado aquilo, ela depois pensa na dor crônica de Thom, em como o deixa mal-humorado e difícil. Constantemente tendo que cancelar planos devido a surtos debilitantes. Não há mais longas caminhadas no Hyde Park. Não há mais aventuras de última hora. Apenas ficar em casa, envelhecendo, esperando para morrer.

É *sim* difícil. Vê-lo em tanta agonia e não poder ajudar.

Eles são codependentes.

— Claro que há — ele insiste, como se estivesse lendo seus pensamentos. — Eu sei como eu sou, Clara. Com as minhas costas e o meu trabalho estúpido. Viajando pra lá e pra cá, deixando você sozinha o tempo todo. Chegando tarde em casa quando fico obcecado por uma peça que estou criando. Poucas esposas tolerariam isso. Acho que às vezes você precisa se dar mais crédito. Você fica fixada nas coisas que não faz, em vez de se concentrar nas coisas que faz. Eu te amo, você sabe.

Ela não diz aquilo de volta para ele, mas, em vez disso, estende a mão e pega a mão dele novamente.

Thom a fisgou, mas tudo bem. Ela voltou à sua rede de segurança.

Clara nunca foi forte o suficiente para sair dela.

Ele sabe o que é melhor para ela. O que é melhor para os dois.

— Está bem. Vamos a uma clínica.

Ela tenta tirar a imagem de Benjamin da cabeça, a imagem patética e infantil das duas crianças que eles imaginaram que teriam um dia. Um menino como ele, e uma menina como ela.

É hora de crescer. Aceitar que sua vida, embora não seja a que ela imaginava, é boa e vale a pena ser vivida.

Seu coração fica um pouco mais leve. Talvez esta seja a resposta, afinal.

— Vamos ver se podemos ter um bebê — ela diz. — De alguma forma.

Julho de 2017

BENJAMIN

JÁ SE PASSARAM QUINZE DIAS E, NÃO IMPORTA O QUANTO BENJAMIN TENHA tentado, não consegue convencer Aiden a voltar aos treinos.

Uma hora atrás, Kenny até ligou para Benjamin.

— Os outros rapazes dizem que ele deve estar doente — disse Kenny.

— Não sei qual é o problema. Não consigo entendê-lo.

— Há muitos outros garotos para ocupar o lugar dele. Diga a ele que falei isso. Não tenho tempo para brincadeira. Se ele não voltar no fim de semana, está fora.

— Vou falar com ele de novo. Sinto muito.

— Fiz muito por esse rapaz. — A voz do treinador Kenny sai baixa, rouca. — Não é assim que espero ser recompensado.

A declaração soou ligeiramente ameaçadora. Benjamin desligou e subiu as escadas até o quarto de Aiden.

Ele estava deitado na cama, jogando Xbox.

— Desliga isso, cara — dispara Benjamin.

Aiden revirou os olhos.

— Era o seu treinador. Ele não vai mais segurar o seu lugar. Você tem que estar de volta ao treino no sábado.

Aiden piscou para ele e depois recomeçou o jogo. Benjamin respirou fundo. Por um minuto, sua vontade foi perder a paciência. Gritar com o filho. Mas algo lhe disse para não fazer aquilo.

— Tudo bem — disse Benjamin, pegando um prato com migalhas de torradas ao lado da cama. — Mas sair da equipe é uma grande decisão. Apenas se lembre disso. Uma vez feito, não tem mais volta.

Ele fecha a porta e para no corredor, se perguntando, agonizando como sempre, se fez ou não a coisa certa. Não pela primeira vez, ele desejou que a mãe estivesse viva. Ela saberia o que fazer.

Depois de alguns minutos olhando para a pequena janela circular no topo das escadas, ainda segurando o prato com as migalhas, ele ouve o som do Xbox sendo desligado. Em seguida, a voz de seu filho, baixa e furtiva, ao telefone com alguém.

Benjamin congela. Ele não devia estar fazendo isso. Não devia estar bisbilhotando, mas ainda assim parece ser por proteção ou algo assim. Alguém fez algo com seu filho, e ele precisa descobrir o que foi.

— Meu pai acabou de receber uma ligação do treinador — diz Aiden.

Benjamin arrisca se aproximar mais um passo da porta.

— Não. Bem, ele pode esquecer.

Há outra pausa.

— Não é certo. Eu não gosto. Você não precisa... Bom, talvez eu não queira tanto quanto você. Sacou? Talvez eu simplesmente não queira o suficiente!

Benjamin precisa reunir todas as forças para não invadir o quarto e perguntar a Aiden do que ele está falando, mas resiste.

Então, uma hora depois, Aiden desce.

— Tomei uma decisão — anuncia. — Vou voltar a treinar.

Benjamin tenta sorrir, mas seu rosto está congelado. É uma boa notícia, a notícia que todos eles queriam, mas há algo nos olhos de seu filho que ele não gosta.

Resignação. Decepção. Medo.

— Tem certeza?

— Sim.

— Vai me contar agora, então? O que foi que o chateou?

Aiden permanece na porta e inclina a cabeça de lado. Ele abre a boca como se fosse dizer alguma coisa, mas a fecha novamente.

— Eu só não gosto de todo mundo bebendo — ele diz, por fim. — É imbecil.

Benjamin solta o ar que estava prendendo. *É claro.*

— Olha o que isso fez com a minha mãe. Eu não entendo por que todos eles têm que ficar tão bêbados o tempo todo. O Jonny estava tão fora de si naquela noite no treinador que se mijou. É uma zona.

Benjamin fecha os olhos. Aiden tem apenas doze anos. Como ele pôde ter sido tão estúpido a ponto de não ver o efeito que o alcoolismo de Zoe tivera no filho?

— Eu entendo — ele diz, balançando a cabeça diante da própria estupidez. — Sinto muito, campeão.

— É — diz Aiden, de repente mais animado do que há dias. — Qual é a graça de beber tanto a ponto de se mijar? Ou vomitar nos próprios sapatos?

Ele parece Clara falando. Ambos estavam certos. E Benjamin estava cego para isso. Era o mesmo quando ele era criança, então ele simplesmente aceitou. A cultura da bebida vinha com o jogo.

Mas ele devia ter dito algo ao treinador. Devia ter protegido o filho.

— Nada. Não há nada de bom nisso. Você está coberto de razão. Vou falar com seu treinador.

Benjamin está tão aliviado por ser aquilo, não outra coisa. Não ser algo pior. Seu filho é tão inteligente. Tão sensato e forte.

— E foi só isso?

— Sim. Vai me deixar lá de manhã?

— Claro — diz Benjamin, se levantando e puxando seu filhinho, que de repente parece tudo menos pequeno, para um abraço.

Ele está aliviado, embora ao mesmo tempo uma pequena voz sussurre que Aiden continua escondendo algo dele.

— Mas só se tiver certeza. Não quero pressionar você.

— Meu Deus — diz Aiden, se afastando e revirando os olhos. — Se decide.

Em seguida, ele se vira e vai para o jardim, onde pega sua bola e vai praticar suas embaixadinhas.

Naquela noite, Benjamin vai para o minúsculo apartamento de Emily à beira-mar. Ela se esforçou: preparou o jantar, comprou cerveja especialmente para ele. Ela não bebe, a única mulher do norte do país que ele já conheceu que não bebe. É bom para ele, o ajuda a beber menos.

Ele se lembra das palavras do juiz em sua sentença. Em vez de servir como uma desculpa, o fato de que ele estava bêbado foi tomado como um fator agravante. Foi a razão pela qual sua sentença foi mais longa do que poderia ter sido.

— Você continua preocupado com Aiden — observa ela, enquanto eles terminam de jantar.

— Eu só acho que ele não está me contando tudo. Entendo que ele não goste da cultura da bebida...

Emily o olha incisivamente. Claro, ela sente o mesmo.

— Mas ele já viu pessoas bêbadas antes, nos jogos, e nunca falou nada a respeito. Tenho medo de que ele esteja sentindo falta da mãe. Quer dizer, Deus, já se passaram mais de quatro anos desde que ele a viu pela última vez.

— Ele já falou dela pra você? Já disse que quer se reconectar?

— Não.

— Ele é um rapaz esperto. Ele te dirá, se você não forçar. Dê um pouco de espaço a ele. Ele vai acabar se abrindo. Ainda bem que ele resolveu voltar, no final, não? Mostra que não pode ter sido nada muito sério.

Benjamin franze a testa.

— Talvez. Suponho que sim. Mas ele não parecia exatamente feliz em voltar.

— Devem ser os outros rapazes. Eles sabem ser brutais com qualquer um que vá contra a corrente. Ele já foi intimidado antes?

— Não.

Benjamin pensa no charme de Aiden, em como o menino se portou até hoje com tanto equilíbrio, instintivamente sabendo como agir para conquistar as pessoas. Benjamin não tem ideia de onde o filho herdou essa habilidade.

— Acho que não. Ele nunca mencionou nada. Ele sempre teve um monte de amigos.

Emily toma um gole de água.

— Bem, imagino que seja diferente com o futebol, não? Eles são todos amigos, mas também estão em competição entre si, né?

— Sim, de certa forma. Embora eles devam ser uma equipe, isso é uma grande parte desse esporte.

— Sim, mas pense bem. Ele está prestes a fazer treze anos, não está? Todos esses hormônios despertando...

Benjamin sorri. Emily está tentando, mas não está funcionando. Ele conhece o próprio filho, mais intimamente do que conhece qualquer um. Ele sabe quando algo não está certo.

— Talvez seja uma menina? — ela sugere, interrompendo seus pensamentos. — De repente ele conheceu uma menina e quer passar mais tempo com ela. Talvez ela esteja dando um gelo nele por negligenciá-la e colocar o futebol em primeiro lugar?

É como um soco no estômago, um lembrete de como Clara o acusava de amar o futebol mais do que a amava. Era ridículo, tolo e, de forma indireta, resultou na situação que levou a vida dele a seguir uma trajetória completamente diferente.

Para o bem de Aiden, ele espera que não seja isso.

— Quer que eu pergunte a ele? Posso falar com ele se quiser. Nós nos damos muito bem. Na verdade, eu ia perguntar...

As bochechas dela ficam rosadas e ela toma outro gole e pigarreia.

— Eu pensei, talvez... Bem, meu contrato aqui está vencendo e eu me perguntei se vocês dois...

Ele olha para ela, nervoso com o que ela dirá a seguir.

— Eu sei que é cedo, mas sabe como eu me sinto em relação a você, Benjamin. Você sabe o quanto eu te amo. Eu me perguntei se talvez fosse uma boa ideia nós...

Ela engole em seco.

— Arranjarmos um lugar para morarmos juntos? Um lugar maior? Só nós três? O que acha?

Ele está tão surpreso com a sugestão — que na superfície é completamente razoável e compreensível, mas também tão distante de qualquer coisa que ele já tenha cogitado.

— Esquece — ela diz, vendo o semblante dele. — Não importa. É muito cedo, eu entendo. É só pelo apê... Preciso avisar se quero ou não ficar por mais um ano, mas talvez eu pergunte ao proprietário se dá para fazer um contrato mês a mês ou algo assim? Tenho certeza de que tudo bem.

— Não — ele diz. Ela está murchando na frente dele, visivelmente desmoronando, e é tudo culpa dele. Outro coração partido por sua inadequação. — Não é isso! Eu gostaria. Eu só não estava pensando nisso, desculpe. Você me pegou de surpresa. Só preciso me acostumar à ideia.

— Claro — ela diz, se animando de novo. — Com certeza. Não quero pressionar você. Especialmente não com... Bem, tem o seu pai também.

Seu pai.

Como ele poderia fazer isso? Como voltar para casa no dia seguinte e dizer ao pai que vai se mudar e levar Aiden junto? Era o mesmo que ir para casa e dar um tiro na cabeça dele.

— É só que meu pai é muito...

Como explicar o que significa para George participar da criação do neto, o propósito que isso dá aos dias dele?

Além disso, Benjamin está preocupado com ele, com sua fragilidade. George tem envelhecido — mudanças microscópicas dia após dia que acabarão por levar a um colapso em grande escala. Ele não pode imaginar perder o pai. Agora não. Nunca.

— Ele adora ter o Aid por perto. Só isso. Eu só não quero chateá-lo.

Como sempre, ele está condenado. Condenado a chatear uma pessoa ou outra.

Entre a cruz e a espada, seu lugar eterno.

— Claro. Fiquei pensando se talvez ele quisesse um pouco de paz na velhice, mas é claro. — Ela ri de si mesma. — Que tolice minha. Claro que ele adora ter vocês dois por perto.

Benjamin sabe que George não gostaria que ele colocasse sua vida em modo de espera, assim como sabe que George gosta de Emily. Mas parece o dever de Benjamin: cuidar do pai, que está sozinho e velho, pelo resto da vida dele.

Ele nunca ponderou ir embora, e sabe que George está feliz em tê-los lá também. George nunca os incentivou a se mudarem — não depois que Benjamin foi promovido a gerente do bar, nem depois que ele começou a pegar trabalhos de cinema como freelancer. Mas como pedir a Emily para continuar em um relacionamento quando ele não tem intenção de realmente dar os próximos passos?

Benjamin pode imaginar o que o pai diria se ele fosse para casa e lhe dissesse que estava planejando morar com Emily e que ia levar Aiden.

Ele abriria um sorriso e diria *Boa ideia, ela é uma moça linda,* mas também ficaria triste e tentaria esconder.

— Vou pensar no assunto — promete Benjamin. — Seria ótimo, mas é uma decisão importante. Vamos pensar um pouco mais. Então, qual filme quer assistir hoje?

Fevereiro de 2018

CLARA

Ela desafiou as probabilidades na clínica de fertilização in vitro. O especialista está perplexo.

— Sinto muito. Infelizmente, essas coisas não são tão bem definidas como gostaríamos.

Os óvulos dela e o esperma de Thom não querem se misturar. Eles já tentaram três rodadas. Na primeira, fizeram fertilização in vitro convencional — e o esperma no prato apenas nadou ao redor de seu óvulo, ignorando-o. Quase como se fosse repelido por ele.

Na segunda e terceira, eles tentaram um procedimento mais complicado, onde o melhor espermatozoide foi escolhido por especialistas, depois injetado diretamente no óvulo.

Forçado a entrar, como um invasor.

O óvulo não se desenvolveu, como se tivesse sido envenenado.

Ela desataria a rir se não fosse motivo para chorar.

— Não há motivo para não tentarmos novamente, claro, mas entendo que deve ser um resultado muito decepcionante para vocês.

Ela olha para Thom, que está com os lábios apertados como fica sempre que recebe notícias de que não gosta.

— Qual é o próximo passo, então? — ele pergunta, sem emoção.

— Bem, como eu disse, podemos tentar de novo, ou talvez possamos investigar algumas outras opções?

Ela abstrai enquanto o especialista discute o uso de óvulos ou espermatozoides de doadores. Isso só pode ser um sinal.

De que ela e Thom não devem reproduzir.

Eles não foram feitos para reproduzir naturalmente e não podem forçar aquilo. Não podem ignorar o poder da natureza, não importa quanto dinheiro ou tratamentos médicos envolvam na questão.

Ela tem conversado com Lauren a respeito. Lauren, com suas gêmeas de seis meses, muitas vezes liga para Clara aos prantos, oferecendo a ela, meio brincando, uma das duas de graça.

Resolveria ambos os nossos problemas de uma só vez. Que tal? Pode ficar com a Sammy, essa merdinha! Eu dei à luz as duas, então mereço ficar com a criança mais fácil.

No entanto, depois de seis anos, Lauren perdeu a paciência para a situação entre Clara e Thom.

Por amor de deus, Clara. É só deixá-lo. Não entendo por que você insiste quando obviamente não é feliz.

Já pensou que talvez só não queira fazer sexo com ele porque na verdade não gosta dele?

Depois que Thom a beija no rosto, na saída da clínica, e marcha na direção oposta rumo ao metrô com destino à joalheria, ela permanece um tempo na calçada.

Clara não precisa ir ao jornal naquele dia. Ela devia voltar para casa e trabalhar em seu livro, mas é difícil deixar a história da fertilização in vitro de lado, então ela decide ir ao café mais próximo e pensar a fundo sobre o que fazer.

— Um café com leite, por favor — pede para a senhora atrás do balcão. Ela examina os bolos em suas cúpulas de vidro. — E um bolo de cenoura.

Clara leva o café e bolo para a última mesa vazia junto à janela e se senta, observando o mundo passar.

Na superfície, ela e Thom são bons juntos. Eles raramente discutem. Os dois riem, às vezes, de coisas bobas na televisão. Falam sobre política e estão amplamente de acordo sobre todos os temas principais. A família dela o ama. A família dele a acha agradável o suficiente. Eles têm o mesmo gosto para filmes. Ambos adoram estar ao ar livre, caminhando por horas no Hyde Park quando ele não está com muita dor, discutindo os meandros de seus conhecidos.

Ela acha o trabalho dele genuinamente interessante, e ele respeita a opinião dela sobre seus designs.

Eles são melhores amigos. Mas ele não é sua alma gêmea.

E ela não quer ter um filho com ele. Ela sabe disso agora com uma certeza que a surpreende.

Do nada, Clara começa a chorar. Apenas lágrimas discretas, uma expressão do desespero que ela sente.

Ela sente falta de Benjamin mais do que nunca. É uma dor visceral, uma dor física. No entanto, já se passaram quinze anos desde que eles estiveram juntos pela última vez. É uma loucura ainda ansiar por ele.

Ela pega o celular e o procura na internet, assim como fez tantas vezes, mas não há nada a ser encontrado.

Como uma viciada tentando satisfazer uma fissura, ela acessa sua antiga conta no Hotmail — que ela não usa há anos — e lê os e-mails trocados entre os dois. Dos primeiros dias, quando esperava na fila para usar os computadores da biblioteca da faculdade, só para poder enviar um.

São centenas. Eles trocaram e-mails diariamente durante todo o tempo em que ficaram juntos, mesmo que passassem todas as noites nos braços um do outro. De alguma forma, ainda havia muito a dizer.

Os dela eram discursos grandiosos e longos. Os dele eram curtos, doces e cheios de erros ortográficos.

Ela clica em um aleatoriamente.

Não sei para onde ir depois daqui. Claro que eu quero te ver, mas não acho irracional querer passar um tempo com meus colegas de apartamento também. E não, a Tina não estará lá. Ela foi passar o fim de semana em casa. E mesmo que ela estivesse lá, NADA ACONTECEU. Ela é só uma amiga.

Não sei o que dizer. Sinto muito por gostar de futebol. Sinto muito por gostar de assistir com meus amigos. Sinto muito que você odeie tanto.

Eu te amo, mas isso está nos separando.

SEU

BE

Mesmo tendo revisitado aqueles e-mails de tempos em tempos ao longo dos anos, é um choque reler este agora e se lembrar de como ela era irracional. De como era ciumenta e desconfiada.

Mas não eram apenas suas inseguranças que a faziam se ressentir do tempo que ele passava no pub. Era a cultura que rodeava aquilo. Beber até cair. A gritaria, as importunações, urinar na rua.

É um comportamento nojento, animal. E não era assim que ela o via. Seu Benjamin.

Sóbrio, era como se fosse outra pessoa, mas ele não parecia entender isso. Havia dois lados nele: o rapaz maravilhoso e carinhoso, por quem ela se apaixonou, e o bêbado que ela atravessava a rua para evitar. Era como se o álcool o transformasse em alguém irreconhecível. Alguém que não conseguia se controlar.

Não era só ele, e ela sabia. Todo mundo fazia aquilo, não apenas torcedores de futebol. Todo mundo achava engraçado beber cerveja até acabar vomitando na sarjeta à uma da manhã. Eles estavam na faculdade. Estavam se divertindo. Fazia parte da *experiência.*

E a própria Clara não estava imune a isso. Ela já havia bebido até vomitar com eles. E quando o fazia, Benjamin cuidava dela em vez de repreendê-la.

Portanto, ela era uma hipócrita.

Ela se pergunta como é a vida universitária agora. As pessoas ainda se comportam da mesma forma? A cultura da bebida ainda está enraizada na experiência tanto quanto as lições e as aulas? Clara pensa na obsessão global com o bem-estar e espera que as coisas tenham mudado.

Ela clica na própria resposta ao e-mail.

> Sinto muito por você não me amar mais do que ama encher a cara com seus amigos.
>
> Eu faria qualquer coisa por você. Eu desistiria de qualquer coisa por você.
>
> Você é a coisa mais importante para mim.
>
> Acho que simplesmente somos diferentes. Acho que eu simplesmente te amo mais do que você me ama. A culpa não é sua. Mas sorte sua, hein?

Ela fecha os olhos, sentindo as bochechas ruborizadas. Caramba, ela era tão intensa. Tão exigente e intransigente. Ela era tão jovem.

E de onde viera aquilo? Aquela profunda desconfiança dele? De sua própria experiência estúpida com Daniel?

De Benjamin ter ido para casa quando a mãe estava morrendo sem revelar o que estava acontecendo?

Ou por saber que, enquanto ele estava lá, ela transara com outra pessoa? Por uma patética sensação de superioridade da qual ela se arrependeria pelo resto da vida.

Pobre Benjamin. Ele nunca teve nem chance.

Fevereiro de 2018

BENJAMIN

Benjamin chega adiantado para buscar Aiden. Ele geralmente espera no carro, mas hoje resolve sair e assistir ao final do treino.

Eles estão em campo, praticando dribles. O tempo está chuvoso e miserável. Benjamin sobe o capuz.

Kenny está mostrando aos meninos como driblar os cones mantendo sempre o controle da bola. O campo é um mar de marrom sob seus pés.

Benjamin se lembra bem da sensação de estar coberto de lama e suor ao final de um treino.

Um dos garotos escorrega e cai. O treinador o cerca.

— Levanta, seu fracote!

O menino rola.

— Eu não ouvi! — grita Kenny.

O menino fica de pé.

— Sinto muito, treinador — ele murmura.

Benjamin percebe que o rapaz está tentando não chorar.

— É, sente muito. Espere só que vai sentir, sim. De volta ao início.

O menino recomeça o exercício com as bochechas inchadas e vermelhas.

Benjamin engole em seco. O belo jogo está mais brutal do que nunca.

Mas a vida é brutal, e é preciso estar preparado para isso. Quando o treinador de Benjamin batia neles se fizessem algo errado, ninguém nem pestanejava. Pelo menos as coisas melhoraram um pouco desde então.

O treinador sopra o apito e os meninos param e formam uma fila. Soldados enlameados, de bochechas vermelhas, ofegantes.

Benjamin olha para Aiden. Seu rosto está sem expressão, olhando para algum ponto vago na frente dele.

Kenny caminha pela fila, soltando camisas da cintura dos shorts e até se agachando para puxar meias para cima. Ele para na frente do rapaz mais baixo. Benjamin nunca o viu antes. Ele parece tão jovem. Ele está literalmente tremendo.

O treinador está tão perto dele que o seu nariz quase toca o do garoto.

— Então quer jogar pela Inglaterra um dia, hein?

— Sim, treinador.

— Melhor virar homem, então — diz Kenny, olhando para baixo enquanto puxa e solta o cós da bermuda do menino.

Alguém dá uma risadinha.

Gary, amigo de Aiden, aquele do pai agressivo. Os dois não têm passado muito tempo juntos, Benjamin se dá conta. Ele se pergunta por que se afastaram. As festas na casa do treinador, talvez. Aiden comentou que Gary as frequenta regularmente.

Benjamin ainda sente que nunca entendeu direito o que incomodou Aiden naquela noite.

O treinador dispensa os garotos com um aceno de mão, e a fila se desfaz.

Benjamin fica para trás, observando, enquanto os meninos se dirigem para o vestiário de concreto. Eles estão conversando alegremente, dando tapas nas costas uns dos outros. Um dos mais altos até apoia o braço nos ombros do jovem zombado por Kenny.

Mas Aiden fica de fora da camaradagem. Ele caminha sem pressa atrás de todos eles, de cabeça baixa, e desaparece no vestiário.

— Edwards?

Benjamin olha para cima. O treinador Kenny o viu e está vindo na sua direção.

— Oi — diz Benjamin, enquanto o treinador passa o antebraço pela testa suada.

— Algum problema? — pergunta Kenny, ligeiramente ofegante.

— Eu queria falar com você. Sobre as festas na sua casa.

Benjamin engole em seco, sentindo-se ridiculamente nervoso. É como se ele tivesse doze anos de novo, tentando enfrentar o próprio treinador.

— Especificamente, sobre a bebida.

As bochechas do treinador Kenny são apinhadas de pequenas veias rompidas, seu nariz é uma colcha de retalhos de poros abertos. Ele solta um grande suspiro.

— Os mais velhos ganham *uma* latinha se tiverem jogado bem naquele dia. Uma lata cada, para ver se finalmente ganham uns pelos no peito. Não é nada. Só um agrado.

— Aiden só tem doze anos.

Benjamin tenta segurar o nervosismo. Ele sabe que Kenny está mentindo — uma lata de cerveja não deixaria um menino de quinze anos bêbado a ponto de se urinar.

— Sim, talvez. Mas ele só foi à minha casa uma vez, e ele não bebeu, correto? Então. Aí está. Caso encerrado, meritíssimo.

Ele dá uma risada sarcástica. Benjamin franze a testa.

— Ele é um dos melhores da equipe, sabe. É uma pena que seja tão tenso.

— Ele é uma criança — diz Benjamin, com firmeza.

O treinador não interrompe o contato visual.

— Não o subestime.

Benjamin está prestes a perguntar o que ele quis dizer com aquilo, mas Gary aparece.

— Pronto, treinador?

— Sim — responde Kenny, apoiando o braço nos ombros de Gary enquanto se afastam.

Benjamin continua onde estava, observando os dois saírem juntos, o treinador bagunçando os cabelos de Gary e rindo.

— Pai?

Aiden está na frente dele. Zangado.

— O que está fazendo aqui? Por que não esperou no carro?

— Eu queria ver como estava indo o treino.

— Está indo bem. Anda, cara, vamos.

Aiden começa a se dirigir para o pequeno estacionamento.

— Ei! Por que o Gary foi com o treinador? — pergunta Benjamin, correndo para alcançar o filho. — Mais uma festa?

Aiden dá de ombros.

No caminho de casa, Benjamin fica remoendo o que o treinador disse sobre Aiden ser tenso.

— Esse Kenny é um pouco arrogante, não é? — sonda Benjamin.

Aiden bufa.

— Ele disse que você é um dos melhores do time. Mas se o futebol não está te deixando feliz...

— Caramba, já não chega disso? — dispara Aiden.

— Filho, só estou dizendo que se isso está te deixando infeliz...

— *Você* está me deixando infeliz! Os treinos estão bons. O futebol está bom. Só me deixa em paz, cara.

Benjamin faz o que o filho pede. O que mais ele pode fazer?

O relacionamento entre os dois está tenso há três meses. Desde que ele terminou com Emily. Aiden ainda não o perdoou.

Benjamin o observa enquanto ele termina seu jantar rápido demais, pega o prato vazio e o joga na pia.

— Ei — ele chama, irritado. — Vai continuar sentado conosco até seu avô terminar de comer.

Aiden revira os olhos e pega uma maçã da fruteira, esfregando-a no suéter.

George levanta o rosto do prato.

— Tem treino esta noite?

— Tenho, vô.

— Como está indo?

Aiden dá de ombros e declara:

— Bem.

George fica quieto, como se aquela resposta bastasse, e continua comendo. Benjamin sente a frustração aumentando.

— Olha, se você tem algo a me dizer, Aiden, apenas diga. Todos nós temos que conviver juntos. Não vou mais tolerar essa atitude.

— Não tenho nada a dizer.

— Eu sei que você sente falta da Emily. Eu também, mas...

— O quê?

— Era complicado.

Aiden bufa.

— Igual com a minha mãe?

Benjamin olha surpreso para ele.

— Com ela era diferente, e você sabe bem.

— Tanto faz. Eu realmente não dou a mínima. Fique à vontade para acabar sendo um velho solitário e chato se quiser.

— Não vou aceitar que você fale comigo assim. Vá pro seu quarto.

Aiden sai zangado sem sequer olhar para trás. Talvez tenha sido uma provocação deliberada — ele queria sair dali. Ultimamente, ele parece preferir fazer qualquer coisa a se sentar e comer uma refeição em família.

— Eu ferrei com tudo — constata Benjamin, afastando o restante do jantar e dando um grande suspiro.

George olha para ele.

— Não. Você fez o que achou certo com a Emily. Ele entenderá com o tempo.

— Assim como fiz o que achava que era certo tantos anos atrás?

George o olha com pena.

— Ele não é mais o mesmo, pai, não desde que deu aquela pausa nos treinos. Não sei o que é. Você devia ter visto como os outros garotos o trataram no clube. É como se ele nem estivesse lá.

— Você precisa parar com isso. É a idade dele. Você está exagerando.

Mas Benjamin não consegue parar. Tem alguma coisa diferente com seu filho. E não são só os hormônios. Ele ainda nem é adolescente.

Em vez de discutir, no entanto, Benjamin respira fundo e tenta confiar no pai.

— Espero que você esteja certo, pai. Eu realmente espero.

quarta parte

Abril de 2022

23h34

CLARA

Clara olha para Benjamin na tela da TV. Por alguns segundos, ela não sabe como reagir.

Então ele some, a câmera já de volta no repórter, agora lendo o número de emergência para o qual as pessoas podem ligar se estiverem preocupadas com um parente.

Ela queria poder voltar o programa para ver Benjamin novamente, mas a transmissão retorna para o estúdio. Será um ciclo — notícias de última hora — e eles mostrarão a filmagem novamente, ela sabe, mas não nos próximos dez minutos pelo menos.

Ela não pode ligar para ele agora. Não agora que sabe que ele está lá, no meio disso tudo, vivendo um pesadelo.

Ao menos agora ela sabe que ele está vivo. Mas e seu filho, Aiden?

Clara não fazia ideia de que ele tinha um filho.

Não deveria ser uma surpresa Benjamin ter mantido o fato em segredo. É isso que ele faz: guarda segredos.

Será que significa que ele está casado e feliz? Levando uma vida normal?

Como seria sua esposa? Alguém com um histórico semelhante? Alguém como Tina, que amava futebol e não o azucrinava nem pedia que ele escolhesse entre ela e o esporte?

Teria sido por isso que ele não quis reencontrá-la quando ela sugeriu, anos antes?

Ela começa a chorar, embora mais de fúria que de tristeza. Ela passou todos esses anos sonhando com um futuro que nunca terá?

É isso, então. Fim de jogo.

Ela vai se enfiar na cama agora; amanhã de manhã, ao acordar, vai se vestir e pegar o primeiro trem para casa. Para Londres.

E então ela fará algo sobre sua vida. Sobre seu resquício de um casamento.

E talvez escreva outro livro. A sequência do primeiro, agora há muito abandonado.

Um livro sobre como você tenta seguir em frente após desperdiçar a vida toda imaginando que seu primeiro amor sentia por você o mesmo que você por ele.

Junho de 2002

BENJAMIN

— NÃO ACREDITO QUE SÓ TEMOS MAIS UMA SEMANA DE FACULDADE — confessa Clara, vestindo a camiseta de volta.

Seu rosto está corado. Eles acabaram de fazer sexo, e ela está atrasada para o último encontro com seu grupo de estudo.

— É muito louco — ele concorda, olhando para o teto.

— Mal posso esperar para sair dessa cidade e começar a viver minha vida direito — continua ela, se debruçando sobre ele e se deitando de volta na cama.

Os cabelos dela estão longos — ela não os corta há mais de um ano — e caem na frente de seu rosto, obscurecendo seus olhos.

Benjamin os prende atrás de suas orelhas.

— Não vai sentir falta daqui? — ele pergunta. — Só um pouquinho?

Ela balança a cabeça lentamente. Ele a puxa de volta para cima dele.

— Não vai sentir falta... — insiste ele, beijando-a — ... disso?

— Você vai me fazer chegar atrasada — ela chia, batendo nele. — Te vejo hoje à noite.

E então ela se vai, e ele se vê sozinho no quarto dela. Só ele e Leonardo DiCaprio.

Benjamin está achando o último ano difícil.

Ele nunca foi o mais brilhante dos alunos. Um de seus professores na escola disse que ele poderia ser disléxico, mas nada foi feito a respeito.

A parte técnica do curso é relativamente fácil para ele, mas explicar a metodologia é mais difícil.

Ele teve que escrever duas longas redações para seu projeto final, descrevendo o processo por trás do jogo digital que produziu, e foi uma luta.

— Pode ler pra mim? — ele pergunta naquela noite.

Clara está sentada no chão, apoiada na lateral da cama, fazendo anotações de mais um romance do século XVIII, seu último trabalho. Ela já terminou os exames. Ela trabalha duro e está no caminho certo para um diploma com honras. Ele se pergunta, às vezes, o que acontecerá se ela não conseguir aquilo. Como ela vai lidar.

Às vezes, ela acorda à noite hiperventilando, preocupada com as notas. Ela se cobra tanto.

Clara se vira para olhar para ele. Seus cabelos estão presos em um coque no alto da cabeça e ela está de óculos. Ela odeia aqueles óculos, mas eles combinam com ela.

— O quê?

— Meu projeto de produção.

Ele engole em seco.

Ela fecha o livro.

— Nossa — ela diz, sorrindo. — Claro. Eu adoraria.

— Sei que você está sobrecarregada — ele diz, olhando para o enorme fichário com as meticulosas anotações ao lado dela. — Então só se você tiver tempo.

— Lógico — ela afirma, se inclinando para beijá-lo. — Claro que tenho tempo. Isto é, eu já terminei isso aqui, na verdade. Estou só revisando.

Ele fica tão aliviado que relaxa direito pela primeira vez em semanas. Antes que ele se dê conta, seus livros estão no chão amontoados ao lado da cama e os dois estão fazendo amor novamente, e ele fecha os olhos e tenta imaginar alguma coisa no mundo capaz de superar aquele momento. É impossível.

É isso. O auge. É ladeira abaixo dali em diante.

Depois, eles ficam deitados juntos, e ela ri sobre como bagunçou os cabelos dele e ele pensa no futuro, em como em apenas alguns meses estará visitando o pai enquanto ela estará em Londres e os dois estarão distantes.

Ele precisa conseguir uma média final boa. Ele sabe como bons empregos em Londres são concorridos, mas precisa se mudar para lá o mais rápido possível após se formar.

Antes que ela conheça outra pessoa. Alguém melhor que ele.

É só uma questão de tempo. Ele já viu como os outros homens olham para ela. Ela é um prêmio, mesmo que não se dê conta.

— O que você acha que vai acontecer? — ele pergunta baixinho, acariciando seus cabelos enquanto ela se encosta nele.

— Com o quê?

— Nós.

— O que quer dizer?

Ela soa ligeiramente irritada.

— Estou com medo de não encontrar um emprego facilmente. Você estará lá, conhecendo pessoas no seu curso de jornalismo, e eu preso no norte tentando arranjar entrevistas de emprego a cinco horas de distância, e...

— Você pode vir morar comigo. Meus pais não se importariam, tenho certeza. E depois que eu terminar meu curso, arranjo um emprego e um apartamento, e podemos morar juntos.

— Não posso. Eu não posso ir morar com seus pais. Isso não é ser independente. Eu tenho que trilhar meu próprio caminho.

— Bom, então arranje um quarto numa casa compartilhada ou algo assim. É o que a maioria das pessoas faz, não é?

— Mas sem emprego, não posso pagar. É como a questão da galinha e do ovo.

Ela se cala.

— Sim, mas vai dar tudo certo. Eu sei que vai. Você e eu, é o destino. Vamos fazer dar certo de alguma forma.

Ele sorri e a beija novamente.

— Espero que tenha razão, CDC. Porque não consigo imaginar minha vida sem você. Eu realmente não consigo.

— Que bom. Porque você nunca vai precisar.

Uma semana depois, Benjamin já entregou o projeto final, e a Inglaterra está nas quartas de final da Copa do Mundo.

Eles venceram a Argentina, o que foi um milagre em si. Ele mal acredita. Parece o encerramento perfeito para o ano letivo. Será que a seleção inglesa poderia realmente ir até o fim?

Benjamin primeiro achou engraçado, mas logo ficou triste com a irritação de Clara quando a Inglaterra se classificou para as quartas de final.

— Você não pode apoiar nem a seleção nacional? — ele perguntou, perplexo.

Ela balançou a cabeça teimosamente, como uma criança.

— Não é como se eles chegassem a ganhar alguma coisa no final — argumentou, com um pessimismo que o irritou. — E eu odeio como isso monopoliza o país todo. Não se ouve nada sobre arte ou nenhum outro assunto no noticiário!

— Clara, poxa...

Ele só a chamava de Clara quando estava irritado com ela. Ela estreitou os olhos.

— Cadê seu patriotismo?

— Patriotismo é a virtude dos viciosos — retrucou ela. — Oscar Wilde.

Ele balançou a cabeça, tentou engolir o nó na garganta e mudou de assunto.

Ao longo do ano anterior, eles chegaram a um acordo: quando há uma partida de futebol em andamento, ele deixa o celular em casa, e ela faz o que precisa fazer para se distrair enquanto ele está a poucas ruas de distância.

Depois ele liga para ela no dia seguinte, já sóbrio, e ambos fingem que nada aconteceu. Ela não faz perguntas e tenta não imaginar o que ele fez na noite anterior.

Ele jura que não faz nada além de beber com os amigos; mas, mesmo assim, por algum motivo, ela acha intolerável.

É algo que o deixa triste, mas que ele aceitou. E daí se a namorada do Dave gosta de futebol tanto quanto ele, sai com eles e aguenta beber mais que todos os caras juntos? Não é a praia de Clara e pronto. Não significa que há algo inerentemente errado com o relacionamento deles, significa?

Ele a levou para uma partida uma vez, no início do segundo ano dos dois.

Um dos amigos de George estava de cama com gripe e ofereceu seu ingresso de temporada. Parecia a oportunidade perfeita para levá-la para assistir a um jogo e apresentá-la ao pai.

Benjamin enrolou seu cachecol do Newcastle City em volta do pescoço dela antes de partirem. Clara ficou tão bonitinha — adorável, até —, e ele estava animado para os dois se conhecerem.

Ao ver como George olhava para ela, ele soube que o pai estava impressionado, que achava que Benjamin tinha se saído bem. E Clara foi educada e encantadora, embora um pouco tímida, com George. Por alguns breves instantes na entrada do estádio, ele se sentiu feliz como não se sentia há anos.

Ele apertou a mão dela enquanto subiam os degraus de concreto juntos para seus lugares. Estava frio para setembro, e ele ficou satisfeito por ela estar com o cachecol. George se sentou na cadeira do amigo de Benjamin, algumas fileiras atrás.

Mas a alegria de reunir todas as coisas que mais importavam para ele durou pouco.

Clara odiou tudo, permanecendo sentada quando a multidão rugia e se levantava após um gol. Ela não se juntou à cantoria, mesmo que Benjamin ditasse as letras.

— É muito barulhento — ela comentou a dada altura, puxando o braço dele. — Esse homem aqui atrás fica me empurrando e gritando no meu ouvido. Vou pegar uma bebida.

Ela perdeu a maior parte da partida. Ela não gostou de como estranhos tentaram dar tapinhas em suas costas em comemoração, da cadeira de plástico dura e desconfortável, e ficou chateada quando o goleiro foi acidentalmente chutado no rosto, ganhando um nariz ensanguentado.

Depois, eles reencontraram George do lado de fora.

— Primeira vez em uma partida, foi? — perguntou George. — O que achou?

— Definitivamente foi... memorável — ela respondeu, abrindo um sorriso amarelo.

Clara era uma péssima mentirosa, e George logo percebeu.

— Ah, tudo bem, querida. A mãe de Benjamin também não era muito fã.

Dessa vez, o comentário tirou dela um sorriso sincero.

— Talvez seja algo só para os meninos — ela observou, ao que George demonstrou compreensão. — Foi um pouco barulhento pra mim.

Assim que George os deixou a sós para voltar para casa, ela confessou:

— Sinto muito. Eu te amo, mas foi horrível!

Benjamin sentiu que não havia como responder.

— Muita energia masculina em um lugar só.

Depois daquele episódio, ele desistiu de qualquer esperança de fazê-la amar — ou mesmo gostar — de futebol.

Afinal, nenhum relacionamento é perfeito.

Hoje há duas partidas: Inglaterra e Brasil primeiro, depois Alemanha e Estados Unidos.

— Eu não acredito que você está indo para um pub cedo assim — ela diz, sentada na cama enquanto ele veste a camiseta.

Ele está prestes a sair da pequena casa geminada que Clara dividiu com Lauren no terceiro ano para encontrar os amigos no The Ram.

— Bem, este é o problema de uma Copa do Mundo no Extremo Oriente. A diferença de horário não é nada legal.

Os pubs adquiriram uma licença especial para abrir mais cedo e transmitir as partidas durante todo o campeonato. Benjamin também não acredita que vai a um pub tão cedo — são sete da manhã —, mas aquilo só torna tudo ainda mais empolgante.

— Mesmo assim. Beber a uma hora dessas. É nojento.

— Eu vou me controlar — ele diz, piscando.

Ele não vai se irritar com ela hoje — ele está feliz demais. A Inglaterra pode realmente passar para as semifinais. Seria épico.

— Espero que você não fique mal se eles perderem — ela diz, parecendo preocupada.

— Não seria para menos — ele responde, rindo. — A Copa do Mundo só acontece a cada quatro anos, sabe.

— Certo.

— Clara...

— Eu só não entendo por que você tem que assistir ao jogo da Alemanha depois também. Uma partida de futebol por dia não é suficiente? Você estará desmaiado na hora do almoço.

Ele balança a cabeça. Benjamin já sente os ombros endurecendo, então, em vez disso, ele pega a pequena almofada que ela mantém na cadeira da escrivaninha e a atira nela.

— CDC — ele diz, esperando apaziguá-la com o apelido. — Você sabe que eu te amo mais do que eu amo futebol, não sabe? E eu amo *muito* futebol.

Ela revira os olhos e se deita de volta na cama.

— Tanto faz. Tudo bem. Não vamos falar sobre isso. Vá se divertir e ficar bêbado até acabar urinando no próprio jardim, e amanhã nós seguimos em frente com nossas vidas como adultos.

Ele respira fundo.

— Clara. Eu não vou...

— Não vai o quê? Ficar bêbado? Não faça promessas que não pode cumprir. — Ela para, pensa e se corrige: — Que não *vai* cumprir.

Ele aperta os dentes. Por que ela tem que fazer aquilo toda santa vez? Por que eles sempre têm que se despedir com um clima tão pesado?

— Por Deus. Só porque vou beber um pouco com meus amigos não precisamos brigar.

Como de costume, Benjamin se enrolou com as palavras. Ele não consegue se expressar adequadamente, o que o frustra. Ele dá as costas para ela, cansado daquilo. Do ciúme dela, do jeito que ela não confia nele. Aquilo envenena tudo de bom que eles têm. E mesmo que ele não saiba muita coisa, ele sabe que a maior parte do que eles têm é boa.

Ela suspira brevemente — uma espécie de risada estranha — e se levanta, puxando-o para um abraço.

— Sinto muito. Estou tentando, eu prometo. Vou me esforçar mais.

Ele para. Ainda é desagradável, e ele ainda deseja poder voltar ao dia anterior, quando eles estavam deitados na cama juntos e ele estava pensando em como tudo era perfeito.

— Você quer que eu volte pra cá depois?

Ela o olha fixamente.

— O quê?

— Mais tarde. Eu posso voltar aqui, se você quiser.

— É uma péssima ideia.

Ele concorda com a cabeça.

— Mas eu posso, se quiser.

Ele entende agora — uma concessão como aquela pode significar muito para ela. Não faz nenhum sentido para ele, mas não é pedir muito.

Ela morde o lábio, pensando na oferta.

— Não, tudo bem. Umas meninas com quem morei no primeiro ano vão sair hoje à noite, de qualquer maneira. Para comemorar o fim dos exames. Provavelmente vou com elas. Vamos deixar pra amanhã.

Ele sorri. É um alívio a ideia de Clara ter sua própria noitada para aproveitar. Não ficar sentada em casa zangada e amargurada, se preocupando com o que ele está fazendo.

— Ótimo. Espero que se divirta. Você merece uma noitada. Você se esforçou tanto este ano. Hora de relaxar um pouco.

— Vai ser péssimo — ela decreta, torcendo o nariz. — Elas vão naquele clube horrível que todo mundo ama. Options.

— Foi lá que a gente se conheceu!

— Sim, eu sei.

— CDC, você pode até se divertir. Nunca se sabe.

Benjamin tenta beijá-la, mas quando ela vira a cabeça, ele apenas toca sua bochecha levemente com os lábios.

— Eu te amo — ele diz. — E te vejo amanhã.

— Eu também te amo.

Nos anos seguintes, ele pensará muito sobre aquela conversa.

O último adeus dos dois.

O que ele teria dito a ela se soubesse que era o fim? O último momento de pureza antes que tudo fosse arruinado?

Junho de 2002

CLARA

LAUREN ESTÁ ASSISTINDO AO JOGO DA INGLATERRA NA PEQUENA TV EM seu quarto. Ela grita do outro lado do corredor para anunciar o resultado enquanto Clara seca o cabelo.

— Perdemos! Placar final: 2 a 1 para o Brasil. Por que a Inglaterra é tão tosca!?

Lauren não acompanha futebol, mas na cozinha, mais cedo, disse a Clara que provavelmente deixaria a TV ligada no jogo. *Afinal, é a Inglaterra jogando.*

— Que pena — diz Clara, abrindo um leve sorriso. Ela respira fundo e pensa no que aquilo significa para ela.

Benjamin ficará arrasado, mas, de um jeito egoísta, ela está satisfeita, pois significa que a Copa do Mundo acabou para a Inglaterra e todo mundo pode parar de falar sobre o assunto.

Mas ela também está chateada por ele. Ela odeia pensar nele triste ou desapontado. Ela provou estar certa sobre aquele esporte estúpido, mas é um acerto nada recompensador. Ela também está preocupada. Ele vai beber até cair agora, como sempre faz quando o Newcastle City perde uma partida.

Clara tenta tirá-lo da cabeça. Ele vai ficar bem. Foi o que ele escolheu quando decidiu se tornar fanático por futebol. Ele vai se recuperar. Ela resolve se concentrar nas amigas hoje e pensar em Benjamin amanhã.

Ela não vai a uma boate há meses, tendo passado o último ano com o nariz enfiado nos livros ou com Benjamin. Ela é um pária entre os estudantes.

É hora de se divertir um pouco.

* * *

Mais tarde, alguém bate na porta de seu quarto.

— Vodca com Red Bull chegando! — anuncia Lauren. — Ah, você vai assim?

Clara olha para o que vestiu, um jeans de boca ligeiramente larga e um top florido.

— O que tem?

— Bem, eu achei que você podia... você sabe. Ousar mais um pouco.

Lauren está usando um vestido preto justo e minúsculo.

— Ah.

— Você não tem um vestido?

— Sim. Tenho o que usei no meu jantar de aniversário.

— O vermelho? Agora sim. Mostre essas pernas pra variar.

— Tá bom — responde Clara, revirando os olhos. Ela toma um gole da bebida. — Quem vai hoje, afinal?

— Todo mundo! O pessoal do antigo apê, mais os meninos do andar de cima. Richard também estará lá...

Clara engole em seco. Ela o evitou desde o primeiro ano, e nesse meio-tempo ele transou e saiu com tantas garotas que ela perdeu a conta.

— Tudo bem.

— Ele ainda gosta de você, sabe. E eu sei que rolou alguma coisa entre vocês dois no primeiro ano.

— Lauren...

— Eu sei, eu sei, o Benjamin é o seu único e verdadeiro amor.

— Eu nunca trairia.

— Pelo amor, Clara. Quem disse alguma coisa sobre trair? Você sabe que tem só vinte e um anos, né? Não precisa ser tão adulta e séria o tempo todo.

Clara ignora o comentário. Ela precisa. Ela não tem escolha. É apenas quem ela é.

— Quando estiver pronta, me avisa — pede Lauren, dando meia-volta para sair do quarto. — Vamos encontrar o pessoal no Mulberry para um esquenta primeiro.

— Tá bom, só mais uns minutos.

Ela se troca rapidamente e coloca o vestido que comprou para seu jantar de aniversário de vinte e um anos. Benjamin a levou a um restaurante chique perto da estação. Ele pediu vieiras pensando que eram outra coisa, e quando os dois pedacinhos de moluscos chegaram, ela não conseguiu parar de rir do engano. Ambos se sentiram desconfortáveis sentados entre todos os outros comensais de meia-idade, que não paravam de olhar para seu minúsculo vestido com reprovação.

O vestido é de veludo vermelho com alças finas. Ela se lembra de como Benjamin a olhou quando ela desceu as escadas vestindo ele. Ela imaginou que era como as estrelas de cinema se sentiam quando atravessavam o tapete vermelho, sorrindo para os fãs. Um olhar de pura adoração.

Ela se olha no espelho. Esta noite, ela não se sente uma estrela de cinema. Ela se sente vulgar e montada demais. Seus amigos não a veem assim. Ela quase sempre vai às aulas com seu jeans da Diesel e camiseta.

Ela hesita por alguns segundos, mas depois pega um cardigã preto e calça sandálias de tiras. Que se dane. É literalmente a sua última noitada. Quem se importa se pensarem que ela se vestiu como uma vagabunda?

— Muito melhor — opina Lauren quando Clara entra na sala. — Maravilhosa. Vem, vamos tirar uma foto para a posteridade.

Ela coloca a câmera digital na mesa em frente à janela e programa o timer. Elas tiram várias fotos até Lauren ficar satisfeita com alguma.

Quando Clara se vê na imagem, fica surpresa com sua magreza. Ela perdeu peso novamente este ano. O estresse dos exames. O medo do futuro. Ela quis ser uma adulta de verdade por tanto tempo, e agora que está quase na hora, ela está apavorada.

— Vamos, então — diz Lauren. — Vamos fazer a noite ser inesquecível!

Ela está surpresa com o tamanho do grupo no Options — pessoas que ela não vê desde o primeiro ano. Ela mal acredita que acabou. Que sua experiência universitária está quase no fim. Ela se lembra de estar no último ano, do hype e da empolgação de todos por poderem sair de casa e fazer o que quisessem; e, no entanto, o que ela realmente fez? Quase nada, na verdade.

É como se ela tivesse dormido o tempo todo, mas um sono confortável e profundo. Um sono com Benjamin ao lado.

Ela sorri. Ela ganhou mais da faculdade do que a maioria das pessoas. Ela ganhou o amor da sua vida.

Todos estão bebendo shots, mas ela pede um drinque com rum. Ela ainda é fraca para beber, e já faz um tempo desde que saía assim.

— Saúde — ela diz, se enfiando entre Sinead e uma garota que ela não reconhece.

— Oi — diz a menina. — Eu sou a Lúcia.

— Clara.

— De onde você conhece o pessoal?

— Ah, eu dividi um apartamento com a Lauren e a Sinead no primeiro ano.

— Ah, é isso, você mora com a Lauren! Cadê seu namorado? Lauren me disse que vocês são inseparáveis.

— Ele saiu com os amigos. Estão acompanhando a Copa — ela explica, se sentindo um pouco tola.

É isso que pensam dela? Um caso perdido que não consegue desgrudar do namorado?

— Ah, sim, que triste, né? Bom, saúde!

— Saúde — repete Clara, tomando um gole.

Ela olha para todos ao redor da mesa e reconhece todo mundo, vagamente. Rosie, aquela de cabelos loiros curtos que acabou no hospital há alguns meses depois de tomar um ecstasy de procedência duvidosa. Lauren foi visitá-la e chegou em casa contando como Rosie pareceu achar toda a experiência divertida, em vez de traumatizante.

Ela vira o resto da bebida e tenta não pensar em Benjamin, a apenas cerca de um quilômetro dali, fazendo a mesma coisa com os amigos dele.

Uma hora depois, após Clara virar quatro Bacardi Breezers e começar a se sentir tonta, Richard desliza para o assento ao lado dela.

— Clara Davies-Clark. Sumida, hein.

Ela morde o lábio. As têmporas dele estão brilhando de suor.

— Toma — ele diz, levantando um copo para ela. — Uma bebida de adulto.

— O que é isso?

— Vodca com Coca-Cola.

— Eu odeio vodca.

— Palhaçada.

Ele revira os olhos para ela.

Pelo canto do olho, Clara vê Rosie observando os dois, e algo se apodera dela.

— Tudo bem — diz, virando o conteúdo de uma só vez e batendo o copo de volta na mesa. — Satisfeito agora?

Ele se recosta, sorrindo. Há algo de predatório no tamanho daquele sorriso. Todos aqueles dentes.

— Como você está? — ele pergunta, com o semblante mais brando. — De verdade. Como estão as coisas no mundo de Clara?

— Boas. E no seu?

— Ainda com o namorado?

Ela afirma com a cabeça, desviando o olhar.

— Como é que ele não veio hoje, então?

— Futebol — ela declara, pela segunda vez naquela noite.

— O jogo terminou há horas.

— Ele está afogando as mágoas. Você não gosta?

— Não tanto. Sou mais rúgbi.

— Enfim. Nós não fazemos tudo juntos.

Ele toma um gole de cerveja. Seu rosto muda.

— Ben-ja-min — diz ele, baixinho. — Cara de sorte.

Ela não sabe o que responder, então continua parada ali, procurando uma saída.

— E você? — ela pergunta quando o silêncio se torna constrangedor demais. — Como estão as coisas com você?

Ele pisca algumas vezes e ela sente algo estranho. Atração. Seria o álcool? Ou seria por estar tão zangada com Benjamin? De qualquer forma, é bom ter a vantagem uma vez. Não que ela fosse fazer alguma coisa, mas um flerte inofensivo não é contra a lei, é?

— Boas. Bem, você sabe. É meio louco acabar a faculdade. Mas arranjei uma vaga na pós-graduação da PWC. Tenho mais ou menos uma semana de folga depois da formatura, depois já volto ao trabalho.

Ela se lembra de ter lido sobre o lugar e o bônus de dez mil libras que ofereciam para quem entrava.

— Nossa. É bem concorrido, né? Tipo, não é superdifícil conseguir uma vaga?

Ele ri.

— Não pode ser tão difícil assim, senão eles não teriam me escolhido.

— A Lauren me disse que você é muito inteligente.

— Ah, ela disse, foi? — diz Richard, cutucando-a. — Isso significa que vocês duas têm falado sobre mim? É para eu ficar lisonjeado ou preocupado?

— Nem uma coisa nem outra — ela responde, revirando os olhos.

Será que ela está... *flertando*?

— A próxima rodada é por minha conta, certo?

— Parece que sim — concorda ele, terminando o resto de sua cerveja. — Stella, por favor.

Clara espera no bar, sentindo o coração martelando da tensão de algo que ela não entende muito bem. É por isso que ela nunca sai?

Ela no fundo não está tão comprometida com Benjamin quanto parece? Não pode confiar nela mesma em não fazer algo de que possa se arrepender quando sai?

Ou é só uma ideia juvenil de que, pelo menos uma vez, ela está fazendo algo de que *ele* pode não gostar, enquanto ele próprio sai e toma todas, mesmo sabendo que ela odeia isso?

Quando volta para a mesa com as bebidas, ela fica surpresa ao constatar que os outros se levantaram e estão reunidos em um grande grupo perto da janela. Apenas Richard continua sentado à mesa, olhando para Clara com expectativa. Ela lhe entrega sua cerveja.

— Obrigado.

Ela bebe a própria bebida.

— Isso é legal, não? Eu fico meio... sei lá, Clara. Meio triste sobre o desenrolar das coisas entre a gente.

— Entre a gente?

— Olha, eu sei que não houve um *a gente*. É só que poderíamos ter sido bons amigos, não acha? E depois do primeiro ano você meio que desapareceu pra todo mundo.

— Eu estava me concentrando nos estudos. Não foi nada deliberado.

— Sério?

O rosto dela está queimando de novo.

— Sério — ela corrobora. Hora de mudar de assunto. — Como anda sua vida amorosa, afinal? Estou certa em pensar que rolou alguma coisa com a Rosie?

Ele levanta as sobrancelhas e respira fundo. Ambos olham para o grupo. Rosie está de pé de lado para eles, mas é nítido que ela os está observando de rabo de olho.

— A Rosie é ótima. Só não pra mim.

— Então você dormiu com ela! — exclama Clara, batendo no braço dele. — Eu sabia! Eu simplesmente sabia.

— Está com ciúme?

— Sem comentários.

O que ela está fazendo? É como uma montanha-russa — agora que ela entrou, não consegue mais voltar atrás.

— Está sim. Dá pra ver! Clara. Você está ficando vermelha.

Ele apoia o braço no encosto do assento atrás dela e se aproxima para sussurrar em seu ouvido:

— Pode deixar que não conto pro seu namorado.

Sua respiração é quente. Ele está usando a mesma loção pós-barba. Aquilo a lembra da noite em que dormiram juntos.

Ela se afasta, mesmo que ligeiramente, e olha para sua bebida.

— Não há nada pra contar.

Ela está gostando disso? Ou odiando? Por que ela não consegue se decidir?

Então, ela ouve alguma coisa. O toque de seu celular dentro da bolsa.

— Ah — ela diz, surpresa. — Espere um segundo.

Ela tira o aparelho da bolsa e verifica quem está ligando. As pequenas letras cinzentas na tela soletram *Sr. BE*.

Benjamin.

Por que ele estaria ligando para ela agora?

— Não vai atender? — pergunta Richard, inclinando ligeiramente a cabeça.

Ela olha para o apelido de Benjamin de novo e pensa nele, em um pub lotado em algum lugar, a esperando atender.

Ela pensa em todas as ocasiões nos últimos dois anos em que ela fez o mesmo, enquanto ele não fez.

— Não — ela responde, guardando o telefone de volta na bolsa. — Ele pode esperar.

Junho de 2002

BENJAMIN

ELE JÁ ENTORNOU OITO *PINTS*. OU NOVE. ELE NÃO TEM CERTEZA.

Há uma TV ligada no canto do pub: os comentaristas estão lamentando a grande derrota da Inglaterra e o fato de que sua arquirrival, a Alemanha, passou para as semifinais e provavelmente ganhará agora. A mesma velha história.

Benjamin não aguenta.

Clara estava certa o tempo todo. Como sempre. Futebol é uma idiotice. Um jeito estúpido de desperdiçar a vida. Dedicado a um esporte que só parece decepcionar. Que promete tanto e depois tira tudo de volta.

Ele devia pedir desculpas a ela. Devia ter saído com ela esta noite. Devia estar sentado ao lado dela no clube com os amigos dela e ser o tipo de namorado que ela merece.

Merda de futebol. A cabeça dele está latejando.

Na volta do banheiro, ele esbarra em alguém.

— Calma, apressadinho — diz uma voz.

Benjamin levanta a cabeça. Tina. Ele não consegue se lembrar da última vez em que a viu — eles perderam o contato depois que ele parou de trabalhar na Gordon's —, mas ela está exatamente igual.

— Desculpe.

— Beberrão — caçoa ela, também nada sóbria.

Ela pisca para ele, dá um aperto em seu braço.

— Benjamin Edwards. Ora, ora, ora. Eu não sabia que você estava aqui! Está indo para o bar?

Ele afirma com a cabeça, sem pensar.

— Me traz um uísque com Coca-Cola?

— Claro.

Ele sorri e um pensamento passa por sua mente.

Ela gostou dele um dia. Ela entende de futebol. Ela não pensa demais nas coisas. Ela não tenta atribuir significado ao que não faz sentido.

Talvez ele devesse estar com ela.

O que deu nele para estar pensando assim?

Benjamin dá um tapa na própria cabeça e sai para tomar um pouco de ar.

É um começo de noite fresco, e o sol está se pondo no céu sem nuvens. Ele está na rua há horas, tendo perdido completamente a noção do tempo. Clara também está por aí, em algum lugar, esta noite. Com os amigos, se divertindo.

Ele quer estar onde ela está. Ele não quer mais estar aqui. Com essas pessoas. Ele quer ser melhor que isso.

Benjamin se apoia em um poste de luz. Ele está tonto.

Ele não contou para Clara o que seu tutor disse ontem. Que seu trabalho final foi insatisfatório. Ele deixou passar uma seção inteira. O tutor perguntou se havia sido um erro, se ele tinha simplesmente esquecido de enviá-la. Mas não, ele não lera as instruções direito e simplesmente não fez aquela parte.

Ele entrara em tal estado com seu Projeto de Produção que se esquecera completamente da seção final do módulo. Para piorar as coisas, o tutor disse que não havia chance de reenviá-lo.

Coisas assim nunca aconteceriam com Clara. Clara é uma vencedora, feita para o sucesso. Nascida em meio ao sucesso, e com certeza alguém que continuará sendo um sucesso.

Ele não sabe se um dia será um sucesso.

Ele pega o telefone e liga para o único número para o qual costuma ligar: o dela. O telefone toca e toca e toca e ele franze a testa, confuso, quando, por fim, a ligação cai no correio de voz com sua gravação genérica.

Onde ela está? Ela sempre atende. Ele não consegue se lembrar de uma só vez em que ligou e ela não atendeu. Sua cabeça dói. Ele guarda o telefone de volta no bolso, cambaleando novamente quando se vira de volta para o pub.

Bebidas. Ele devia estar pegando as bebidas.

Junho de 2002

CLARA

A PISTA DE DANÇA É UM BORRÃO DE ROSTOS MISTURADOS E, ENQUANTO ELA gira de braços abertos, pensa: *por que eu não fiz isso antes?*

Por que me neguei isso? Pura e simples diversão. *Do que eu tinha tanto medo?*

As amigas juntaram suas bolsas em um montinho, como bruxas diante de uma fogueira, e se revezam para dançar em volta, olhando radiantes uma para a outra, as vozes abafadas pelo volume da música, mesmo que estejam gritando a letra de "Toca's Miracle".

Seu rosto está doendo de tanto sorrir e ela gira e gira no mesmo lugar. Pela primeira vez, ela se sente completamente livre. Livre de qualquer expectativa, de qualquer noção de como deveria estar se comportando. É apenas ela e a música, e essas pessoas sorridentes e felizes de quem ela é amiga.

— Mais bebidas? — pergunta ela para Lauren, que concorda com a cabeça.

James está atrás de Lauren a abraçando pela cintura, a boca volta e meia enterrada em seu pescoço, e Clara sente uma onda de felicidade pela amiga.

Clara sabe que Lauren ama James desde que os dois dormiram juntos no primeiro ano, mas ambos saíram com outras pessoas desde então, tentando fingir que não estavam realmente interessados um no outro. Mas Clara sabia.

Clara acredita na pessoa certa. E James é essa pessoa para Lauren.

Que final perfeito seria se eles agora se juntassem de vez, bem no final da faculdade. Que encerramento perfeito, primoroso para toda a experiência.

Ela se inclina para a direita e grita no ouvido de Lauren:

— Estou tão feliz por você! O James é um amor!

Lauren sorri, enrugando o nariz e a empurrando para longe com uma risada.

No bar, Clara compra outra vodca e Red Bull — ela perdeu a noção de quantas já tomou, mas que se dane. Ela terminou os estudos, o que importa? Ela pode ficar tão bêbada quanto quiser, ela pode dormir o dia seguinte inteiro.

Ela leva os drinques de volta para a pista. Algumas das meninas desapareceram e agora há outra pessoa ao lado de Lauren.

Richard.

Ele sorri enquanto ela entrega a Lauren sua bebida, depois começa a dançar ao lado dela. É engraçado ver um homem dançar. A maioria apenas fica lá, se balançando de um lado para o outro, mas Richard realmente vai com tudo. E ele é bom, hábil em flexionar o corpo em diferentes posições, acompanhando o ritmo perfeitamente.

Ela pensa brevemente em Benjamin. Ela já o viu dançar? Não, claro que não. Ele é inibido demais. Além disso, eles nunca vão a lugar nenhum. Ele não gosta de baladas. Ele prefere ficar no pub olhando para uma tela de TV passando futebol.

Bem, azar o dele.

Ela começa a dançar ao lado de Richard, deixando que ele segure sua mão e a rodopie debaixo do braço. É uma diversão inofensiva. Em dado momento, ele a gira para James, que também a rodopia pelas axilas, e Lauren sorri o tempo todo. Ela andou tão preocupada com os trabalhos e as provas finais, mas agora se sente livre.

— Preciso fazer xixi — ela grita para Lauren.

Clara abre caminho pelos corpos contorcidos, os feixes de laser desorientadores. Por um segundo, ela tem a impressão de ver Benjamin em um canto, e se lembra com um choque que foi ali que o conheceu dois anos antes, no corredor diante dos banheiros. Ela estava sentada no chão, chorando, porque todo mundo tinha tomado ecstasy e alguém a chamou de reprimida, e ela se sentiu completamente deslocada e sozinha.

Eles tomaram drogas esta noite também? Ela não tem certeza. Ela acha que não. Mas, de qualquer forma, não importa, porque ela está caindo de bêbada.

Ela pula de um pé para outro como uma criança enquanto espera na fila do banheiro feminino.

— Amei seu vestido — comenta uma garota de cabelos loiros espetados, acariciando o veludo vermelho. — É incrível.

— Ah, obrigada — responde Clara, ruborizando ligeiramente.

— Você é muito gata. De verdade.

Clara não sabe como responder.

Quando ela finalmente entra na cabine, não tem papel higiênico, então ela agacha e tenta mirar o melhor que pode, apoiando os cotovelos nas laterais do cubículo para se equilibrar. Ela abre a bolsa e encontra um lenço de papel amassado e manchado de batom no fundo, mas é o que tem, então terá que servir. Ela sobe a calcinha e então percebe seu telefone.

Uma onda de tontura a domina e ela se apoia na parede. Por um segundo ou dois, parece que as laterais da cabine estão se fechando e comprimindo-a.

— Deus, estou estragada — diz ela para ninguém, fechando os olhos por um segundo.

Ela tira o celular da bolsa. Quatro chamadas perdidas.

Todas de Benjamin.

— Ótimo. Agora você sabe como é!

Então ela gargalha para si mesma, o tempo todo sabendo que uma pequena parte sua, a parte boa e decente, está fingindo essa indiferença toda. Que essa parte sabe como isso terá consequências — sabe que, no dia seguinte, ela estará cheia de arrependimento.

Mas ela está farta de ser a sensata da história. Ela está farta de ser a única tentando fazer a coisa certa.

Talvez isso ensine uma lição a ele. Talvez, ao sentir o gosto do próprio veneno, ele comece a entender o ponto de vista dela.

A loira de cabelos espetados está de pé diante da pia reaplicando o batom quando Clara sai. Clara olha para ela, admirando como ela traça perfeitamente o contorno dos lábios.

A menina vê Clara reparando.

— Quer passar? — ela pergunta, oferecendo o batom; de um vermelho forte. — É literalmente da cor do seu vestido.

— Ah — diz Clara, aceitando.

Ela nunca usou batom vermelho antes — ela geralmente usa tons de rosa.

— Obrigada.

— Combina com você — diz a menina, aceitando-o de volta. — Tenha uma ótima noite. Terá que lutar para manter os caras longe bonita assim.

Junho de 2002

BENJAMIN

ELA NÃO ESTÁ ATENDENDO O CELULAR. POR QUE ELA NÃO ESTÁ ATENDENDO?

Donny coloca outra cerveja na frente dele.

— Guarda o telefone, seu mala — ele diz, arrancando o aparelho das mãos de Benjamin. — Senão vou confiscar isso. Pra quem está tentando ligar a essa hora, afinal?

— Tem espaço pra mais um?

Benjamin levanta o rosto. Sua cabeça está leve. Ele pediu mais batatas fritas, seu estômago está roncando. Tina se senta em frente a ele, que acena para ela e olha para o amigo. Donny é super a fim dela, mas ela não está interessada. Ela disse a Benjamin uma vez que o acha parecido com um buldogue gordo.

— Tudo bem, Tina — diz Donny, puxando os salgadinhos dela para si, os dedos gordinhos se atrapalhando dentro do pacote.

Tina fala sobre a partida novamente, embora Benjamin preferisse não falar no assunto. A mesma conversa interminável se repetindo sem parar.

Como pôde ter acontecido? David Seaman simplesmente ENTREGOU ao Ronaldinho o último gol. Ficamos presunçosos depois que o Owen marcou aos trinta minutos.

— Foi tudo ladeira abaixo depois do empate — diz Tina. — O Beckham fez uma partida de merda.

— E eles só tinham dez caras! — completa Donny. — Somos uma porra de uma vergonha.

O tempo todo ele está pensando em Clara. Onde ela está? Por que ela não está atendendo?

Ele pega o celular de novo e se levanta da mesa, quase caindo no processo.

— Cuidado — diz Tina. — Você está torto.

— Eu estou bem, me deixe em paz — diz ele arrastado, cambaleando.

Ele liga para Clara novamente. O telefone toca e toca e então ele ouve algo — não a voz dela, mas o som de música. Tum-tum-tum-tum.

Ele se lembra. Ela saiu com os amigos.

— Alô!? — ele diz, encostado em um poste de iluminação.

Mas a ligação cai. Ele liga outra vez, mas agora ela não atende.

Será que ela atendeu por engano? O que ela está fazendo?

Com quem ela está?

Será que ela percebeu que ele é, na verdade, um desperdício de tempo?

Ele nem o diploma vai tirar. E aí ela vai ver.

Ele fecha os olhos, a cabeça rodando, sentindo-se desconectada do resto do corpo. Ele estragou tudo.

Ele vai encontrá-la. É isso que ele vai fazer. Ela está sempre dizendo que ele não é romântico o suficiente. Que ele não faz grandes demonstrações de amor.

Ele vai encontrá-la naquela boate e dizer o quanto a ama e admitir que ela tinha razão sobre o futebol.

— Oi.

Benjamin se vira e dá de cara com Tina, oferecendo uma cerveja. Ele a aceita sem pensar e vira metade do copo de uma só vez.

— Eu sou um desastre da porra, Tina — ele diz, limpando a boca com a manga.

Tina passa o braço em volta dele.

— Eu sei, cara. Eu sei. Cara, você está muito mal.

Ela está olhando para ele de um jeito estranho. Então, algo está acontecendo. Algo que não faz sentido.

Ela o está beijando com a mão no traseiro dele.

— Que merda, Edwards. Até quando você está fora de si, você é um gostoso — sussurra ela quando ele se afasta.

Ele a empurra, franzindo a testa. O resto de sua cerveja cai no chão.

— Não. Não... Eu estou com a Clara.

Ele fecha os olhos novamente, tonto, o chão se movendo sob seus pés.

— Desculpe. Desculpe, Tina.

Ele está cansado agora. Talvez ele devesse apenas se sentar, bem ali, e tirar uma soneca.

Ele tapa os olhos com a mão. É bem capaz de realmente dormir, ali, de pé, mas é quando ele ouve uma coisa — uma melodia que ele não consegue identificar — e respira fundo e reabre os olhos.

Ele franze a testa novamente.

— Está tudo bem, Clara — diz Tina no telefone. — Estou cuidando dele pra você.

Ela gargalha, bufando de tanta graça que está achando.

— O quê? — pergunta Benjamin, confuso.

Tina lhe entrega algo. O celular dele.

— Relaxa, Benji Boy. Que tipo de namorada te liga quando você sai com os caras? Ela precisa pegar mais leve.

Ele olha para o telefone. A ligação foi encerrada.

— O que você fez? — ele pergunta, levantando a voz.

— Jesus — diz Tina, e ela revira os olhos e vai embora.

Ele aperta o telefone. Aquele telefone estúpido. Ele nunca quis um, em primeiro lugar. Foi ideia dela comprar um.

Ele liga para Clara de volta, mas desta vez o toque para abruptamente, como se ela tivesse deliberadamente recusado a ligação.

Ele começa a escrever uma mensagem de texto, mas seus olhos não conseguem parar na pequena tela direito, as letras são um grande borrão.

O que a Tina disse para Clara?

— Foda-se — ele declara a ninguém em particular, dando meia-volta para sair do pub e deixar seus pés o guiarem, um pouco inconscientemente, para o centro da cidade.

Junho de 2002

CLARA

Ela tem sido uma idiota. A mais tola das idiotas.

Ela está na entrada do clube, olhando para o Nokia em sua mão como se fossem os restos de uma bomba que acabou de ser detonada. Explodindo-a em pedaços.

Estou cuidando dele pra você, Clara.

Quem é ela? Essa mulher que está com o celular dele? Tina. Devia ser, para saber seu nome.

Um enorme soluço escapa e ela cobre a boca com a mão como se para evitar que seu queixo caia. A dor irradia por todo o crânio.

Benjamin. Ela estava errada sobre ele o tempo todo.

Ela fecha os olhos e se apoia na fachada da boate. Pessoas passam por ela conforme entram e saem. É como se ela nem estivesse lá.

Ela não sabe o que fazer. Ir para casa? Chorar no travesseiro até dormir? Tentar encontrá-lo, confrontá-lo?

Ela quer rasgá-lo em pedaços. A intensidade de sua raiva a assusta.

Ou entrar de volta e dançar e tentar esquecer?

Lágrimas escorrem pelo seu rosto. Os últimos dois anos e meio de sua vida, ao que parece, foram uma mentira. Uma farsa. Um engano.

Benjamin sempre insistia que Tina e ele eram só amigos, nada mais. Ele até disse que eles perderam o contato! Mas Clara sempre soube que Tina gostava dele. E isso confirma.

Ela foi uma tola. Ela cobre o rosto com as mãos e soluça.

De repente, alguém está lá, na frente dela. A mão desse alguém toca a dela, suavemente, afastando-a do rosto.

— Ei. O que foi? Clara?

Richard.

Ela balança a cabeça. Ela não quer explicar. É complicado demais.

— Querida — diz Richard, passando o braço ao redor dela. — O que houve?

Em algum nível visceral, ela sabe que ele está satisfeito demais com aquilo, com a infelicidade dela. Ela sabe que o coloca em vantagem — abre o campo para ele marcar.

Em outro nível, ela acha que talvez seja assim que deve ser. Um raio que divide sua vida para sempre. Antes e depois.

E agora ela está no depois, e no depois está Richard.

Richard, a escolha sensata. O rapaz que os pais dela aprovariam. O rapaz que já tem um bom emprego à sua espera. O rapaz que lhe compraria uma bela aliança de diamantes e uma casa em West London. O rapaz que se encaixaria na vida para a qual ela nasceu. É com ele que ela deveria estar. Ele era o cara certo, o tempo todo, ao que parece.

Mas... Benjamin.

É como uma punhalada no coração.

A agonia. Como ele poderia traí-los — trair o que eles tinham — assim?

— O que foi? Clara?

Ela não consegue falar, então apenas se apoia no ombro dele e soluça.

— Vamos lá — ele diz cuidadosamente. — Vamos tirar você daqui.

Ela permite que ele a conduza para longe da boate rumo à noite fria. Ela se lembra da vez em que Benjamin fez o mesmo. A leveza daquele momento. A emoção.

Agora, não há nada além de peso. Uma dor em sua alma, suas pernas como chumbo.

— Você bebeu demais. Acontece com os melhores de nós. Eu cuido de você.

Ela deixa que ele a guie pela rua em direção ao ponto de ônibus.

— Espere — ela diz.

Suas lágrimas secaram, mas seus olhos continuam pesados.

— Para onde vamos?

— Não se preocupe. Você sabe que eu sempre gostei de você, Clara. A verdade é que a primeira vez que te vi naquele bar, no nosso primeiro ano, eu soube que seríamos ótimos juntos. É uma pena termos levado tanto tempo pra dar um jeito nisso, mas antes tarde do que nunca...

— Espere — ela protesta, mas de repente sente o braço dele em volta da cintura, puxando-a com mais força para junto dele, seu corpo é uma massa sólida contra o dela.

Ele diminui um pouco o ritmo. Sua respiração é quente em seu ouvido.

— Você não tem ideia de como fica sexy nesse vestido — ele sussurra. — Sério. Eu mal consigo me controlar. Todos os homens daquele lugar estavam olhando pra você hoje. Todos.

Ela pestaneja e fecha os olhos. Pensa naquele dia em seu quarto, dois anos antes, em como ele reagiu quando ela o beijou, em como as mãos dele estavam por toda parte, tentáculos de polvo a prendendo, a imobilizando.

E então, ele a beija novamente, desta vez seus lábios estão no pescoço dela, chupando e torcendo a carne. Ela tem uma ânsia de vômito, abre os olhos, a dor de cabeça lancinante, e vê que eles pararam na rua principal, que ele a empurrou contra a parede na saída de uma loja. Há pessoas por toda parte, bêbadas, andando pela rua na frente dela, ignorando-os, pensando que o que está acontecendo é o.k. Normal. Porque é. É uma noite de sexta-feira em uma das maiores cidades universitárias do país, as pessoas estão se comportando assim pela cidade toda, e todos verão isso como normal.

A sensação da parede de tijolos é úmida e fria em suas costas, e ele está com as mãos sob a barra de seu vestido agora, apertando a pele de suas coxas e subindo até a calcinha. Ela começa a chorar outra vez.

Benjamin.

Como ele pôde? Como ele pôde deixá-la nessa situação?

Por alguns segundos, ela beija Richard de volta. Com raiva. Ela quer magoar Benjamin e é assim que pode fazer isso. Richard reage afoitamente, prensando-a com mais força contra a parede, cujos tijolos arranham a pele de seus braços.

Dói.

E é aí que ela sabe. Está tudo errado. Ela não quer aquilo. Ela não o quer. Esse menino, agarrando-a como se ela não fosse nada.

— Não — diz Clara, virando o rosto para longe do dele. — Você está me machucando. Sai de cima!

Ele para, e ela vê o arco-íris de emoções atravessar seu rosto: confusão, irritação, frustração e, depois, outra coisa. Uma luta moral consigo mesmo.

— Você gosta de provocar, hein — ele diz, com os olhos brilhando. — Você quer isso. Eu sei que gosta. Você adora ficar de joguinho, né? Caramba, você me deixa duro pra caralho.

E então o rosto dele está lá de novo, naquele espaço entre o pescoço e o ombro de Clara, os dedos se afundando em sua bunda tão agressivamente que ela já pode sentir a pele ficando roxa.

— Não — ela repete, soluçando agora. — Eu não quero isso. Eu não quero você!

Ela o empurra com mais força desta vez, e agora o olhar no rosto de Richard é inconfundível. Raiva.

— Eu não quero você! — ela grita. — Estou com o Benjamin. Eu amo Benjamin!

Ele vai bater nela, ela tem certeza. Ela fecha os olhos, protegendo o rosto com o braço, e, quando os reabre, Richard se foi.

E na frente dela há algo que não faz sentido.

Como se ela o tivesse conjurado com suas palavras, lá está Benjamin.

Seu Benjamin, de pé na frente dela, ofegante e de punho erguido. Os olhos arregalados.

E depois, na calçada, outra coisa.

Esparramada e silenciosa. De boca aberta. Olhos fechados. Richard.

Richard, que há poucos segundos estava tão entusiasmado, uma força da natureza, um trem irrefreável.

Richard, agora caído, imóvel; um fio de algo escuro e sinistro escorrendo de sua orelha.

Junho de 2002

BENJAMIN

O DESTINO OS UNIU NAQUELA PRIMEIRA VEZ. AGORA, ELE O LEVOU A ela novamente.

Mas desta vez está errado. Tudo errado. Ela está perturbada. Tem alguém lá, fazendo algo com ela.

Machucando-a.

É um impulso, como pegar ar quando você emerge da água.

Ele tira a coisa de cima dela e arremessa o punho em seu rosto. Uma vez, depois duas. Mais forte na segunda. E agora, seja lá quem a estava machucando está deitado no chão, e ele a salvou e ela está olhando para ele, uma das alças do vestido caídas do ombro, seu rosto é um caos manchado de lágrimas e maquiagem, como se alguém tivesse esfregado o polegar em uma pintura que ainda estava secando.

— Clara — ele diz.

Seu cérebro luta para entender o que acabou de acontecer. O que ele acabou de fazer.

Ela está segura, é isso que importa. Ela apenas olha para ele.

— Está tudo bem? Ele te machucou?

Ela balança a cabeça pausadamente de um lado para o outro, afasta os cabelos do rosto.

— Benjamin — sussurra ela. — O que...

Ambos se viram para olhar o corpo no chão. Então, ela estende o braço e pega a mão dele, apertando-a, antes de se ajoelhar ao lado da pessoa que ele acabou de esmurrar.

— Merda — diz ele.

Seu punho de repente lateja de dor, como se alguém tivesse jogado um balde de água gelada na sua cabeça, trazendo-o de volta à realidade. À realidade do que ele fez.

— Merda — ele repete, ajoelhado ao lado de Clara. — Será que ele...

Há sangue manchando a calçada. O estômago de Benjamin se revira. Isso não está certo. Isso não é bom.

— Richard — diz Clara, sacudindo o corpo silencioso e imóvel à sua frente. — Acorda! Acorda!

Ela olha para Benjamin. Ela está apavorada.

— Benjamin, o que você fez?

Ele tira o celular do bolso e, se sentindo mais sóbrio do que jamais se sentiu na vida, liga para a emergência.

— Ambulância — diz ele à mulher que atende. — Eu acabei... Eu bati em alguém e acho que ele está inconsciente.

Junho de 2002

CLARA

A POLÍCIA CHEGA E LEVA TODOS EMBORA.

Uma viatura para ela.

Uma viatura para ele.

E uma ambulância para Richard.

Ela olha, atordoada, o colocarem na parte de trás da van. Ouvindo-os murmurando coisas que ela não entende completamente, mas que sabe que não são boas.

Na delegacia, a polícia lhe traz um cobertor e uma xícara de chá com leite. Ela odeia estar usando aquele vestido estúpido, um vestido que parece gritar "eu mereci", e fica grata por poder se cobrir com o cobertor.

Ela não foi presa, explicam, mas é testemunha.

O que ela lhes disser agora é de extrema importância.

Então, ela lhes diz a verdade.

Ela explica o que lembra. Que Richard não parecia entender a palavra *não*. Que Benjamin apareceu do nada.

Que ele estava tentando protegê-la.

Sim, ele era namorado dela.

Não, ele nunca foi agressivo antes.

Sim, ela já dormiu com Richard antes. Mas uma vez, há muito tempo.

Não, ela não o encorajou.

Sim, ela saiu da boate com ele.

Sim, ela estava bêbada. Mas tinham sido apenas alguns drinques...

Não, ela e Benjamin não tinham brigado. Não exatamente.

Ela chora quando vê o andamento das perguntas.

Eles entenderam tudo errado. Eles acham que ele é violento. Seu adorável e gentil namorado.

Então, às 03h42, eles voltam e dão a pior das notícias.

Richard está morto.

Três palavras que destroem sua vida para sempre.

E então, mais horror.

Benjamin foi acusado de homicídio culposo.

quinta parte

Abril de 2022

22h19

BENJAMIN

— Nova lista de vítimas — grita um homem com um colete de hotel.

A multidão de parentes aterrorizados se amontoa enquanto ele lê os nomes.

— Estou com a nova lista de vítimas.

Barbara Smith.

Patrick King.

Christopher Cooper.

Rebecca George.

Rahim Amer.

Benjamin se esforça para ouvir enquanto eles releem a lista. Mas não. Aiden não está nela. Ele não reconhece nenhum dos nomes.

Ele tenta ligar para Aiden novamente, mas a ligação continua caindo na caixa postal.

Ele afunda em um sofá e começa a chorar de soluçar. De alguma forma, o horror daquele dia não é uma surpresa para ele. De alguma forma, ele sempre soube que chegaria.

Seu dia de acerto de contas.

— Quem você está procurando?

Ele se vira em direção à voz, secando as lágrimas com a mão. Uma mulher de cabelos pretos e curtos e pele enrugada está olhando para ele.

— Meu filho. Não consigo... Ele não costumava se sentar daquele lado do estádio, então não devia estar perto dessa saída, mas o telefone dele está desligado e eu não... Eu não consigo entender por que ele não atende.

— Quantos anos ele tem?

— Dezesseis.

— Sinto muito, querido.

É então que ele percebe a cruz em volta do pescoço dela. Ela pega o pingente entre as pontas dos dedos e dá um aperto.

— Vou rezar por você. Vou rezar para que ele volte bem.

Ele não quer ser grosseiro, então sorri para ela sem muito entusiasmo. É o suficiente para incentivá-la a se afastar, passando para a próxima pessoa.

Ele supunha que havia experimentado o inferno naquela noite, vinte anos antes, sentado naquela cela, beliscando o braço repetidamente, se recusando a acreditar que a situação era real, que não era um sonho do qual pudesse acordar.

Mas não, este é o verdadeiro inferno. Isto.

É sua penitência. Há tantos anos, ele tirou o filho de alguém.

E agora, alguém pode ter tirado o seu.

Abril de 2022

23h40

CLARA

ELA PREPARA UMA XÍCARA DE CHÁ COM A CHALEIRA DO QUARTO DO HOTEL, se senta junto à janela que vai do chão ao teto e fica olhando para a cidade, pensando nos últimos vinte anos de sua vida.

Ela gostaria de poder dar sentido a tudo, mas é apenas um emaranhado gigante em sua cabeça. Um emaranhado de sentimentos e confusão.

Ela se lembra de estar na delegacia naquela noite, com aquele vestido estúpido de veludo vermelho, chorando e olhando para o nada enquanto tentava processar o que estavam dizendo. Tentando aceitar que seu namorado, o rapaz gentil que ela amou desde o segundo em que o olhou nos olhos, havia matado alguém.

E foi tudo culpa dela.

Ele pensou que a estava protegendo. Ele não se dera conta da própria força — ela se lembra agora da linguagem empregada na sentença. A maneira como o advogado de Benjamin descreveu seu comportamento como instintivo.

O senhor Edwards estava tentando proteger a namorada. Ele nunca teve a intenção de machucar Richard Claxton. Ele apenas queria parar o que ele entendeu como um ataque à senhorita Davies-Clark. Várias testemunhas do evento atestaram que a senhorita Davies-Clark parecia estar se esforçando para afastar Claxton dela.

O senhor Edwards está profundamente arrependido de suas ações terem resultado na morte do senhor Claxton.

Benjamin pegou três anos de prisão. O fato de estar tão embriagado e de ter usado força indevida em sua tentativa de separar Richard e Clara foram tomados como agravantes. O advogado dele ficou frustrado, dizendo que foi muito azar, que ele poderia facilmente nem ter sido acusado.

Foi legítima defesa. Defesa da pessoa, afirmou.

Mas o segundo soco, depois que Richard e Clara já estavam separados, foi excessivo, concluiu a acusação. Foi o segundo soco que fez Richard cair no chão, batendo a cabeça na calçada. Foi o segundo soco que fez Benjamin ser acusado.

Clara compareceu à leitura da sentença, mas mal conseguiu olhá-lo nos olhos. Depois, ela escreveu para ele, mas ele lhe enviou apenas uma breve resposta, dizendo que estava arrependido e que queria que ela seguisse em frente com sua vida. Que o esquecesse.

Os pais dela ficaram horrorizados, é claro. Sua mãe ficou sem palavras, talvez pela primeira vez na vida. As últimas semanas em Newcastle foram um grande borrão. Ela se formou, voltou para casa e começou seu curso de jornalismo. Enterrou a cabeça na areia.

Seus pais fizeram o possível para distraí-la, convencê-la de que ela não tinha outra escolha a não ser seguir em frente, como Benjamin havia pedido.

— É o que ele quer — disse a mãe, enquanto Clara chorava em um lenço encharcado. — Ele não quer que você fique sentada aqui, esperando por ele. Desperdiçando sua vida. Desperdiçando a vida de vocês dois.

Mas Clara sabia que, secretamente, seus pais estavam aliviados. Era ridículo, horrível e vulgar, mas a verdade era simples: eles eram esnobes.

Ela escreveu para ele novamente, na prisão, perguntando se poderia visitá-lo. Mas ele respondeu que não, ele não queria vê-la. Ela se lembra da carta, palavra por palavra, embora tenha ficado tão chateada após abri-la que a jogou fora.

Oi, Clara

Obrigado pela sua carta. Estou indo bem. Podia ser pior.

Eu acho que é melhor para você não me visitar. Meu advogado me disse algo que eu não sabia antes. Que você e Richard tinham dormido juntos. Antes. Preciso admitir que fiquei magoado e com raiva quando ele me contou. Eu me senti um tolo.

Agora entendo por que você não me contou na época. Mas, mesmo assim, acho melhor não nos vermos mais.

Foi bom receber sua carta, mas vou falar a verdade: doeu muito. A ideia de você e ele... e depois como tudo acabou. Estou apenas tentando sobreviver aqui, e quero lembrar do tempo que passamos juntos com amor. Então eu acho que é melhor — para nós dois, sinceramente — não mantermos mais contato.

Espero que você tenha uma vida maravilhosa, Clara. Eu sempre serei grato por ter conhecido você.

B x

Pelas palavras naquela carta, ela podia sentir quanta mágoa e raiva ele estava retendo. Foi tudo culpa dela.

Ela olha para a TV. Como já suspeitava, estão reproduzindo as imagens de antes. Ela sabe, segundos antes de ele aparecer na tela, que sua entrevista será mostrada novamente em seguida.

Ela aumenta o volume da TV.

— Benjamin Edwards — diz a repórter. — Por favor, nos diga quem está procurando.

— Meu filho. Meu filho Aiden. Ele estava no jogo e sumiu.

Ela percebe que não pode ir embora agora, não sem saber se Aiden está bem ou não.

E talvez ela possa ajudar na busca.

Clara está aqui e não tem nada a perder. Afinal, ela perdeu tudo anos atrás.

Abril de 2022

23h42

BENJAMIN

Não é nada menos do que ele merece, experimentar essa agonia. Depois do que ele fez a família de Richard passar.

Eles o perdoaram. Enquanto estava na prisão, ele escreveu uma carta para eles se desculpando e, dois meses depois, eles responderam. Os parentes de Richard disseram que entendiam que ele nunca teve a intenção de realmente feri-lo e que o perdoavam.

Aquilo tornou sua culpa mais suportável; mas, enquanto ele viver, jamais esquecerá o olhar no rosto da mãe de Richard no momento de sua sentença. O tom de cinza sob seus olhos, os cantos de sua boca permanentemente voltados para baixo.

Ele fez aquilo a ela. Ele tirou o filho dela. Ele mudou a maneira como ela vê o mundo para sempre.

Ela leu uma declaração de impacto na sentença. Ela ainda estava com raiva dele no dia. Ela falou sobre como Richard era inteligente. Engraçado, charmoso. Como ele tinha a vida toda pela frente. Ele já tinha um emprego garantido em uma das principais empresas de contabilidade após a formatura. Ele era chefe da equipe de remo da faculdade. Sob sua liderança, haviam vencido várias competições no ano anterior. Ele gostava de cantar e se saía bem no piano.

A lista de sucessos acadêmicos e esportivos de Richard tornava a história toda ainda mais injusta. Por que foi ele quem morreu? Por que não o contrário? Benjamin não tinha aqueles dons. Aquele potencial. Tanta coisa para oferecer ao mundo.

Não fazia sentido que ele ainda estivesse vivo e respirando, enquanto Richard estava gelado em um túmulo.

Mas não foi só aquilo. A senhora Claxton falou sobre como o filho era amável. Como ele faria qualquer coisa para ajudar alguém. Como ele provavelmente estava apenas cuidando de Clara quando percebeu que ela estava embriagada e em risco. Como ele era popular com o sexo oposto. Todas as meninas o amavam. Elas viam que ele era bom, aparentemente.

Benjamin se irritara naquela parte. A implicação de que Clara fizera algo errado ao sair para beber naquela noite. A insinuação de que a culpa era dela.

Ele queria poder se lembrar exatamente o que viu enquanto caminhava por aquela rua movimentada, procurando por ela. Ele estava bêbado demais, mas sabe, no fundo, que o que viu não parecia muito com Richard cuidando de Clara.

E o mais importante de tudo, ele se lembra da voz de Clara, queixosa no início, depois mais contundente. Uma voz gritando NÃO.

Apesar disso, ele ficou em silêncio enquanto ouvia a mãe de Richard falar. Não havia mais nenhuma superioridade moral nele, um assassino condenado. Como seu advogado observara, ele não precisava ter dado um soco em Richard depois que o afastou de Clara. Aquilo foi escolha dele. Aquele foi seu ato ilícito.

Ele nem arriscou olhar para Clara. Na primeira e única vez em que o fez, ela estava com o rosto enterrado em um lenço.

Ele ficou sentado lá ouvindo a mãe de Richard falar de uma vida destruída e aceitou que fora ele quem a havia destruído.

Ele aceitou tudo. Mas uma coisa ele achou difícil. A investigação revelara que Clara e Richard tinham "se envolvido" antes. Ele se lembra de seu advogado lhe dando a notícia, a forma como ele balançou a cabeça, a testa franzida, dizendo que isso complicava mais as coisas.

— Ele gostava dela — disse Benjamin. — Disso eu sabia, mas...

— Aparentemente, eles dormiram juntos — revelou o advogado, folheando as anotações à sua frente. — Em abril de 2000.

— Mas nós nos conhecemos em março — ele respondeu, sentindo-se estúpido.

E então ele se lembrou. Em abril ele estava longe, lidando com a morte da mãe.

Enquanto ele estava em casa, ela tinha dormido com Richard. Ela nunca contara a ele. E mesmo entendendo por que ela poderia ter feito aquilo — quando ele voltou, ela estava furiosa por ele não ter entrado em contato —, a traição parecia significativa de alguma forma. Como se o relacionamento deles não tivesse sido essa coisa linda e o retrato da perfeição, afinal.

A dor foi lancinante, como ser atropelado por um caminhão — mas uma dor boa. Facilitou as coisas. Facilitou na hora de seguir em frente. Depois que seu advogado terminou seus argumentos para uma redução de pena, o juiz anunciou a sentença. Três anos, para servir pelo menos metade em custódia, o restante em condicional. Não parecia nada, na verdade.

Três anos de sua vida pela vida inteira de outra pessoa.

No entanto, o juiz reconheceu que, é claro, ele não tivera a intenção de matar Richard. Ele chamara uma ambulância imediatamente e confessara tudo quando o interrogaram. Foi trágico e uma lição para todos de que tais coisas são possíveis, e que vidas podem ser arruinadas em um instante de violência desnecessária e irracional.

Ele achou a descrição difícil de engolir. *Violência irracional.*

Ele era irracionalmente violento.

Mas não parecia irracional. Parecia instintivo.

Benjamin pensou muito naquilo, tentou aceitar como parte de sua identidade. Ele cumpriu apenas dezoito meses de prisão. Quando saiu, George estava o esperando. E pouco depois, ele conheceu Zoe naquele pub, e sua vida tomou uma direção totalmente diferente.

De alguma forma, porém, parece inevitável que isso o tenha trazido até aqui.

A este saguão de hotel sem graça, onde ele espera para saber se o próprio filho — a única coisa boa que ele já fez — está vivo ou morto.

Abril de 2022

23h47

CLARA

Ela pega a bolsa da cama e sai do hotel no meio da noite. Esfriou agora, a temperatura caiu e está marcando um dígito. Ela anda mais rápido, elevando a frequência cardíaca até gerar um pouco de calor.

O estádio fica logo à frente, iluminado pelos faróis azuis das viaturas e ambulâncias. Há um cordão policial fechando a rua e se aproximando do estádio, com repórteres espalhados ao longo dele, falando para suas respectivas câmeras.

Ela olha para eles e se lembra de uma época em que pensou que talvez sua carreira fosse fazer algo assim. Mas não, no final, ela era muito quieta. Não tinha o fogo necessário.

Eu definitivamente vejo você mais nos bastidores, disse seu professor de jornalismo. *Um cargo de subeditora seria muito adequado para você. Mas não se preocupe, são esses que têm todo o poder no final...*

Na época, ela ainda estava traumatizada, ainda tentando processar o que havia lhe acontecido, então pensou que ele poderia ter razão. O fogo com o qual ela nascera havia diminuído, deixando para trás apenas fumaça.

— Com licença — ela diz a uma policial parada em frente ao cordão de isolamento. — Para onde devo ir se estiver procurando alguém?

— É um parente?

Ela engole em seco e considera a mentira. Por que um parente de sangue é considerado mais importante do que alguém que deixou uma marca em sua alma?

— Sim.

A policial olha para ela com mais compaixão.

— Se você se dirigir ao Crowne Plaza Hotel, descendo a rua e virando à direita, encontrará o Centro de Recepção. Se esperar lá, será a primeira a ouvir qualquer notícia.

— Certo. Muito obrigada.

— De nada. Espero que seu ente querido seja encontrado são e salvo.

A sinceridade das palavras faz Clara começar a chorar. Ela também espera que sim. Ela espera que sim mais do que tudo.

Ela passa de novo pelos repórteres e desce a rua lotada. As pessoas se reuniram em grupos, com as mãos cobrindo a boca, sussurrando umas para as outras em choque e olhando para o estádio como se a construção estivesse em chamas. Coisa que ela supõe que provavelmente estava, há pouco tempo.

Por fim, ela vê a placa indicando o Crowne Plaza Hotel à frente, no final da rua. Há policiais ali também, do lado de fora, munidos de coletes à prova de balas, walkie-talkies e pranchetas.

É como estar no set de um filme. Ela é momentaneamente levada de volta à época em que Benjamin e ela passavam todas as noites de sexta-feira assistindo ao sucesso mais recente — na época em que os cinemas passavam arrasa-quarteirões de orçamentos astronômicos toda semana — e dividiam uma caixa de chocolates e conversavam sobre o filme na volta para a casinha alugada dela.

Ela dizia que todos os filmes com fogo nos cartazes priorizavam os efeitos especiais em vez da história, enquanto ele argumentava que as pessoas vão ao cinema pelos efeitos especiais, não pela história.

Mas por que não se pode ter os dois?, ela contestava, e ele concordava e ambos conversavam sobre os filmes — os raros — que se encaixavam nesse critério.

Mas isto não é um filme. Isto é a vida real. Ela não quer os efeitos especiais. Ela quer a história. Menina encontra menino e tudo acaba bem.

Ela caminha até o hotel, acalmando os nervos à flor da pele novamente. É bem provável que ele esteja aqui, agora. Esperando notícias do filho.

Será que ele vai reconhecê-la? Ele estará sozinho ou com a mãe de Aiden?

Ela fica surpresa por ninguém lhe perguntar quem ela é ou o que ela quer, de modo que ela simplesmente empurra a porta giratória e entra no grande saguão do hotel.

A primeira coisa que ela vê é que, no fundo da sala, alguém montou uma mesa com garrafas de água alinhadas metodicamente e uma máquina de café no canto, parecendo pequena demais para o espaço. Alguém até pensou em deixar biscoitos ao lado.

Seu coração está batendo forte e ela sente náuseas intensas enquanto examina a sala, olhando para as pessoas ali. Elas têm uma coisa em comum — um semblante sofrido no rosto, como se alguém tivesse literalmente lhes sugado toda a vida. São apenas conchas. Zumbis seguindo o fluxo, desconectados da situação para evitarem um colapso total.

Em um canto, uma mulher chora de soluçar. Ela é a única. Há outra mulher com o braço em volta dela sussurrando em seu ouvido, com urgência. Clara não consegue ouvir o que está sendo dito, mas parece repetitivo, quase como um canto. Um encantamento.

Quando lhe disseram que Richard tinha morrido, sua primeira reação foi rir. Era uma piada, só podia ser.

O quê? Mas Benjamin só bateu nele para tirá-lo de cima de mim. Não foi muito forte!

E então eles explicaram: ele havia caído e batido a cabeça na beirada da calçada de concreto. *Calçadas não perdoam*, observou o policial, sem pensar muito nos sentimentos de Clara. O sangramento em seu crânio tinha sido imenso, não havia nada que pudesse ser feito para salvá-lo.

Ela esqueceu o que aconteceu depois. Bloqueou. O *trauma* que a segue como um fantasma, apertando seu peito sempre que ela acha que poderá respirar facilmente.

Ela olha novamente pelos grupos na sala, seu olhar vai de um lado para o outro.

E então ela vê a figura solitária, sentada de cabeça baixa, olhando para algo pequeno e preto. Um celular. Sua mão, ela vê, está tremendo.

Ele a passa pelos cabelos. Ainda encaracolados, porém mais escuros do que ela se lembra, as laterais salpicadas de cinza.

Ele levanta a cabeça.

Abril de 2022

23h59

BENJAMIN

ELE FECHA OS OLHOS. ELE ESTÁ ENLOUQUECENDO DE VEZ, E É ATERRORIZANTE.

Seu peito aperta. Ele está morrendo. Um ataque cardíaco. O mesmo que levou seu pai, apenas alguns meses antes, então faz sentido. É a hora dele agora.

Ele está tendo um ataque cardíaco e, ao mesmo tempo, está alucinando. Ele tivera aquela ideia, há muito tempo, mas continuava tão forte quanto antes: o desejo de que o rosto de Clara fosse a última coisa que veria antes de partir, e aqui está ela, e tudo está se tornando realidade.

Exceto… exceto que seu rosto está diferente, de alguma forma. Ele não consegue identificar em que sentido. Ela é a mesma, mas não a mesma.

Seus cabelos estão mais curtos, um corte chanel na altura dos ombros.

Parte deles cobre seu rosto. Uma franja lateral.

Ela ainda é linda. A garota mais bonita que ele já viu. Ele fecha os olhos, lentamente, e os reabre. Ela ainda está lá. Olhando para ele.

Ele não consegue ver mais nada. Apenas os olhos dela — mais claros do que o céu em um dia de primavera. Olhando diretamente para ele.

Seu peito aperta novamente e ele o aperta, baixando momentaneamente o olhar para o colo. Quando ele olha para cima de novo, ela não está mais lá.

Mas foi bom, ele pensa. Vê-la uma última vez.

— Benjamin.

Ele ouve a voz dela em seu ouvido e sorri. Então ele sente — a mão em seu braço. Ele vira o rosto e ela está ao lado dele.

Ele a olha por mais tempo.

— Eu soube do seu filho. Sinto muito. Lamento muito que isso tenha acontecido.

Ele balança a cabeça, olha para a própria mão. Não faz sentido.

Ele pode sentir o cheiro dela — e apesar de terem se passado vinte anos desde a última vez que se viram, é o mesmo cheiro.

— Imagino que seja um pouco chocante — ela continua, e ele olha de volta para seu rosto. O mesmo rosto, mas diferente.

— Sinto muito. Sei que você deve pensar que sou completamente louca, mas eu estava no trabalho e chegaram os relatos sobre a explosão e eu não sei... Eu sabia que você ia a todos os jogos e presumi que poderia estar aqui e fiquei tão preocupada com você. Na verdade, eu não pensei muito, eu não pensei, eu só entrei no trem e vim e foi como voltar no tempo e eu fui para o bar em que você disse que trabalhava quando me deu notícias pela última vez e a mulher lá me deu seu número e eu ia ligar para você, mas amarelei. Aí liguei a TV do quarto do hotel que Lauren tinha me arranjado e lá estava você. Na televisão, falando sobre seu filho. E eu não consegui suportar te ver daquele jeito e eu saí e vim até aqui e pensei que talvez houvesse algo que eu pudesse fazer para ajudar a procurá-lo... Ou talvez, não sei, talvez você já tenha ajuda. Aposto que a mãe dele deve estar aqui em algum lugar, e a última coisa que eu quero fazer é chatear alguém, de qualquer maneira, mas você sabe que estou aqui agora, então se eu puder ser útil de alguma forma, por favor... por favor, é só dizer, porque é para isso que estou aqui, porque, bem, eu nunca me perdoei e eu quero... não, eu preciso... compensar você de alguma forma...

Ela faz uma pausa para respirar fundo, pegando ar.

— Você estava assim no dia em que nos conhecemos — ele observa, pegando a mão dela, pequena e macia comparada à dele. — Lembra?

Ela balança a cabeça.

— Você estava nervosa, eu acho, e não parava de falar.

— Estou nervosa agora.

— Bom te ver — ele diz, e ela sorri. — Faz muito tempo.

Clara concorda.

— O que podemos fazer? Sobre o seu filho. Aiden.

— Ele não deveria estar desaparecido — ele responde, olhando para a mão dela. — Ele não costuma sentar daquele lado do estádio, então ele não estaria nem perto daquele portão. Mas estou preocupado porque...

Ele não termina. Ele nunca contou a ninguém. Seu medo mais profundo.

Que algo tenha acontecido com Aiden no clube de futebol, e que o tenha mudado para sempre.

Abril de 2022

Meia-noite

CLARA

É COMO SE NÃO TIVESSE PASSADO TEMPO ALGUM. NUNCA FOI TÃO NATURAL se sentar diante de alguém. Estar na presença desse alguém. Ela não se lembra de se sentir assim com mais ninguém, nunca. Em toda a sua vida.

Mas ele está sofrendo. Ela pode sentir.

Pelo menos essa situação desesperadora significa pular toda a enrolação — qualquer impressão de constrangimento. Há coisas maiores em jogo. Coisas muito mais importantes do que convenções sociais ou repensar o passado, o que deu errado, como a insegurança e juventude dos dois arruinaram a coisa especial que tinham.

— Por que você não estava na partida? — ela indaga, franzindo a testa. — Por que vocês não estavam juntos lá?

— Eu estava trabalhando. Trabalho com cinema agora, e tivemos uma filmagem no fim de semana. Não consegui sair a tempo.

Ela ri.

— Quer dizer que você pode perder uma partida, afinal? E o mundo não acaba?

Ele pisca. Ela não deveria provocá-lo. Agora não.

— Olha, eu vou perguntar para aquela policial — ela avisa, se levantando. — É ridículo que ainda não tenham informações. A explosão foi há horas.

Benjamin apenas a olha boquiaberto, mas permanece em silêncio.

— Com licença — ela diz, puxando o braço da policial, que se vira para Clara com o mesmo sorriso simpático que ela recebera antes, junto ao cordão do estádio. — Mas meu amigo, ali, está esperando notícias do filho. Vocês devem ter dados mais precisos agora, certo? De todas as vítimas?

— Sinto muito. Estamos trabalhando muito para informar os parentes o mais rápido possível. Já nos passaram todos os detalhes da pessoa desaparecida? Descrição, onde estava sentada durante a partida? Vocês forneceram uma fotografia?

Ela engole em seco. Ela não sabe. Mas supõe que ele teria contado tudo.

— Sim, mas... por que não podemos ir ao hospital? Dar uma olhada nas pessoas que deram entrada? Isso não economizaria tempo para todos?

— Receio que seja melhor ficarem aqui. As equipes do hospital estão ocupadas demais socorrendo os feridos. Sinto muito.

Clara vê outra coisa nos olhos da mulher — uma tentativa de comunicar o impensável. *A razão pela qual você não pode ir ao hospital é que algumas das pessoas que levaram não estão mais reconhecíveis.* Claro, eles não podem fazer os parentes passarem pelo trauma de tentar identificar seus entes queridos por meio de partes do corpo.

Ela engole em seco. Lágrimas brotam em seus olhos, mas ela pisca para contê-las. Esta perda não é dela. Seria egoísta chorar agora. Ela precisa ser forte por ele.

— Ela vai nos avisar o mais rápido possível — anuncia Clara, sorrindo enquanto se senta ao lado de Benjamin novamente.

Ele ainda está olhando para o telefone.

— Minha bateria está quase acabando. Não paro de ligar pra ele, mas o celular dele está desligado.

— Vou pegar um carregador — ela diz, se levantando de novo.

O senso de propósito é um bote salva-vidas. Ela arranja um carregador com uma das funcionárias da recepção e leva Benjamin para um sofá perto de uma tomada para que ele possa segurar o telefone enquanto carrega. Uma pequena vitória, pelo menos.

— Conte-me sobre Aiden — ela pede, pegando a mão livre dele novamente.

— Ele é incrível — Benjamin responde, com os olhos brilhando. — É tudo que eu não sou. Inteligente, gentil, equilibrado. Toma boas decisões, faz boas escolhas.

— Nesse caso, ele vai ficar bem. Tenho certeza disso.

— Não fiz o suficiente por ele. Eu o decepcionei. Havia algo o incomodando, eu sei disso. Algo passando por sua cabeça, algo que ele não queria dividir comigo... Eu devia ter insistido.

— Ele me parece um adolescente normal — opina Clara, tentando soar gentil.

— Não sei — ele sussurra. — Aiden teve dificuldades nos últimos anos. Ele está em um time de futebol juvenil. Há muito bullying, um ambiente com muita pressão, sabe como é. E ultimamente ele tem saído muito, mas não me diz para onde vai, e eu...

A angústia no rosto de Benjamin toma conta de seu coração.

— O quê? — instiga Clara.

— Ele sempre foi um rapaz tranquilo e responsável, mas algo mudou. Tem um garoto que foi tirado da equipe, o Gary. Eles começaram a passar mais tempo juntos, mas não sei se ele é uma boa influência. Aiden anda mais quieto do que o habitual. Com oscilações de humor. Ficando na rua até tarde. Bebendo demais. Esse tipo de coisa. É normal na idade dele, claro, mas não parece normal para *ele*. Só receio que ele esteja escondendo algo de mim. Algo importante.

Ele embala a cabeça nas mãos.

— Nada disso faz sentido.

Abril de 2022

00h03

BENJAMIN

Ele queria ter o contato de Gary. Gary trabalha no estádio agora, em uma das barracas de cachorro-quente. Ele deveria estar do outro lado do estádio nesta tarde, longe da explosão.

Gary e Aiden nunca foram muito próximos, mas quando Gary foi retirado da equipe, Aiden se reconectou com ele. Pareceu estranho na época, e quando Benjamin perguntou a Aiden sobre o assunto, o filho lhe disse que Gary havia sido tratado injustamente por Kenny.

Benjamin se lembra do calor de sua raiva enquanto dizia aquilo, mas Aiden não entrou em detalhes, apesar da sondagem de Benjamin.

Eles eram tão próximos antes. Agora, era como se Aiden escondesse segredos dele.

De repente, Aiden e Gary eram grandes amigos.

Ele não queria ser *esse tipo* de pai, mas não gostou da novidade. Gary era imprevisível, encrenca na certa, o garoto que você não quer andando com seu filho. O pai havia sido preso no ano anterior por espancar sua mãe, e ele foi expulso da escola por portar drogas e uma faca nas imediações.

Mas Aiden — seu filho tão empático e atencioso — disse que Gary não tinha culpa de nada daquilo.

Ele merece um descanso, disse Aiden. *Ele nunca teve um dia de descanso na vida.*

Como Benjamin poderia pedir que o filho não fosse bondoso? Que deixasse de lado alguém necessitado?

Mas Aiden andava mais irritado ultimamente. Agressivo, furioso com o mundo por pequenas coisas que nunca o preocuparam antes. Uma reação à morte de George no início do ano, supôs Benjamin. Sua maneira de processar o luto.

E agora, Aiden está desaparecido.

Ele não pode estar pensando isso, pode? Ele não pode estar pensando isso sobre seu filho, seu Aiden, o menino tão sensível que tentou salvar uma borboleta de asa quebrada quando tinha quatro anos.

Ele não pode estar pensando que esse mesmo menino teria, de alguma forma, se envolvido no que aconteceu hoje.

Mas ele ouviu falar sobre como os jovens se radicalizam por causa de coisas na internet. Desencantados com a vida, atraídos pela promessa de serem especiais, de deixarem sua marca no mundo.

E ele não consegue parar de pensar nas coisas que encontrou no quarto de Aiden na outra semana. Água oxigenada. Um pacote de pregos. Um rolo de fita adesiva. Tudo enfiado em uma mochila suja que ele nunca tinha visto antes.

Quando Benjamin o confrontou, Aiden alegou que encontrara a mochila no parque e a levara para casa na intenção de jogar tudo fora, mas esqueceu. Contudo, ele estava arredio, se recusando a olhar Benjamin nos olhos.

E agora, apenas algumas semanas depois, seu filho está desaparecido, seu telefone está desligado, e alguém fez exatamente aquilo: detonou uma bomba na saída do estádio.

Não. Ele está enlouquecendo.

É apenas o horror de toda a situação. Impossível seu filho ter feito algo assim.

Não há motivo para ter feito, também.

O telefone começa a vibrar em sua mão.

Benjamin e Clara olham para o aparelho. É um número de celular, um número que não está salvo na agenda. Não é Aiden, então.

— Alô? — ele diz, com a voz rouca.

— Pai? Sou eu.

E simples assim, o mundo volta a girar em seu eixo. Benjamin aperta o braço do sofá, tentando se estabilizar. É demais para o corpo dele lidar; essa avalanche de emoções.

A culpa — ele foi capaz de duvidar do filho — brota quase imediatamente após o alívio de saber que ele está vivo.

— Aid? Cadê você? Você está bem? O que houve? Onde você estava?

Ele ofega, o sangue está martelando em seu crânio, subjugando sua capacidade de ouvir ou pensar direito.

— Estou bem. Estou na estação. Desculpe, pedi o celular de um desconhecido emprestado, então não posso falar muito. O meu morreu. Vou explicar tudo. Você pode vir me encontrar? Tem uma coisa que eu preciso te contar.

Abril de 2022

00h06

CLARA

Pela reação de Benjamin, ela sabe que é Aiden.

Menos de uma hora antes, ela não tinha ideia de que Benjamin tinha um filho, mas agora ela se sente mais aliviada do que nunca ao saber que o menino está bem.

Ela espera ansiosamente ele encerrar a chamada.

— Ele está na estação. Não sei como ou por que ou... Porra. Ele vai ter que se explicar.

Então ele sorri. Um grande e sincero sorriso de alívio. Clara passa o braço pelas costas dele e o abraça o mais forte que pode.

— Estou tão feliz. Tão aliviada.

— É melhor irmos. Tudo bem? Quer dizer, você não precisa vir, claro.

— Está falando sério? Eu não vou te deixar agora. A menos que você queira.

Ele balança a cabeça.

— Não acredito que ele está bem — ele diz, começando então a chorar de soluçar. — Droga. O cara lá em cima realmente gosta de aprontar comigo.

Eles avisam à senhora com a prancheta para não se preocupar mais porque seu ente querido desaparecido entrou em contato e está bem. Juntos, os dois deixam aquele saguão de hotel desesperador.

Ela olha para trás por um segundo enquanto atravessa as portas giratórias e deseja que todas as pessoas ali possam receber as mesmas notícias que os dois acabaram de ter. O sofrimento delas é quase palpável, permeando o espaço como uma névoa.

A estação não fica muito longe do hotel. Eles caminham em direção a ela quase em silêncio, salvo os ocasionais suspiros de alívio de Benjamin. Na forma de palavrões, em grande parte. Ele nunca foi muito de xingar, mas que outras palavras existem para situações como essa? É algo que requer uma linguagem totalmente nova.

Quando se aproximam da estação, a euforia que ambos compartilhavam começa a se dissipar, e ela começa a ficar nervosa.

— Benjamin? — pergunta, cautelosa.

— Sim?

— E quanto a... Onde está a mãe de Aiden? Não precisa contar a ela também?

Ele para na calçada e se vira para ela.

— A mãe dele se foi.

— Ah — ela diz, levando a mão ao rosto. — Sinto muito.

— Ela foi embora quando ele tinha sete anos. Nunca mais tivemos notícias dela.

— Que triste.

— Ele não gosta de falar dela. Compreensivelmente. Até que nos saímos bem, só nós dois. E meu pai, até pouco tempo atrás. Uma família meio estranha, eu acho. Três gerações de homens vivendo sob o mesmo teto. Mas até que nos saímos bem.

— Quem era ela? Se não se importa que eu pergunte.

— Ela foi alguém que conheci — ele responde, baixinho. — Logo depois que saí da condicional... Bem, ela apenas apareceu. Literalmente, apareceu. Eu a conheci em um pub uma noite. Eu estava tão solitário na época. Eu estava um caco.

Clara sente as lágrimas queimarem seus olhos.

— Você devia ter me ligado, então — ela diz, com raiva. — Fico zangada por não ter ligado.

— Você merecia mais — ele diz, simplesmente. — Eu queria que você tivesse uma vida boa. A vida que você sempre deveria ter tido.

Ele para na rua e seus olhos se encontram novamente: os dela cheios de lágrimas; os dele, de determinação.

— Você teve uma vida boa? Diga-me.

Ela desvia o olhar. O que dizer? Agora não é hora de honestidade.

— Sim — mente Clara. — Tive.

Ele sorri, um peso tirado dos ombros. Já dá para ver a estação.

— O que vai dizer a ele? — ela pergunta com os nervos à flor da pele de novo. — O que vai dizer a ele sobre mim?

— O que você quiser.

— Talvez apenas que sou uma velha amiga? Por enquanto?

Ele concorda com a cabeça.

— Seria complicado demais tentar explicar qualquer outra coisa.

— Ele sabe de você — ele revela. — Eu contei. Ele sabe o que aconteceu naquela noite.

— Ah.

Ela não sabe como responder, como reagir.

— Mas podemos falar sobre isso em outro momento — continua Benjamin.

— Sim.

— Lá está ele.

Ela levanta a cabeça. Há um menino parado debaixo de um poste de luz, bem em frente ao ponto de táxi. Por um segundo, a silhueta a deixa sem ar, fazendo-a voltar vinte anos no tempo.

Ele é alto, esguio, jovem. Cabelos encaracolados. Um retrato de Benjamin, o rapaz por quem ela se apaixonou.

Abril de 2022

00h16

BENJAMIN

Ele corre em direção ao filho sem falar e o puxa para um abraço de urso.

— Graças a Deus — ele diz, soluçando no ombro de Aiden. — Graças a Deus você está bem.

— Sinto muito, pai.

Quando eles se separam, Benjamin vê que Aiden também está chorando. Seu rosto parece mais jovem do que nunca.

— O que aconteceu? Onde diabos você se meteu?

Ele se afasta do filho e o olha de cima a baixo.

Aiden está de jeans e camiseta.

— Você chegou a ir ao jogo?

Aiden balança a cabeça. Seu rosto está amassado de tanto chorar, seus olhos inchados e vermelhos.

— Eu não consegui, pai — ele diz, desmanchando-se em lágrimas. — Sinto muito. Eu tentei. Juro que tentei, mas não consegui impedi-lo. Eu tentei muito, mas simplesmente não consegui impedir.

Abril de 2022

00h53

CLARA

De repente, faz sentido ela estar ali naquele momento. Porque ela precisa ser a forte. A sensata. Ela pode cuidar dele — de ambos — de uma forma que ela queria, mas não foi capaz de fazer tantos anos antes.

Ela pede um Uber e, sem dizer nada, faz com que os dois entrem.

— Para onde? — ela pergunta a Benjamin.

Ele ainda está em choque, mas murmura um endereço.

— Oi — ela diz, inclinando-se para Aiden. — Clara. Eu sou…

— Eu sei quem você é — ele responde, baixinho.

Ela endireita as costas como se tivesse sido esbofeteada.

— Ah. Eu…

— Você é o motivo pelo qual meu pai foi preso — acrescenta ele sem rodeios, e de repente a convicção dela de que deveria estar lá desaparece.

— Aiden, isso não é verdade — diz Benjamin bruscamente.

— Foi há muito tempo — ela alega, embora seja tudo que consegue dizer.

— Tudo bem. Eu sei que a culpa não foi sua.

Ele parece ter mais que seus dezesseis anos. Há algo em seus olhos que seu pai nunca teve. Cinismo. Nojo. Decepção. Aquilo a deixa triste.

A juventude dela e de Benjamin foi uma época mais inocente.

— Clara estava na cidade hoje à noite, e quando soube do que aconteceu, quis oferecer apoio.

— Claro — diz Aiden. — Sinto muito. Sinto muito por preocupar vocês dois.

— Eu vi seu pai no noticiário — ela explica, sem jeito. — Foi um verdadeiro choque depois de todos esses anos, mas... Bem, eu só não queria que ele ficasse sozinho.

O carro para em frente à casa. É uma casa modesta, mas ela reconhece a porta da frente das fotos que viu na gaveta de Benjamin na época da faculdade.

Ele ainda mora na mesma casa. Ela deveria ficar surpresa, mas, de alguma forma, faz todo o sentido.

— Nós vamos nos sentar agora e você vai me contar tudo — avisa Benjamin assim que eles entram.

O relógio digital no forno mostra que é quase uma da manhã, mas é como se fosse dia. Clara nunca se sentiu tão desperta.

— Vou fazer um chá pra nós, ou algo assim — ela anuncia, procurando nas gavetas as xícaras e colheres de chá, enquanto Benjamin e Aiden vão para a sala.

Ela se pergunta se deveria ir embora. Em vez disso, no entanto, ela leva o chá para os dois e volta silenciosamente para a cozinha, de onde observa pela janela da frente o pequeno jardim e a rua além dele.

Há uma pequena placa de cortiça presa ao lado da janela, coberta por fotografias amareladas. Uma colagem de rostos sorridentes, velhos e jovens. Ela sorri enquanto seus olhos percorrem os retratos.

Uma memória lhe vem à mente. Algo que Benjamin disse a ela quando estavam deitados juntos em Hampstead Heath anos antes, admirando as nuvens atravessarem lentamente o céu, pensando que tinham todo o tempo do mundo.

Uma vida simples com as pessoas que eu amo. Isso é tudo o que eu sempre quis.

Abril de 2022

01h12

BENJAMIN

— Certo — diz ele, olhando para o filho. — Somos só você e eu agora. Pode me contar o que está acontecendo, Aiden. De verdade, desta vez.

Aiden está com as mãos nos joelhos, balançando o corpo para frente e para trás.

— Seja o que for, podemos lidar com isso. Mas você precisa me explicar o que está acontecendo.

— É o Gary.

Sua voz é tão baixa que mal dá para ouvir.

— Eu não consegui impedir o Gary.

— Não conseguiu impedir o Gary de fazer o quê?

Aiden solta um enorme choro sufocado, seu rosto de repente está encharcado.

— Sinto muito, pai — ele diz com seu corpo todo convulsionando. — Eu tentei. Tantas vezes. Eu só queria ajudá-lo. Ele me mandou uma mensagem hoje de manhã dizendo que ia se matar. Ele já tinha ameaçado antes, mas nunca cumpriu. Só que dessa vez ele parecia sério. Ele disse que ia entrar no mar e nunca mais ia voltar.

Aiden balança a cabeça, respira fundo.

— Mas foi só um truque para me tirar de Newcastle. Senão eu estaria no jogo hoje. Eu acho... Ele queria ter certeza de que eu ficaria bem, porque eu era o único que arranjava tempo para ele ultimamente. Eu devia ter acionado a polícia, mas pensei que se eu mesmo o encontrasse, o convenceria a desistir. Ele já disse coisas assim antes, depois de beber demais e não estar pensando direito. Uma vez ele disse que queria pular da ponte Tyne, na outra ele disse que ia se explodir. Achei que era tudo conversa, mas... aí eu encontrei aquelas coisas na mochila dele, aquelas coisas que você viu no meu quarto. Perguntei o que ele achava que estava fazendo, mas ele não quis conversar. Ele não quis nem ouvir.

Aiden tira o telefone do bolso.

— Eu estava tão perturbado mais cedo, que simplesmente saí. Eu não sabia que minha bateria estava tão fraca. Ela acabou depois que liguei para o Gary algumas vezes.

Ele põe o celular para carregar e o liga. Em seguida, ele toca na tela e mostra o telefone.

É uma mensagem de Gary.

> Sayonara, Edwards. Estou indo pra Northumberland. Aquela cidadezinha em Druridge Bay. Vou tomar um sorvete e entrar no mar e nunca mais voltar. Valeu pelas risadas.

— Fomos de carro lá uma vez — explica Aiden. — Só eu, Gary e o Jonny, da equipe. Ele me contou umas coisas sobre os pais dele, e foi como se ele fosse só uma criança, no fundo. Nunca pensei que ele pudesse fazer algo assim, mas ele estava tão zangado. Com o treinador. Pelo que o treinador fez com ele, o expulsando do time. E ele estava amargurado porque o treinador agora estava liderando a equipe juvenil do Newcastle City, e porque sua carreira só se fortalecia depois de tudo o que ele fez o Gary passar.

— Vai com calma — diz Benjamin, segurando Aiden pelos braços. — Me explique o que está dizendo. Está me dizendo que o Gary fez isso? Gary é o responsável pela bomba no estádio?

Aiden confirma, novas lágrimas jorrando.

— Não sei, mas eu acho...

— Você está dizendo... que o Gary... se explodiu?

Aiden confirma novamente, mais devagar desta vez.

— Não tenho certeza — ele admite, em meio às lágrimas. — Mas eu acho que sim, pai. É por isso que ele me fez ir tão longe pra tentar encontrá-lo. Quando eu soube da bomba no estádio, eu entendi. Era só o plano dele, me tirar do caminho pra me manter seguro.

— Mas por que o Gary iria querer explodir o estádio?

— Ele odeia tudo o que tem a ver com o Newcastle City agora. Ele estava louco de raiva porque Kenny se senta na área VIP toda semana, enquanto ele tem que trabalhar numa barraca de cachorro-quente. Porque o treinador ainda consegue ser importante enquanto ele é um zé-ninguém. Você sabe como é, pai. É cruel, e os jogadores que não estão a altura são deixados de lado como se fossem lixo. Ele se sentia traído por todo mundo, por toda a área futebolística.

Aiden faz uma pausa, toma um grande gole de ar.

— Mas, acima de tudo, ele queria vingança. Ele queria que o treinador pagasse pelo que fez com ele.

— Mas o que o treinador fez com ele? Aiden! Você precisa me dizer.

— Ele o estuprou — grita Aiden. — Ele o estuprou, pai. Todo fim de semana, durante cinco anos.

Abril de 2022

04h12

CLARA

ELA SE DÁ CONTA DE QUE SUA VIDA FOI, EM SUA MAIOR PARTE, COMUM, MAS pontuada com noites ocasionais de tamanha insanidade e drama que elas de alguma forma equilibraram todos os dias da marmota, quando parecia que nada acontecia, quando nada avançava em nenhum sentido.

Esta noite é uma dessas noites.

Ela está esperando em uma delegacia de polícia novamente, enquanto Benjamin e Aiden contam à polícia o que Aiden sabe.

Finalmente, a adrenalina está baixando, e suas pálpebras começam a pesar. O sol está prestes a nascer. O início de um novo dia.

Um dia em que tudo é diferente, em todos os sentidos.

sexta parte

Março de 2023

Benjamin

É a estreia de Aiden. Benjamin mal consegue assistir.

Enquanto se dirige para seu lugar nas arquibancadas, ele diz a todos que sorriem na sua direção que é pai de Aiden Edwards. Volante. Sim, ele vai jogar hoje à tarde. Sua primeira partida profissional pelo Newcastle City.

Mesmo estando sozinho, ele sente o carinho das pessoas para quem conta; a maneira como lhe dão um tapinha nas costas e observam como ele deve estar orgulhoso.

E ele pensa, sim, estou mais orgulhoso do que vocês jamais poderiam imaginar.

Se ao menos George pudesse estar lá também.

Ele engole um nó na garganta ao pensar no pai. Ele sente sua falta todos os dias.

Mesmo sabendo que George estava ficando mais fraco, sua morte em janeiro do ano anterior ainda fora um enorme choque. O único ponto positivo foi ter sido de forma pacífica; um ataque cardíaco durante o sono. Era o caminho que ele merecia seguir, um final que lhe convinha. Sem alarde ou estardalhaço, apenas uma saída silenciosa. Sabendo que seu trabalho aqui, nesta vida, estava feito.

Mesmo assim, o vazio que restou era maior do que Benjamin ou Aiden poderiam ter previsto.

Benjamin é grato por Aiden ter se reerguido, provado ser mais forte do que ele poderia imaginar. Aiden tem feito terapia ao longo do último ano e, talvez o mais importante de tudo, voltou a jogar.

Enquanto isso, o treinador Kenny está aguardando julgamento por abuso sexual infantil.

Graças a Aiden, várias outras vítimas se apresentaram, permitindo que a polícia o acusasse de múltiplos crimes.

Aparentemente, o *modus operandi* de Kenny era selecionar os jovens mais vulneráveis para moldar, que eram então descartados quando ficavam mais velhos, como aconteceu com Gary.

Gary nunca conseguiria ser um jogador de futebol. O treinador o manteve na equipe pelos próprios interesses perversos até se cansar dele e passar para a próxima vítima.

Aiden confessou a Benjamin que se sentia sortudo.

Kenny nunca mais o convidou à sua casa depois que ele foi embora da festa mais cedo naquela noite. Em vez disso, ele o condenara ao ostracismo.

Sortudo.

Benjamin mal conseguiu ouvir.

Mas, claro, fazia sentido. A peça que faltava no quebra-cabeça. O estado de Aiden naquela noite quando ligou, pedindo que Benjamin o buscasse na casa de Kenny.

Apesar de ser um jovem, fascinado pelo treinador, Aiden sabia que havia algo estranho acontecendo, mesmo que não conseguisse articular o que era ou por que se sentia assim.

Foi só muito mais tarde que Gary contou a Aiden a verdade: Kenny vinha abusando dele há anos. O treinador o levava a acreditar que ele era especial, que tinha potencial, que iria longe — apenas para abandoná-lo antes que ele pudesse jogar pela equipe juvenil do Newcastle City.

Benjamin está profundamente envergonhado por nunca ter suspeitado. Ele se perguntara se o treinador humilhara Aiden naquela noite, na festa, mas nunca aquilo. Ele nunca tinha imaginado aquilo.

Mais uma vez, ele havia falhado com o filho. Mas Aiden precisava que ele fosse forte, e, portanto, Benjamin permaneceu ao seu lado durante todo o processo. Agora, tomara, Kenny ficará preso por um bom tempo.

Mas ele não quer pensar nisso agora. O que importa é o jogo.

O belo jogo.

Eles vencem a partida. Depois, Benjamin é autorizado a encontrar Aiden no vestiário. O garoto fez seu desaquecimento e está sentado, o rosto vermelho e sorridente, com uma garrafa de água na mão.

Ele se levanta quando Benjamin entra.

— Você foi incrível — diz Benjamin, puxando o filho na sua direção e embalando sua nuca com a mão. — Nunca senti tanto orgulho na vida.

— Valeu, pai. Ouviu a torcida? Era um zumbido absurdo. Não dá pra acreditar, cara. Não acredito que acabei de fazer isso.

Benjamin recua alguns passos, balançando a cabeça de um lado para o outro, absorvendo a grandiosidade do filho. O que ele fez para merecer esse menino?

O que ele fez?

Mais tarde, Aiden sai com os companheiros de time para comemorar a vitória e Benjamin vai para casa, de volta para seu pequeno lar no número 2 da Heaton Way, de onde liga para Clara.

Ela grita na linha.

— Eu assisti! Ele foi incrível! — ela exclama, e ele não pode deixar de rir.

Esta pessoa, a mesma moça que um dia odiou futebol com todas as forças. De repente, ela sabe mais do que ele — enviando mensagens de texto sobre o que acha dos jogadores ao longo da semana.

— A velocidade dele! Nunca vi ninguém correr tão rápido. Ele realmente foi a estrela da partida. Dá pra entender por que o estão chamando de raio.

É a melhor sensação do mundo, ouvi-la dizer aquelas coisas sobre seu filho.

— Estou em êxtase por ele — admite Benjamin. — Eu realmente estou. Você devia ter visto a cara dele no vestiário. Ele estava radiante. Eu só queria que meu pai pudesse estar lá. Ele estaria fora de si.

— Aiden merece ser feliz. Tanto, depois de tudo que ele passou.

— Eu realmente acho que ele pode...

Ele para, temendo que dizer aquilo em voz alta dê azar.

— Eu realmente acho que ele pode viver disso.

— Claro que ele pode. Ele é o raio!

Ele sorri novamente. Ela soa como aquela jovem de vinte anos de tanto tempo atrás, que acreditava que o mundo é o que você faz dele. *Todo seu.* Se você tiver coragem.

E claro, ela estava certa o tempo todo.

Maio de 2023

CLARA

Clara está sentada na pequena varanda nos fundos de seu apartamento, admirando os telhados de Londres. Deste ponto de vista, é possível ver quase todos os jardins da rua e, enquanto fala com Benjamin, ela espia dois gatos, ambos enroscados sob o sol. Um deles está apagado. O outro está sonhando, abanando o rabo.

Ela tem um pirulito laranja na boca, e na cabeça, um chapéu de sol puxado para baixo tampando a testa.

Ela mora ali há quase um ano. O ano mais feliz de sua vida.

Faz pouco mais de um ano que ela voltou de sua ida a Newcastle e contou a Thom a verdade.

Daquela vez, ela se recusou a deixar Thom convencê-la a desistir. Ela se recusou a deixá-lo falar até dizer o que tinha a dizer.

Ela não se lembra das palavras exatas agora, apenas da ferocidade com que as entregou.

E ele sentiu que algo havia mudado nela, porque finalmente admitiu o que ela sabia o tempo todo: ele estava tendo um caso. Há quase um ano.

— Natasha — contou.

O nome foi como uma agulha em sua pele. *Natasha.*

A ex de seu amigo Hamish. Mas também...

— Não... — ela disse, as peças do quebra-cabeça se encaixando.

Clara se viu mostrando sua aliança, o olhar triste nos olhos da subeditora ao elogiar a joia.

Ela já havia conhecido a Natasha de Hamish? Ela não sabia. Talvez não.

E, de alguma forma, não é um choque. Talvez no fundo ela soubesse e tivesse optado por não ver.

— Havia uma nova funcionária no jornal no sábado, uma substituta freelancer. Ela se chamava Natasha.

— Sinto muito. Eu tentei detê-la — ele alegou, balançando a cabeça.

— Mas como ela também é jornalista?

— Ela é amiga do Chade — ele confessou, baixando os olhos. — Foi assim que Hamish a conheceu.

— Mundo pequeno — declarou Clara.

— Ela estava com tanta raiva de mim. Por não te deixar. Mas como eu poderia deixar você? Você aguentou a mim e minha estúpida dor nas costas por anos. Eu me senti tão culpado. Eu não sabia como te contar.

É irônico e tristemente previsível, pensa Clara, que assim que ele começou a ver o osteopata e suas costas começaram a melhorar, tenha iniciado um caso.

— Mas por que se dar ao trabalho de procurar um turno no meu jornal? O que ela achava que aconteceria?

— Eu não sei o que ela estava pensando — admitiu Thom. — Mas ela queria conhecer você há muito tempo. Quando você não voltou para casa naquela noite, pensei que tivesse acontecido alguma coisa. Que talvez ela tivesse te contado.

Clara balançou a cabeça.

— Não. Ela foi simpática. Ela queria que almoçássemos juntas.

Clara dá uma risada involuntária. Não importa mais.

— A verdade é que não podemos continuar assim, Thom. Você precisa me deixar ir.

Quando ele concordou com a cabeça, Clara sentiu o coração ficar mais leve de alívio.

— Eu te decepcionei — ele disse, esfregando o rosto. — Falhei com você. Falhei com nós dois. Eu só queria que fôssemos felizes. Eu tentei tanto.

Ele começou a chorar. Ela não aguentou.

— Eu me esforcei tanto para fazer você se amar. Pensei que se eu te amasse, se eu provasse o quanto você merecia ser amada, você, finalmente, começaria a acreditar nisso. Pensei que poderia te amar o suficiente por nós dois. Mas eu te decepcionei. E aí... Natasha... nós dois éramos tão solitários. Tão perdidos.

— Por favor — ela interrompeu, emocionada.

Ela estendeu a mão e o tocou levemente no braço.

— Tudo bem, Thom. Tudo bem.

— Sinto muito. Nada funcionava. Não importa o quanto eu tentasse.

— Porque não era para ser — respondeu ela, o olhando. — Nunca foi. E eu tinha que amar a mim mesma. Você não podia fazer isso por mim. Mas agora, ao me deixar ir, é assim que vai me fazer feliz. Por favor.

E foi isso. Sua emancipação.

Por que ela não tinha pensado em dizer aquilo a ele antes?

* * *

Ela lambe o melado do pirulito derretido que escorrera pelo palito e a ponta dos dedos.

No pulso, Clara usa uma pulseira fina de ouro branco. A minúscula estrela de diamante no centro cintila à luz do sol. Ela a guardou todos esses anos, até a hora certa de usá-la novamente.

Desde que ela se mudou para este apartamento, tantas coisas boas aconteceram.

Seu segundo romance, *One Life*, foi comprado por uma editora pequena, mas apaixonada, e estava programado para ser lançado em capa dura no próximo ano.

Até sua mãe ficou impressionada.

E agora, Benjamin vem visitá-la em dois dias. Faz quase um mês desde a última vez em que ela o viu. Ela está nervosa, mas, ao mesmo tempo, mal pode esperar para vê-lo.

Para começar a conversar com ele. Direito.

Eles são apenas amigos, mas tudo bem. Ela agora vê que a amizade é muito mais valiosa. Há tanta pressão sobre o amor romântico; uma pressão que o distorce e o torna algo nocivo.

Ela tirou seu ideal de um Único e Verdadeiro Amor do pedestal. É uma ilusão, uma miragem, coisa para filmes e fantasias. É superestimado.

Nada é perfeito.

O que realmente importa são as pessoas que gostam de você sem nenhum drama. As que sempre estarão lá. As que vão te amar quando você estiver velho e doente. As que sabem fazer você sorrir quando você está para baixo. Que sabem quando você quer ficar sozinho, e quando o que você precisa é de um abraço, um sorriso, uma palavra gentil, uma conexão invisível que pode atravessar qualquer meio. As pessoas com quem você pode passar anos sem falar e, quando fala, é como se não tivesse passado tempo algum.

Não precisa ser um namorado, ou uma esposa, ou um primeiro amor.

Pode ser um pai, uma tia, um avô. Um amigo.

Mas quem quer que sejam, são essas pessoas que realmente moldam nossa vida. Que deixam sua marca em nossa alma.

As pessoas, Clara percebe, que fazem a vida importar.

Maio de 2023

BENJAMIN

O aniversário de um ano da explosão não foi nada fácil para ambos. Benjamin ainda era atormentado por achar que devia ter visto os sinais. Que devia ter feito mais para investigar o que realmente estava acontecendo quando Aiden declarou que queria deixar a equipe, anos antes. Ele estava tão imerso na própria vida, pensando que só devia ter a ver com Zoe e a bebida, que não enxergou o que estava acontecendo bem na frente do seu nariz.

Mas o pior de tudo, ele sabe, é que Aiden ainda se sente culpado por não ter impedido Gary.

Culpa do sobrevivente, chamam os profissionais. Benjamin sabe que é mais que isso. Gary era amigo de Aiden. Eles cresceram juntos, mas com o tempo Gary se afastou, cada vez mais, para um lugar simplesmente inacessível.

Aiden não quis falar sobre o assunto, mas participou do memorial na Catedral de Newcastle com Benjamin ao lado.

Vinte pessoas acabaram morrendo no ataque, incluindo Gary. Benjamin lê a história delas na internet. Cada uma delas é um indivíduo. Uma vida tirada. A maior das tragédias.

Vinte pessoas mortas. Outras centenas de feridas.

Violência irracional, pensa Benjamin. Só que não. Toda violência tem uma raiz. Uma causa. Um fio que pode ser rastreado, oferecendo lições a serem aprendidas. Se ao menos as pessoas tivessem tempo para aprendê-las.

O prefeito agradeceu à população local pela demonstração de amor que se seguiu ao ataque, afirmando que, como resultado, a cidade estava mais forte e mais unida do que nunca. Benjamin esperava que fosse verdade.

Finalmente, a cultura juvenil de beber demais está sendo analisada. E esse tipo de abuso infantil, e os tipos de jovens vulneráveis a ele, agora é exposto.

Vários outros rapazes revelaram histórias semelhantes sobre seus treinadores. Por mais difícil que seja de engolir, por mais que seu coração se parta por cada um deles, Benjamin acha que eles estarem se manifestando é uma coisa boa.

O que ele sabe com certeza é que o efeito cascata do comportamento de Kenny continuará por anos.

Aiden nunca mais será o mesmo. Assim como ele.

Benjamin não sabe o que o futuro reserva. Como sempre, ele é cauteloso. Ele se decepcionou tantas vezes. E o que ele tem com Clara agora — uma amizade que parece mais forte do que qualquer coisa que ele já teve — é precioso demais para arriscar.

— Precisamos nos conhecer de novo — ela disse ao telefone há alguns dias. — A verdade é que já faz uma vida inteira. Somos pessoas diferentes agora. As mesmas pessoas, mas diferentes.

Ela tinha razão, mas pelo menos eles têm o restante dessa vida. Quem sabe o que pode acontecer?

Aiden saiu de casa há pouco mais de um mês. Benjamin tentou, mas não conseguiu esconder as lágrimas enquanto o ajudava a arrumar as malas.

— Não seja mole, pai — disse Aiden.

Mas Benjamin percebeu que Aiden sentia o mesmo, e puxou o filho para um abraço de urso.

Ele está alugando um apartamento na cidade, em um daqueles novos arranha-céus logo após a estação. A vista para Newcastle é magnífica. Nos dias de jogo, quando o tempo está bom, dá praticamente para ver os jogadores no campo da janela da sala de estar.

Aiden é sua maior realização.

De alguma forma, ele transmitiu algo — um pouco de sua sabedoria duramente aprendida — apesar de si mesmo. Apesar de sua inaptidão como pai: sua incapacidade de ver as coisas claramente, sem que o filtro de suas próprias experiências de infância obscurecesse tudo.

Benjamin espera não ter pressionado Aiden demais em relação à sua carreira. Às vezes, ele teme que tenha usado o sucesso do filho para compensar as próprias falhas.

Ele se lembra da discussão com Clara, naquela noite quente de julho anos antes, junto ao rio Tâmisa, quando ela disse que estava escrevendo um livro sobre a pressão para se encaixar durante a adolescência. Ela pensava que eram só as garotas que tinham dificuldade, mas estava errada. Os meninos têm as próprias pressões, elas apenas se manifestam de maneira diferente.

Aiden ensinou muito a Benjamin. Felizmente, contra as probabilidades, Aiden se saiu bem.

Benjamin está de partida para Londres hoje.

Ele faz a mala com cuidado: três camisetas limpas, outro par de jeans, um moletom para o caso de saírem para jantar e esfriar. Sua calça mais elegante e sua camisa favorita.

Ele não contou a Clara sobre a entrevista. É para uma das mais conceituadas produtoras de Londres, e ele sabe que é um tiro no escuro. Mais do que um tiro no escuro.

Implicaria se mudar. Deixar a cidade em que ele morou a vida toda e se mudar para o sul. Para o lugar que um dia representou tanto fascínio e terror para ele. Deixar o filho.

Fincar raízes na capital. Só que vinte anos depois do planejado.

Ele dá de ombros, dobrando a camisa com cuidado. O que será, será.

Ele verifica tudo uma última vez. Então, uma vez convencido de que pegou tudo o que precisa, ele fecha a mala e se dirige para a estação.

Ele sabe que Clara estará na plataforma de chegada, esperando por ele.

Nota da autora

Caro leitor,

Sou fascinada pelo tema do primeiro amor há um bom tempo. Trata-se de uma experiência tão formativa, além de lançar uma sombra duradoura sobre o resto de nossa vida. Tem sido uma verdadeira alegria explorá-la como um tema enquanto escrevo.

Clara e eu temos muito em comum. Fui uma adolescente insegura; não tive a melhor vivência na faculdade. Eu tinha deixado de ser um peixe grande em um lago minúsculo (uma escola de ensino médio muito pequena) para me ver completamente perdida em uma das maiores universidades do país. Enquanto eu estava lá, me apaixonei mais profundamente do que poderia imaginar ser possível. Quando a faculdade terminou, nos separamos. Meu coração ficou partido. Lembro-me desses sentimentos tão bem; a dor que parecia capaz de me consumir, a sensação de que eu não poderia viver sem ele, porque ele era tudo para mim.

Essas dores de crescimento são algo pelo que todos nós passamos. O que não mata você o torna mais forte, mas ainda dói demais.

Antes de nos apaixonarmos pela primeira vez, estamos "livres de bagagem", abertos e confiantes. Depois, quer percebamos ou não, estamos cercados por grades invisíveis forjadas no fogo com os pedaços de nosso coração partido.

Para algumas pessoas, o fogo da ruptura queima mais intensamente do que outros. Para essas pessoas, as grades são mais altas.

Eu queria examinar o impacto em duas pessoas falhas, mas muito reais, quando sua primeira grande história de amor termina em uma imensa tragédia. Como isso as afetou? Que impacto teve no restante de suas vidas e nas vidas daqueles que as rodeiam? E o mais importante de tudo, existe uma forma de seguir em frente?

Fazia sentido definir a primeira parte do romance na virada do milênio — uma época com a qual estou muito familiarizada, já que também foi quando eu fiz faculdade. Uma época antes das redes sociais e dos smartphones, e em que a postura em relação às mulheres era pior, em muitos aspectos, do que é hoje. Revistas masculinas eram um negócio grande e lucrativo, a cultura de mulheres-objeto estava no auge, as celebridades femininas eram objetificadas em toda a mídia tradicional e havia um sentimento de que, se você era alvo de uma abordagem indesejada por parte de um homem, provavelmente era porque estava, de alguma forma, "pedindo".

Não se debatia consentimento — não sei nem se eu estava ciente do conceito na época. Se você se visse em uma situação comprometedora, então, bem, só tinha a si mesma para culpar. Você não deveria ter usado uma saia tão curta. Você estava provocando. Você bebeu demais.

Esse ambiente é o caldeirão no qual se formam as posturas de Benjamin e Clara em relação a namorar e sair. Esse pano de fundo, juntamente com a juventude, histórias familiares e diferentes inseguranças de ambos, os deixam mal preparados para enfrentar os desafios ao lidarem com o relacionamento. Ambos cometem muitos erros, mas espero que você possa entender *por que* eles os cometem e, em seu coração, encontre alguma comiseração pelos dois.

Quando se tem vinte e um anos, ainda se é tão jovem e terno — mesmo que nessa idade pensemos que sabemos tudo.

Acho importante não se esquivar das áreas mais sombrias da sociedade moderna na ficção. Eu tinha vinte anos no Onze de Setembro, e estava em Londres, no trabalho, no dia dos atentados naquela cidade em julho de 2005. A ameaça do terrorismo tem sido uma constante ao longo da minha vida adulta. Quando grandes eventos ocorrem perto de casa, compreensivelmente tememos que nossos entes queridos possam ter sido envolvidos neles. Para Clara, essa preocupação é o catalisador que finalmente a impulsiona a buscar a resolução que tanto precisa ter com Benjamin. Esses eventos terríveis nunca falham em direcionar o foco para o que — e quem — mais importa para nós na vida.

Para aqueles familiarizados com a região Nordeste da Inglaterra, eu queria confirmar que sim, o Newcastle City é um time de futebol inventado, não um erro. Sou supersticiosa e nunca gostaria de detonar uma bomba em um local real em um dos meus romances. Assim, para os propósitos desta história, inventei a localização do estádio Vintage Park, assim como o time de futebol fictício Newcastle City.

Olhando para trás, sinto um grande carinho por mim mesma aos vinte e um anos, tão dura consigo mesma, achando que tinha arruinado a própria vida. Neste livro, Clara comete muitos erros. Eu também cometi. Eu a perdoo, e eu me perdoo.

O primeiro amor é mágico, devastador, insaciável, exaustivo e muitas vezes agridoce. Quando termina, é difícil imaginar que você vai amar novamente. Mas você vai, e nós amamos.

À medida que envelheci, passei a valorizar um tipo diferente de amor. Seu último amor: um que é igualmente fascinante e especial. Mas sempre me lembrarei do meu primeiro amor com imenso carinho. Espero que você também o faça, e espero que tenha se emocionado com a história de Clara e Benjamin.

— *CHARLOTTE*

Agradecimentos

Eu realmente não estava destinada a escrever este livro. Por um longo tempo, foi um projeto secreto — apelidado de meu livro da "crise de meia-idade" (eu *posso* ter acabado de fazer um aniversário significativo quando comecei a escrevê-lo).

Talvez fosse o tédio do *lockdown*, talvez a entrada na minha nova década, ou a nostalgia da meia-idade, mas em 2021 me peguei pensando cada vez mais sobre nossos primeiros relacionamentos românticos e como eles esculpem nossa vida. De repente, a personagem de Clara veio até mim: uma mulher da minha idade que simplesmente não conseguia superar seu primeiro grande amor. Por que não? O que havia acontecido em seu primeiro relacionamento que a marcara tão imensamente? Fiquei fascinada por ela e por sua história e, gradualmente, à medida que comecei a escrever sobre ela, ela foi ganhando vida.

Mas, como eu disse, eu não ia mesmo escrever este livro. Portanto, o maior agradecimento deve ir para Katherine Slee, que, durante uma conversa improvisada, me incentivou a arriscar e escrever algo fora do meu gênero habitual. Algo só para mim. Obrigada, Katherine. Serei eternamente grata por como você mudou o curso da minha carreira com suas palavras.

Meus sinceros agradecimentos aos meus pais e minha irmã como sempre, mas o mais importante é um enorme obrigada à minha mãe, a primeira pessoa a ler este livro. Ela é uma crítica ferrenha, e eu me lembro vividamente do WhatsApp dela ao terminar de ler. Apenas dizia: "O livro é muito bom 👍". A mensagem me fez chorar. Obrigada, mãe, por sempre ser sincera comigo.

À minha agente no Reino Unido, Caroline Hardman, a mulher mais inteligente e destemida do mercado editorial: obrigada por sua infinita lealdade e sabedoria e por amar este livro. (Obrigada também por ser uma excelente companhia!)

Obrigada a todos na Hardman & Swainson, especialmente Thérèse Coen, por apoiar este livro e defendê-lo para editores de todo o mundo, e a Marc Simonsson por compartilhá-lo com Hollywood.

E um enorme agradecimento à minha agente nos Estados Unidos, Sarah Levitt, por tornar realidade o meu maior sonho como autora ao vender este livro para a St. Martin's Press americana. Jamais esquecerei do dia em que o e-mail chegou.

O que posso dizer sobre minhas duas incríveis editoras? Mesmo sendo uma escritora, não tenho palavras suficientes. Obrigada, Rachel Faulkner-Willcocks e Sarah Cantin, vocês são geniais e estou maravilhada com seus talentos de edição. Obrigada, Rachel, por retornar para Caroline dentro de três dias para dizer que amou o livro — e por sua profunda compreensão desses personagens. Obrigada, Sarah, por suas sugestões extremamente perspicazes durante o processo de edição, e por até me fazer rir com alguns de seus comentários. Honestamente, é o maior privilégio ser editada por pessoas entre as melhores de sua indústria, e eu aprendi muito com vocês duas. Vocês levaram este livro a um patamar com o qual eu só poderia ter sonhado.

Um enorme obrigada a todos que trabalharam neste livro na Head of Zeus: Jessie Price, Nina Elstad, Emma Rogers, Amy Watson, Jo Liddiard, Ana Carter, Paige Harris, Lottie Chase, Dan Groenewald, Nikky Ward, Christian Duck, Faith Stoddard, Yas Brown, Ayo Okojie, Kate Appleton e Bianca Gillam. Há tanta gente trabalhando nos bastidores para levar romances aos leitores, e eu aprecio todos vocês.

Também sou muito grata a Graham Bartlett, que me deu conselhos legais inestimáveis, e ao meu cunhado Wes por me ajudar a entrar na mentalidade de um apaixonado fã de futebol.

Obrigada a todos os meus amigos autores — há muitos de vocês para mencionar individualmente, e eu vivo com medo de deixar alguém de fora por engano, mas um agradecimento especial a Rebecca Fleet, minha mais velha (desculpe, *mais antiga!*) amiga escritora. Estamos juntas nesta montanha-russa desde os primeiros dias, e fico muito feliz por seguirmos firmes e fortes.

Sempre digo às pessoas que esta não é uma história de amor, é uma história sobre o primeiro amor. Ol, você pode não ter sido meu primeiro amor, mas é meu último. Obrigada por seu apoio interminável e pela pequena família que construímos juntos. Significa mais para mim do que qualquer coisa.

Obrigada, Daphne, por me fazer feliz diariamente (e por exigir que eu soletre seu nome em meus agradecimentos desta vez, para que você possa encontrá-lo).

Uma vida simples com as pessoas que eu amo. Isso é tudo que eu sempre quis. Essas são as minhas linhas favoritas deste romance. São palavras de Benjamin, mas também são minhas. Daph e Ol: vocês dois são meus amores supremos; vocês são as pessoas que fazem a minha vida comum importar.

Campanha

Há um grande número de pessoas vivendo com HIV e hepatites virais que não se trata. Gratuito e sigiloso, fazer o teste de HIV e hepatite é mais rápido do que ler um livro.

Faça o teste. Não fique na dúvida!

ESTA OBRA FOI IMPRESSA
EM JANEIRO DE 2024